U0468819

# 私恋失调

倪闻天 ——

著

中信出版集团 | 北京

图书在版编目（CIP）数据

私恋失调/倪闻天著. -- 北京：中信出版社，2020.4（2020.5重印）
ISBN 978-7-5217-1197-4

Ⅰ.①私… Ⅱ.①倪… Ⅲ.①长篇小说—中国—当代 Ⅳ.①I247.5

中国版本图书馆CIP数据核字(2019)第233204号

### 私恋失调

著　　者：倪闻天
出版发行：中信出版集团股份有限公司
　　　　　（北京市朝阳区惠新东街甲4号富盛大厦2座　邮编　100029）
承 印 者：北京诚信伟业印刷有限公司

开　　本：787mm×1092mm　1/32　印　张：12.25　字　数：250千字
版　　次：2020年4月第1版　印　次：2020年5月第2次印刷
广告经营许可证：京朝工商广字第8087号
书　　号：ISBN 978-7-5217-1197-4
定　　价：59.80元

版权所有·侵权必究
如有印刷、装订问题，本公司负责调换。
服务热线：400-600-8099
投稿邮箱：author@citicpub.com

爱情意味着要么得到一切,要么全无。

——米兰·昆德拉

第一章
001

第二章
025

第三章
049

第四章
073

第五章
101

第六章
135

알 2 6 1

알 1 8 7

앎 2 2 7      3 6 5

앎 3 0 9

血
↓
疾

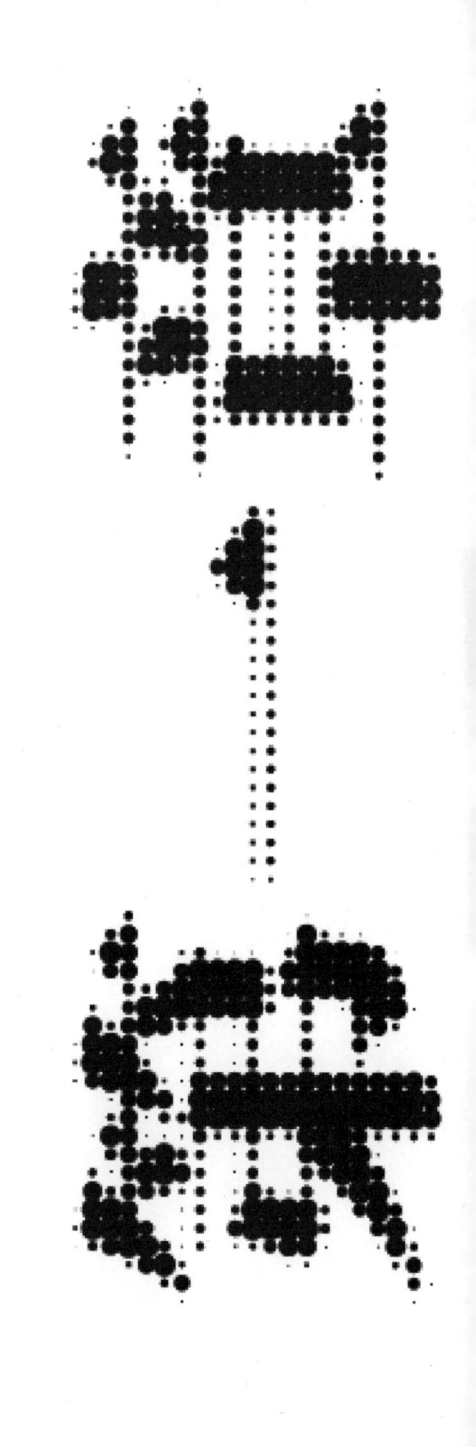

# 0

程夏冬和我之间到底算什么，我至今都不清楚。非要刨根问底的话，我们从一开始就是个错误，也许那根本就不是纯粹的爱情。

可那又能是什么——纯粹的性欲？纯粹的贱？

那天晚上在柏悦酒店，我问程夏冬愿不愿意跟我做爱，没其他的，只做爱。她说，平时不联系，没有感情也不谈感情对吧？这种轻佻的态度迷惑了我，我自此着了她的道儿，以至于日后听到离奇百倍的谎言也不介怀。我不怪她，谁又没被捕获过呢？

这么多年过去了，我和程夏冬除了一个清晰的结局以外什么都没剩下。她曾光芒四射地降临人间，不偏不倚落在我面前。我们好过那么一阵子，最终她还是走了。光亮也随之消失。我独自留落在昏暗处，徘徊，等待，只想再看她一眼。

可她不会出现了。

# 1

  2008年夏天，我因为写作专长得到自主招生加分，考入了北京一所大学的中文系。头几夜，在没有空调和电扇的宿舍里，我辗转反侧，彻夜难眠。浑身的毛孔里，除了汗液，还分泌着无尽的焦躁。如此，初入大学本该有的新鲜和愉快便荡然无存，加上思念着远在香港求学的初恋女友关睿，我感到一种近乎绝望的孤单。

  几天后，关睿打来电话向我提出分手。事情毫无妥协的余地，摆明了是一场宣判。她说，她和班里的一位男生去了趟新加坡，住在一起了。我们结束了。

  从初二到高三，我们在一起五年。这五年里，我对她别无二心，单方面轰轰烈烈。我来北京、她去香港以前，我争取到了和她的第一次。我激动不已，但毛毛躁躁的，还把避孕套弄破了。关睿则像吃了个大亏，郁郁不乐，好几天没有理我——她一向对我十分不耐烦，也从不掩饰对我的不在乎。

  实话说，那时我什么都不懂，搞不懂女孩子到底在想些什么，更别说爱情了，以为毫无保留的投入总可以换取些什么，哪怕只是占有和同情。同情果然是廉价的，占有也只能是暂时的。去香港念书还不到一个月，她便移情别恋。我拿出四分之一的人生，耗尽了所有心力，拼命维持这段关系。可到头来，五年的努力连一个月都抵不过。

  那些日子，我像个死去了但不自知的人，循规蹈矩地做着生前的事，亿万年地沉寂。但凡瞥见过去，剧痛便涌上心头。可过去如同影子一样无法摆脱，直到我将自己藏进了一个黑暗无光的场所。我在走投无路中疯狂地写作，如此，避免了一蹶不振的结局，抓住了属于我自己的那根稻草。

两年后，我的小说处女作《成倍焦灼》出版了。第三年，它爆发式地畅销起来，为我带来了不菲的版税收入。我用这笔钱置了房子和车，在北京安了家。没多久，小说的影视改编权也卖出去了，加上不断增印的版税，我手头现金充足，未来许多年都将衣食无忧。

一切逐渐顺利起来，我志得意满，安然接受奖赏。我不恨关睿，也不恨那个男生了。对我来说，她已由最难割舍的存在，化为了一串不再使用却永远熟记于心的电话号码。

这些年，我足够辛苦也压抑到了头。为使今后活得洒脱和轻巧一些，我必须重建自己。眼下，至少要给大学生活一个高调的收尾，以彻底同过去道别。大四时，我追上一个女孩儿，当晚我们就确立了关系。

和程夏冬的故事必须从我最动荡的那个时候说起。

# 2

周二下午，我走进教室，发现隋凉独自坐在窗边。她太出挑了，来上课的男生个个张望着她，却无人上前。我径直走到她身边坐下，用一堂课的工夫和她搭上了话。

下课时，她知道我叫安沉午，那个写小说的，我也知道她叫隋凉，以后想当戏剧导演。我约她晚上吃日本料理，她毫不犹豫地答应了。餐桌对面，隋凉说，我想弄个新戏，创意和想法都有了，本子你帮我写呗，语气顺理成章，颇有美女面对追求者时颐指气使的味道。好啊，我说，做我女朋友就给你写。她眼神一亮说，你可真直接！我说，还有不到一年就毕业了，时不我待啊。她问，你就不怕我拒绝你吗？我反问，你就不怕找别人给你写本子写砸了吗？

隋凉说，其实大一时我在公选课上见过你，印象很深，你进教室时面色不好，表情阴沉极了，像刚生过一场大病。我想起彼时的心境，嗯了一声，回过神说，哦，原来你早就瞄上我了。她说，那会儿我可是有男朋友的。我说，知道，在美国嘛，听说你们早就分手了。隋凉说，是啊，距离、时差，一年见不了几回面，后来没什么感觉也就分了。我说，异地都这样。她说，主要是我想要的他给不了。我问，你想要什么呢？她想了想说，说出来挺不好意思的，我一直都特期待那种强烈的关系。我笑说，那你算找对人了。她也笑了，谁找你？明明是你找上我的。

隋凉是杭州人，父母都做生意，很忙。他们认为她在大学里学戏剧、搞艺术十分地不切实际，不过隋凉并不怎么当回事，还想着出国深造呢。我告诉她，我跟父母也没那么亲，从小住在奶奶爷爷那儿，每逢周末回家才能见到爸妈。我妈是律师，我爸跟我一样是搞写作的，写的是"分行"，即诗。他已经出版了两本"分行"集和一本随笔集，在西安当地小有名气。隋凉对此表示羡慕，她说家里人干什么的都有，却没一个跟艺术沾边的。我们顺势聊起了书、戏剧和电影，都是我擅长的。我察觉到她慢慢放松下来，不再正襟危坐，两手支着脑袋，慵懒而温顺地望着我。

虽然一顿饭下来，隋凉从头到尾都没答应做我女朋友，但结账时她说，跟你聊天蛮开心的，我真的好久都没有这么开心过了。我乘胜追击，一出门便拉起她的手,还蹭到了她小臂上的绒毛。我浑身酥麻,只是心里那份忐忑仍在——她虽然暂未挣脱,可毕竟还没回应呢。走了两步,隋凉的手微微翻转,和我掌心相对,十指紧扣咬合在一起。我这才长舒一口气,心脏比刚才跳得更快了。

隋凉的双腿在我身边不紧不慢地交替前行,她穿着一双洁白的球鞋,走得十分优雅。过马路时我走得快了些,隋凉没跟上,于是一个小跑蹦跶过来撞在我怀里,像只小猫或其他什么可爱玩意儿。我揽了她的腰,望见她充盈的胸部,又注意到她流光溢彩的神色,感到一股暖流涌遍全身。

我说,今晚别回宿舍了,咱们去外面住。隋凉捏了捏我说,刚拉上手胆子就大了?我说,你不是喜欢强烈的吗?隋凉笑了,抱住我胳膊问,你们男生都这样吗?我说,对,都这样,只不过我懒得装。她不置可否,看了会儿我,好像挺佩服我的诚实,接着她说,你真的跟我心里想的那个人很接近了。

说完,隋凉的视线飘到远处,笑容也淡了,不知在顾虑些什么。我其实挺慢热的,她说,说实话我还没有这么快就喜欢上一个人过,都有点儿不知道该怎么办了。我低下头说,其实我也没有表现出来的这么老练——已经三年没有谈过恋爱了,前几年,整天埋头写东西,连欲望都感觉不到。隋凉问,为什么不谈呢?我说,跟上一段感情有关。她看了看我,没再追问。我说,现在呢,我感到了一种前所未有的生命力,那种连青春期时都没经历过的躁动气息,隐约觉得自己正踩在一条界线上,马上就要跨过去了,但跨过去以后会变成什么样子,完全不清楚。隋凉说,我可以理解你,虽然你跟我遇到的所有男生都不一样。我长吁一口气说,没准儿我比你想象的要复杂、敏感得多，但真到了行动的时候，又几乎完全出于本能。隋凉稍顿说，戏剧里讲，维度和层面越多，角色就越吸引人，这应该就是你跟其他男生不一样的地方吧，他们都太贫乏和单一。我摇摇头，骨子里，我们并没有什么不同，都是些未开化的动物罢了。隋凉笑说，是啊，黄色的动物。

  我挣开她的手说，唉，也不知道怎么了，突然有些担心，我不确定自己还能不能恋爱，或者说会不会恋爱了，我知道被撤下是什么滋味，我不想伤害任何人，更不想别人再来伤害我。半晌，隋凉重新拉过我的手，郑重地说，沉午，每段感情结束了，都会给你留下些什么的，阴影也好后遗症也罢，你没有理由总停在那里，我觉得你应该跨过那条界线，让我陪你走上一段，说不定我能给你定个全新的基调呢，我不会撤下你的，我知道你也不会撤下我的，不是吗？我驻足看着她，迷惘地点了点头。

  她向前迈了两步，小声念了句什么，拉我更紧了，好像在心里下定了决心，甚至有些义无反顾。那之后，我们停止了说话，气氛突然严肃了。我脑子里的所有想法逐渐退去，空空如也，只觉得掌心潮湿，指间黏腻。不知怎么就走到了电影院，也不知怎么就买了两张票。我只知道，我们一进影院就接吻，一出影院就开房去了。

# 3

  我和隋凉非常合得来，相处时既省力又默契。我们有差不多的文学品味，喜爱差不多的美食和电影，连害怕的东西和童年阴影也在同一范畴。

为了我,她和高中最好的几个朋友全闹掰了。隋凉给他们讲述了我是如何在一晚之内拿下她的,他们都很震惊,觉得我俩这事儿肯定不靠谱,早晚要黄。他们一致认为我比较古怪,独来独往的,目光阴郁锐利,绝对是个危险人物。我听后只是笑了笑,没想到这几个人自作聪明,三番五次说我坏话,劝她分手。于是,在一次聚会上,隋凉一怒之下拍桌子走人,跟他们断绝来往。

是不是有点儿过了?毕竟那么多年的同学,隋凉问我。不过,换作是我肯定也一样,我说。

隋凉这群朋友,男女都有。其中一个叫陈川遒的,特喜欢隋凉,锲而不舍无微不至地为她服务了这么多年,我一出现他就靠边站了,所以我推断,陈川遒是劝她分手的始作俑者。

恋爱的前三个月,欲求不满。我和隋凉得空就上床,神魂颠倒,乐此不疲。起初,隋凉很懂事,在我需要写作时留给我很大空间。其实那时她正忙着申请去美国读研的事儿呢,也没工夫找我。

说到写作,也许是因为闭关三年业已形成了习惯,也许是因为低谷时它救命稻草的意味,我对写作比对待其他任何事都要认真。我知道,想源源不断地写出高质量的文字,需要专注、安宁和自律。这就要求我的作息时间非常稳定,生活不能有大的波动。

出书以前,我每天早上五点起床,写三个小时,接着去上课。下午如果没课,就去图书馆读书,之后运动,晚上九点半休息。出书之后,我适当松了松,每天睡到自然醒,醒了就写一上午。虽然第二部长篇小说的写作计划出了些问题,但我总会找些东西写,笔不能停。

然而，好日子没过多久，隋凉的美国申请告一段落，加上跟好朋友们疏远了，她的全部注意力都转移到了我身上。

# 4

隋凉有次说：沉午，我觉得我越来越喜欢你了，而且一天比一天强烈。有时候我不得不去想点别的，以免被那种狂热的感情吞没，我觉得跟你在一起就是把自己置于一个极其危险的境地里，一旦你离开了我就完了！

多年没恋爱，我已不太习惯说情话，更有些抵触这种情深意切的场面，它总会让我想起当初在关睿面前摇尾乞怜的样子。好多次我们本来高高兴兴的，突然间她就动情了、伤感了，捧着我的脸一句一句诉说，像在照着剧本表演似的。起初我真的挺感动，但她翻来覆去没完没了地说，我很快乏味了。面对她的爱如潮水，我只能搪塞些简短的废话：我明白，我也是一样的，我一直在你身边呢……都挺敷衍的。

她一定希望我能讲出些分量相当的句子，以印证我对她同样深情，从而打消她的不安全感。我也是这么希望的。可常常话到了嘴边便觉得肉麻过头，无法开口。加上对过往那个毫无尊严的自己怄气的成分，我总会把那些在我看来一文不值的字句咽回去。后来，她只要一开口，我就自然而然地岔开话题：聊黄色的东西，聊有趣的琐事。隋凉是失落的，却也不生气，心还总向着我，表扬我的思维有跳跃性，说那是聪明的表现。

我不愿把这次恋爱搞得像上次那么沉重，太累也太消耗。我想，一定是当初对关睿用力过猛，才导致这次的后劲不足。

由于我对隋凉的刻骨铭心没有反馈，时间长了，问题也逐步出现。首先，她开始焦虑。有一次夜里四点，隋凉突然弹起来扑在我身上哭了。她边哭边说，沉午你醒醒，你吓死我了！我做了一个特可怕的梦，梦见你做了坏事，警察都在抓你，我包庇你逃走，他们开着飞机扫射你，你从一个悬崖边跳了下去，我以为你摔死了，我以为再也见不到你了，你能想象我有多难受吗！我赶紧抚慰她说，没事没事，梦都是反的，我不是好好地在这儿呢吗？不要难受啦。

后来，这种情况就变得相当常见。伴随着噩梦，隋凉频繁地说起梦话。大半夜的，她只要惊醒就一定得把我弄醒，再将这些毫无意义的梦境讲给我听。梦里不是死亡就是杀戮，要么就是急迫的事情没赶上，没一件好事。

与此同时，隋凉开始过度黏我。大四下学期，基本没课可上了，我到哪儿她都要跟着，很累赘。毕竟前些年独处惯了，我十分不自在，做事、写作都不如以前专注。她求着我陪她干这干那：吃好吃的、逛街拍照、游山玩水等等，我若不同意就撒娇，再不然就生气。推脱过几次，但过后发现竟要花更多时间去哄她，倒不如一早就答应来得利索。

一天下午，她想看《恋爱的犀牛》，要我一起去。我说，你不是看过好几遍了吗？她说，话剧又不是电影，换一拨演员就是另一样东西了，况且我还没跟你去过呢。我说，要不你自己去吧，我今晚想看看书。她说，我票都买好了！我指着书桌说，我书都摆那儿了。她马上扭头收拾东西，说，好啊，那你好好看吧，我跟陈川逎去了。我憋着火拉住她说，行行行，别生气，我陪你去，怎么也不能便宜了那个傻屌啊。

蜂巢小剧场人头攒动，出现了不少好看的女孩儿：有的跟隋凉一样漂亮，但属于不同的类型；有的虽然面容没那么美，却身材姣好别有一番风情……我赌气似的把她们来来回回瞅了个遍，十分痛快。看戏时，我俩坐在第一排，隋凉全程紧紧拉着我的手，厕所也不让我上。

这部戏写得确实很棒，前面有趣，后面动人。看完出来，隋凉久久不语，我一瞧，她眼睛里都是泪光。同样是创作者，她很容易移情、被感动，不像我，审慎极了。

回去的路上，隋凉问我，你记得那句台词吗？我问哪句，她说，就是马路说的，"忘掉是一般人能做的唯一的事，可是，我决定不忘掉她"。我说，记得，印象挺深的。她说，你知道吗，即使我们以后不在一起了，你对我来说，也绝不仅仅是"不忘掉"这么简单。我摸摸她的脑袋，本想讲两句山盟海誓配合一下，却看到她扭过头来幽怨地看着我，等我开口，那表情简直要了我的命。我难以抑制地产生了逆反情绪，马上避开她的目光，心想，又来，又跟我在这儿爱如潮水，整天爱来爱去影响我写东西，现在连看书时间都没有了！于是，我保持沉默，继续开车。

过了好久我说，一会儿送你回学校吧？隋凉喊道，你到底有没有在听我说话！她炸了，大声吼我，质问我为什么不带她回家，而是要把她送回学校……我将车一把停到路边，跟她吵了起来。

平时我脾气相当好，能忍则忍，一有吵架的苗头就连哄带逗，实在不行就上床，基本都管用。可恋爱以来积攒的不良情绪无处释放，我像个高压锅，真等爆发时，比谁都猛烈。就像那天，我狠狠骂了她：骂她麻烦、不懂事、闲得慌、情绪不稳定、没事找事、神经质。我骂得太凶了,以至于我觉得自己不是把她骂哭了,而是把她吓哭了。

我从来没有见一个人哭得那么厉害过,像犯了哮喘似的,换不过气来。隋凉发着抖说,安沉午,你是不是不爱我了?我正在气头上,心想,要不然分手吧!长痛不如短痛,这样下去我今后什么也别想干了。我承认,她对我的爱远远超过了我对她的喜欢,她重我轻,关系失衡,这样下去对大家都是灾难。突然意识到,男女之间反复重演着的戏码绝非偶然,只是这次,我再不会被人伤害,更不会落入被动的境地里。角色对调了,我成了主宰生杀大权的那个。这个想法让我感到了恐惧。

隋凉见我不应,马上过来吻我。她说,我求求你,不要离开我好吗?我求求你了!你知道吗,我已经拿到纽约大学的录取通知了,但是我不想去,异地恋没什么好结果的,我要为你留下,我想跟你永远在一起,我们一毕业就结婚吧!

我根本没想过要跟谁结婚,我也十分疑惑——到底是什么力量,在半年不到的时间里,能让一个人对另外一个人如此死心塌地乃至托付终身?隋凉泣不成声,她说,沉午,我对你说过的这些话,过去没说过,今后也不会再对别人说!答应我,不要离开我好吗?她哀求着,悲痛欲绝地看着我,眼妆全花了。

随着抽泣,隋凉的胸口激烈起伏。她鼻头红红的,头发凝结成一缕一缕,粘在脸颊上泪水流过的地方。我想起她的好,她的美丽优雅,她的性感可爱,脑海里更是出现了她跟别的男人在一起的情景……我长叹一声抱住她说,我不会离开你的,咱们不要吵了,好好的吧,对不起,我不应该那么凶。她说,是我的错,都是我不好,我以后一定乖乖的,不吵你了。我说,去美国的事还是好好斟酌一下,这是大事。她看了看我,没再说话。

那天晚上,隋凉躺在我身边,依偎着我,回忆起了我们的第一夜。她说,从日本料理开始,一切都像是电影情节般不可思议,我喜欢电影院里你一边吻我一边轻抚我的感觉,还有那个小破旅馆,要不是你急不可耐,没准我下辈子都不会去那种地方。你知道吗?我大学四年全加起来都比不上那一夜,真的太梦幻、太不真实了!

我倾听着,每隔一会儿就亲亲她。一直到睡前,心里总是惴惴不安。我隐约觉得,这次和好建立在内疚和同情之上,隋凉给我的困扰早已远远超过了她对我的吸引力。我怕伤害她、对不起她,却更怕自己背叛关系,践踏承诺,变成关睿那样的人。我努力搜寻当初对她狂热的、让我心跳不止的、那种可以被我称为"爱"的东西,却感到它正在熄灭……

# 5

大爆发后,隋凉小心翼翼地与我相处,不敢再黏我。每隔两三天,我去学校找她一趟,请她吃些好吃的,在学校里散散步。周末则把她接回家住。

有一次在床上,她似乎有些不对劲,果然,临近结束时她说,安沉午,你拿枕头闷死我吧!我赶紧停下,问她到底怎么了。隋凉说,平时想你我都不敢联系你,怕你生气,只能拼命压抑自己,今天早上照镜子,我发觉自己憔悴了好多,晚上睡不好觉,白天吃东西也没胃口,心力交瘁,像被卷入一个黑洞里了。

那天我们谁也没有抵达愉悦。是的,她确实憔悴也苍老了许多,我全都注意到了。爱情的折磨让隋凉失去了曾经吸引着我的活力和气息,她没有当初那么美妙了。

这次之后,维系着我俩关系的乐事竟成为一种安抚、一项义务,如非她明确提出,我几乎不再主动。

几天之后的一个早晨,从书房出来,我拿起手机一看,竟有四十多个未接来电,全是隋凉打来的。以为发生了什么事,赶紧拨回去,结果什么事都没有,她只是想听听我的声音,语气本来很温和,说着说着发起火来,怪我一写起东西来就不理她,让她担心失措、胡思乱想,毫无安全感。接着跟我置气,一整天没有好脸色。

明知道我在写东西,为什么还要给我打这么多电话呢?没接到就没接到呗,最后接到了不就行了吗,有什么可气的呢?

我知道是什么原因让她歇斯底里,也知道是什么原因让我无动于衷,可我一点儿办法也没有,只能哄她了事。这样的事情接二连三,久久不能平复,她的举止越来越乖张,越来越不近情理。但凡跟隋凉待在一起超过半小时,我便会产生一种无法克制的需要独处的强烈愿望。我终于失去耐心,产生了破罐破摔的抵触心理。

临近毕业时,一个越南女孩儿出现了。

# 6

越南女孩儿是我们学校的留学生,上公选课时认识的,中文名字叫钟韵红。她长得不像越南人,倒像个韩国美女。后来我才知道,她九岁时跟妈妈去了美国,自幼在洛杉矶长大,也因此颠覆了我对越南女孩的刻板印象。

每次在学校里看见钟韵红时,她都会跳起来跟我打招呼。隋凉于是说,你不要和她来往过密哦,我以女人的直觉保证,那个越南女孩肯定喜欢你,而且她的身材太让人羡慕了,你又那么黄,可不能让她把你拐跑了。

隋凉树立过许多假想敌,她总觉得这个也喜欢我、那个也喜欢我,仿佛所有的女孩我都可以手到擒来似的。我觉得她想多了,根本没当回事。只是,每当见到钟韵红,我都暗自盼望着隋凉的假想成真,坦率地说,我绝不相信任何一个正常男人能够抵挡得了她的诱惑。

在家附近的超市碰到钟韵红时,我非常惊奇,一问才知道,她一年前就跟男朋友在这儿租了房子,居然跟我住在同一个小区,而且已经整整一年了。从见到她的那刻起,我便感到一股剧烈的力量在身体里横冲直撞。我知道那并非爱情,因为我根本不想了解钟韵红,甚至连话都不想跟她多说。我只想让那件事发生,让身体停止沸腾。

在超市里互相留了电话,我们开始联系。钟韵红的语音语调、字里行间满是暗示,比我想象中主动和开放多了。很快挑明意图之后,她和我的想法果然不谋而合——我们的共同需求止步于生理层面,只要保密得当,便不会给各自的恋人造成伤害,毕竟,谁都不愿因为那种来得快去得快的冲动而贸然分手。那件事比我想象中来得更简单也更直接,我跟钟韵红既没有情感瓜葛也不会拖泥带水。于是，我没有过多的内疚和犹豫，甚至连想都没有多想。

那次以失败告终。我太紧张了，心咚咚直跳，总担心隋凉会突然出现在家门口。而一想起隋凉，强烈的负罪感便涌上来，它碾灭了欲望，更压制了我的反应。钟韵红见状赶紧抱住我，轻抚我的后背，用外国人的腔调说着不标准的普通话安慰我，没有因为这略显尴尬的情况表现出任何不快。我觉得脸都丢尽了，却也不想解释，只向她道了歉。钟韵红让我别担心，说又不是只这一次，还有机会的，以后心态放松了就一定没问题的。我警惕起来，跟她讲好，为避免麻烦，平时不要直接联系。

换掉床单，洗完澡，打开手机一看，果不其然，隋凉又给我打了几个电话，都没接到。打回去，她却不接了。我暗叫不好，难道让她发觉了？立即开车冲回学校，一路上慌慌张张的，闯了一个红灯，冒了一身虚汗。直到看见了隋凉，又见她一反常态地开心时，我这才回过神，安定下来。

隋凉雀跃道，我的戏入围啦！我说，真的吗？太棒了。隋凉说，跟你在一起我的导演事业都要荒废了，得赶紧捡回来！那天她一扫阴霾，心情极佳。我请她吃了法国大餐，跟她沟通时格外耐心，还说了很多动听的话。晚上，我要求隋凉随我回家住，她面露怯色说，我还是不打扰你了，免得咱们俩又不开心，不过你放心，以后我会懂事的。

送她回宿舍前，隋凉说，我下午给你打了几个电话，你没接到，我就睡着了，然后做了一个怪梦，梦见自己的牙全都掉光了……梦见掉牙在我们那里是很不吉利的，而且她做这个梦的时候，钟韵红正在我家呢。强烈的负罪感再次将我笼罩，我打了个寒战，不愿再想。

很快，我们的感情恢复了，几乎和好如初。隋凉为了调整自己，努力回归导演事业，跟陈川遒他们也和解了。我心存愧疚，对隋凉关怀备至。我进她退，我们之间的关系趋近平衡，终于有些希望了。不过，隋凉对于要不要去纽大读导演还是有些犹豫，她考虑着延期一年入学，等我们稳定了再走。我说，都是一样的，晚去一年也得晚回来一年。隋凉说，可我不想跟你分开！我说，那我陪读呗，沾你的光当个旅美作家。隋凉勾住我的脖子说，你可不许反悔啊。

谁知道刚有转机就出事了。

# 7

隋凉平时从来不看我手机，恰好那天她家里有事，自己手机没电了，借我的用，没想到钟韵红在这个时候发了条短信过来：

"为什么这么久都不联系我？想念你的床……"

隋凉脸色立马就变了，开始盘问我，可我能说什么呢？那次根本就没做成？钟韵红对我纯粹是生理上的吸引、百分之百的性欲，是完全出于本能的需要？我跟钟韵红随时开始随时结束，没有任何牵绊，丝毫不会影响我们之间的感情？

我曾心存侥幸，因为这事从客观上促进了我跟隋凉的感情，只要她不知情，结婚我不敢保证，美国是肯定要一起去的。可很不巧，隋凉偏偏知道了，她当然无法理解这种行为，这十六个字不给我任何翻盘的机会，最后那个省略号更是让人浮想联翩,我没有解释和辩驳的余地。当然,我更不能责怪钟韵红,所有这些都是我的责任。

隋凉的表情恐怖极了,好像要跟我同归于尽。她把手机砸得粉碎,拿起剪刀冲到床边,疯狂地扎枕头、扎床垫。安沉午你这个不要脸的东西!就是这张床对吧,想念你的床,想啊!我真是瞎了眼,让你睡了这么久,现在腻了就去睡别人了?我竟然还想跟你结婚,我他妈下辈子都不会原谅你,浑蛋!

床毁得差不多了,她扒开窗门往外爬,要跳。我吓坏了,冲上前拉她下来,一齐摔在地板上。她扭动着企图挣脱,我死死抱住她。她翻身瞪着我,目光所及都被烧焦。

我想跟隋凉推心置腹,梳理梳理我们之间的问题。说到底,我已经不爱她了,我们的恋情刚开始不久我就厌倦了,现在更是全靠内疚和惯性强撑。可我根本无法做到直言不讳,要知道,诚实一旦来晚了,再怎么小心翼翼,再怎么字斟句酌,只要是从我嘴里说出来的,哪怕只一个字,都可能加重对她的伤害。四年前,关睿就是这样对我的,我太明白隋凉现在的心情了。不同的是,当初的受害者变成了如今的加害者,四年后,我完全而彻底地、无可挽回地伤害了另一个女孩。

隋凉欲抬手扇我,却在几厘米外急停。她哭喊道,我到了这个时候还心疼你,怕把你打疼,真他妈的一点儿出息都没有!我对自己失望透顶,只能一个劲儿地说"对不起"和"别冲动",后悔没能扼制欲望,犯下了不可挽回的大错。我多希望她能狠狠地打我一顿啊,全都冲着我来吧,让我遍体鳞伤鼻青脸肿吧。可隋凉就是不碰我,她抄起床上的剪刀,掰开刀刃,一刀一刀地割自己小臂。我一把夺下剪刀说,你要干吗?你要划就划我!她说,我要死在你面前!

想起隋凉一贯颇具戏剧性的作风,我害怕起来。她在房子里一刻不停地走来走去,搜寻着更具杀伤力的工具。我拦住她哀求道,宝贝儿你千万冷静,是我对不起你,你不能伤害自己。她大吼,谁是你的宝贝儿?恶心!这时她突然想起什么,转身扑向床头柜。糟糕,安眠药在里面呢。隋凉将整瓶药都倒进嘴里,灌下一大口水,恶狠狠地笑了。

这下完了!

我按住隋凉后颈,将她压弯了腰,两根指头伸进她嘴里。安眠药片溶成浆状,我使劲抠她的嗓子眼,她咬我,我忍着疼继续。半晌,她呕出一摊淡黄色的酸水。

残留的药起效了,隋凉镇静下来,躺在地上蜷成一团,无声落泪。我抱她下楼,她绵软无力地拍打着我说,不许碰我,脏!我将她放在车后座上,一路疾驰,送进医院。

进诊室之前,我拉着她的手说,对不起,都是我的错。她轻声说,你走吧,以后我不想再见到你。说完,她将我的手移开,闭上了眼睛……

# 8

我和隋凉之间的所有连接都被切断,感情在一瞬间变为仇恨,爱有多深恨就有多重,之后便是嫌弃与遗忘。不知怎么,我突然在想,为什么关睿伤害我的时候就那样轻松和决绝,而我伤害别人时却不能如她一样呢?我太难受了,伤人比我想象的疼多了,那种痛苦堪比砍断一只手、挖去一只眼睛,也丝毫不亚于当初我被抛弃时的感受,而此时,隋凉的痛可能是我的十倍都不止。想到这里,我对自己产生了深重的憎恶,伴随着脑中久久不散的她的辱骂声,我悔恨到了极点。

隋凉并无大碍。不过,在随后的毕业典礼上,我没有见到她。那天我的眼睛寻觅着隋凉,另一双眼睛也正寻觅着我。出了礼堂,这双眼睛的主人陈川遒一看到我便追上来讨伐我,高声叫骂。我对他一点儿也不客气,这是我和隋凉之间的问题,他没有资格管闲事。那些天我抑郁难纾,无处发泄,一把将陈川遒掀翻在地,把愤恨,那种对自己的愤恨,一脚一脚踢在他肚子上。几位同学冲过来挡住我,将我拽回了宿舍。

脱下被扯烂的学士服的一刹那,我意识到,四年的大学生活和九个月的恋爱同时结束了,又一段关系在剧烈的撕扯中湮灭。我感到虚无,感到一无所有,每天浑浑噩噩,什么也记不起,什么也忘不掉。

为了分散注意力,我逼着自己参加了一场又一场无聊至极的散伙宴席。内向的人借着酒劲对喜欢的姑娘表白,离别没能让她对他动一点点心,反而助长了她本就不少的优越感;情同手足的好朋友们抱头大哭,用悲痛表达不舍;豁达的精英面孔们因为出路不错,从容地告别,礼貌地询问着其他人的去向,暗自高人一等;有过节的全都和解了,碰过杯,一笑泯恩仇,甚至成了患难之交;以前从不抽烟的,竟然点上了一支,吞云吐雾,姿势像个老手;还有一些人故意把自己喝吐了,不要紧,吐完了去KTV唱歌,唱完歌上街轧马路,大吵大闹,整夜发疯……

我远远地观察和感受着，像大学的四年一样，离群索居，对任何集体活动不感兴趣也从不参与。我有自己的节奏，干自己认定的事，交少而精的朋友。我最好的朋友有两位：一位是伍凯佑，从初中到大学，我和他同班同寝了整整十年之久。他为人幽默，生活讲究，但过于随心所欲，经常不靠谱。他马上就要去上海的一家事业单位入职了，我们将从此天各一方；另一位是叶浮，比我大三岁，是我们学校的在职研究生，他身上有种很容易被误解的直率和坦诚，和我十分相似。他在一家大型影视公司做文学策划，我小说的影视改编版权多亏有他，才卖了个前所未有的高价。

很多同学跑来向我敬酒，有的说我低调，真人不露相；有的佩服我坚持文学、坚持创作；有的羡慕我早早地"建功立业"，解决了生计问题……他们搂着我一起喝酒、感慨、回忆，讲了不少关于我的趣事。我为同学们的细心和强记感到惊讶，加上后会无期，竟泛起了一丝亲切感。三位本系学妹和两位其他院系的女孩通过短信向我表白，其中一位学妹说，有一次在学校的湖边看见我拉着隋凉猛跑，她都快跌倒了，但看起来一脸幸福。她说，好想成为隋凉姐姐，好想我拉着的那个人是她……

隋凉，又是隋凉，我心里咯噔一下。你现在在哪儿？你也正在想我吗？你会不会把我们曾经的快乐时光都忘掉？一定会的，你一定特别恨我。我把手机扣在一旁，摘下眼镜，揉了揉眼窝。

失落感压倒一切。

对于正在经历毕业季的人来说，校园里到处弥漫着伤感的氛围，平日里根本不会留意的景致和建筑这时也忍不住多看几眼。对于我，伤感是因为隋凉,我只想尽快离开这块五千亩的土地,因为这里随处都是我和她的踪迹。不用说,回家更压抑了,根本没法在家待,即便宿舍没有空调,我也还是搬了回来。伍凯佑把他的小电扇让给我,我将它调到最大风量,对着赤裸的胸口整夜吹。没多久我患上热伤风,喉咙肿痛难当,说话声低沉而嘶哑。真是应景。

伍凯佑说,最后去学校里转一圈吧。我点点头。

校园里人很少,十分萧索。我低着头,一声不响地跟在伍凯佑身后。走到足球场,我们认出了大一时晨练打卡的窗口,现在那里已经封死废弃了。足球场里没有树,没有风,只有无限的静止,令我不知该何去何从。我走到草地上躺下,有一种再也不想动弹的荒凉,想永远待在这里、现在、这个点上,接受流放。

"你觉得我到底是个什么人?"我问伍凯佑。

"你自己觉得呢?"

"很糟糕的人吧。背叛关系,践踏承诺,对儿女情长没半点儿耐心,成了关睿那样了。"

"关睿就是没那么喜欢你而已,就像你没那么喜欢隋凉一样。"伍凯佑在我旁边坐下,"人不对只能是这个结局。"

"以前我特渴望有人能用力爱我一次,可真等那个人出现,又觉得过犹不及,无所适从了。"

"所以啊,人家关睿跟你撑满五年才劈腿,也算是仁至义尽。"伍凯佑说,"你呢,也没必要苛责自己,我知道这不是你的本意。没办法的事。"

"唉,只是这两次收场都收得太残酷也太激烈了……希望这次我欠隋凉的能在别的地方还清。"

"你是还不清了,不过肯定有人替你还。这种事情永远是前人欠的后人还。隋凉绝对会成为下一段恋情的主导者,她就是下一个你,迟早要去祸害其他人的,但凡卷进来了就别想着全身而退。"伍凯佑安慰我,"谁没受过伤,谁又没伤害过别人呢?说到底,都是因果报应、相互波及罢了。那东西会无限扩散开来,没人是无辜的。"

蓝血
苍蝇

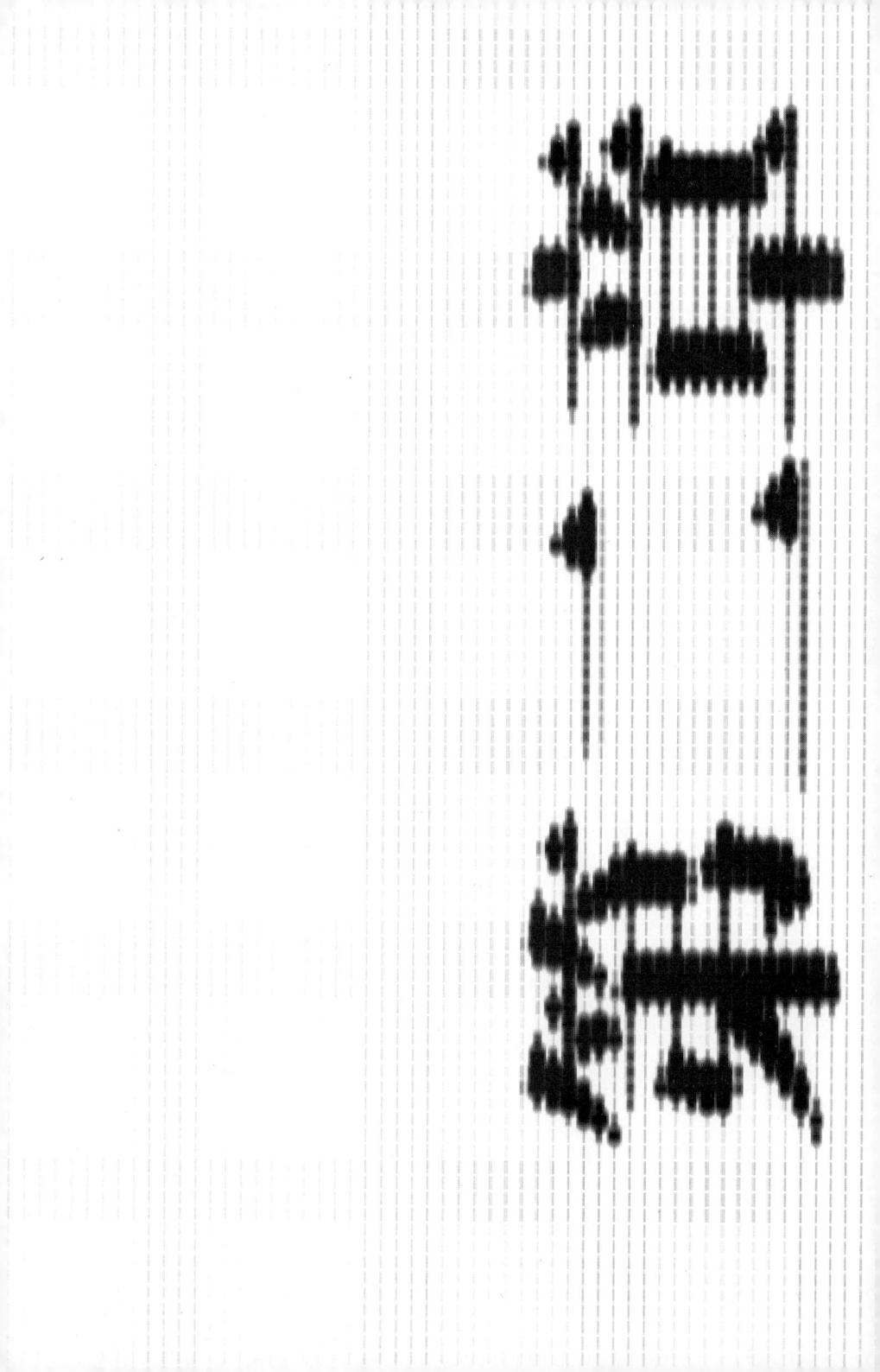

# 1

  伍凯佑劝我去风景优美的地方散散心，我则坚持要他同去。于是，在各奔东西前，我们一同登上了前往普吉岛的飞机。

  程夏冬即将到来，隋凉还未消散。第二次恋爱再度失败，对我之后的思维和行为方式有着极大的影响。我知道，隋凉渴望从我这里获得那份唯一的、天长地久的爱情，这超出了我的能力范围。事到如今，我已沦为爱情里最不值得信赖的那类人。即使再来一次，多半还会重蹈覆辙。也许不是跟其他女生怎样，但一定会用别的方式伤害她。哪怕动机出于本能乃至无意，哪怕全然没动过坏念头，伤害都在所难免。

  我痛恨自己的所作所为，也理应从中吸取教训。可我必须诚实一些——过去不是那么容易道别的，也没有什么能被真正抛在身后。我始终看不清楚自己到底是个怎样的人，也搞不懂究竟是什么把我变成了现在这样。我甚至忘记了单纯的最初，只隐约觉得，某些事情一旦起始就再也回不了头。

  到达普吉岛时已是凌晨，伍凯佑在大巴上睡着了。望着窗外杂乱的街景,我想,虽然只谈过两场恋爱,可加起来将近六年,深深浅浅来来回回,受过伤害也伤害过别人,也许惯常的恋爱关系早已不再适合我。

自从关睿抛弃我后,我便向往起了某种更"轻"的关系。现阶段,我情欲不高,远不像从前那样渴望着爱或被爱了。过于充沛的感情只会徒增负担,让好的和坏的、想要的和不想要的蜂拥而至。伤及无辜不说,甚至可能引发灾难性的后果。经历过隋凉,我拿稳了这个念头。

闭关那几年,我每天写作、看书、运动,一个人过得挺好。因为有交心的朋友,我从没觉得孤独过。作为一名男性,我所面对的难题只有寂寞,需要解决的也只是性欲问题。虚情假意也好,逢场作戏也罢,肉体带来的快感是谁也无法否认的。双方若是简单明了开诚布公,提前讲清楚,安全措施得当,不强迫对方不委屈自己,就不会造成过于严重的后果。

进入房间,我倒头就睡。早上醒来,屋里闷得要命,摇晃着来到窗前将窗帘掀开,毫无意外地,强烈而充足的光线刺痛了我的双眼。窗外,极高纯度的湛蓝色扑面而来,海面和天空连成一片,透出惊心动魄的壮美。

走上阳台,在热浪中大口呼吸,心情豁然开朗。看着遍布游人的白色沙滩,我心想,不管过去做错了什么,都已经追悔莫及,如果命运安排隋凉的出现和离开,是为了让我看清自己浑蛋的那一面,我认,我们的缘分也只能中止于此了。我根本没有资格得到她的原谅,我所能做的只有记住她的好、她的美,然后彻底放下她。

酝酿已久的念头逐步清晰起来,远眺着一望无际的大海,我暗自决定,今后要远离正常的两性关系,保持单身,对一切情感纠葛严防死守,只上床不恋爱,戒绝一往情深,停止无谓的情感倾轧和自我苛责。浑蛋就浑蛋吧,孤独终老就孤独终老吧,事到如今,重复的生活和无谓的感情付出只会让我更加空虚、落寞和无动于衷。我不愿再浪费时间欺骗自己了,也用不着像常人那样随波逐流朝三暮四了。

现在看来,那时的我真的太天真了。

简直天真得可笑。

# 2

伍凯佑总说,你既然这么用功就不要亏待了自己,吃喝玩乐衣食住行,方方面面都需提高档次。在他的提议下,我们住进了位于卡隆海滩的一家五星级酒店。酒店的设施、服务、餐食、景观等自然没得说,一切都称心如意。

这些天,我们八点准时起床,吃一顿丰盛的早餐,再去市里玩。晚上回来,在附近的夜市瞎逛,累了就找个酒吧坐坐。

"一个个雌雄莫辨的,都不敢上去搭讪了。"伍凯佑为了让我开心,极尽所能地活跃着气氛。

我喝一口啤酒,嚼了几粒花生豆。台上的女郎浓妆艳抹,舞姿曼妙。

"要不要找个地方活动一下?"他问。

"算了吧,"我确实有些躁动,但又提不起兴致,"听说这边挺脏的。"

"我意思咱打套太极拳,去户外活动一下筋骨——你想什么呢!"

"神经病。"我笑了。

喝完酒，在伍凯佑的强烈要求下，我们来到酒店专属海滩的边沿，面朝大海，站定。虽然是晚上，可夜空很亮，天空和云朵都分明，月亮的照耀使地面上的一切都散发出银光。

太极拳是大学必修课，我只记得些许，学着伍凯佑，动作基本都跟得上。我们在海浪中起势，拉开身体，双手交错贯通，招式衔接流畅，像溪水流入湖泊那样自然。海风如一张薄膜，来回不断地穿透、过滤着我的身体。随着动作的行进，杂质和迷思得以排出，整个人变透明了，跟周身的空气融为一体，干净得像没存在过。我闭上眼睛，找到了一种久违的安宁感。记忆不存在了，感官消失了，意识也随之隐去，唯独留下一副躯体……

后来，我们躺在尚留余温的沙滩上，望着天空发呆。身后的小丛林里窸窣作响，像是内心深处的低语。一只活物擦着我的脚跟路过，毫无恶意。

"看什么呢？"伍凯佑问。

"看月亮。"

"想什么呢？"伍凯佑又问。

"什么也没想。"

很长时间过去了，我的脊背彻底凉下来。看看身旁，伍凯佑已经睡过去了，他的发丝随夜风飘动，半张着嘴，颤出轻微的鼾声。我挪了挪身子，举起双臂伸向夜空。星星和月亮仿佛近在咫尺，却又遥不可及。

什么也摸不到，什么也抓不着。

# 3

别了伍凯佑,回到雾霾漫天阳光惨淡的北京,一落地即打电话约叶浮出来吃饭,顺便谈谈近况。叶浮接到电话,说他也正要找我,我问他怎么了,他说有好事,得当面讲。

"你瘦了。"叶浮落座。

"什么好事儿啊?"我问。

"先别急啊,最近怎么样?"

"唉……说来话长。"点完菜,我将最近的遭遇和想法娓娓道来。

叶浮笑说:"不破不立你这是——只上床不恋爱真挺好的。"

"没,破罐子破摔罢了。"我努力笑笑。

"看开点儿,早跟你说过,趁年轻多玩玩,现在女孩都可开放了。"他吞下一个虾饺,"来我们公司上班吧,不然整天在家待着连个女的都见不到。"

"跟你在一块儿还能专心上班吗?"

"你别以为我有多厉害,大企业大集团乱着呢,净是道貌岸然的老前辈。我们部门缺个文学策划,你要是考虑好了我就跟领导提,问题不大。"

东拉西扯聊了很多,快吃完时,叶浮拿出手机点了几下,递给我:

"你觉得怎么样?"

屏幕上是个女孩,看着比我稍成熟点,二十五六岁的样子。可能由于没化妆的缘故,乍一看不算惊艳,不是那种叫人过目不忘的类型,可不知为什么,我始终无法移开目光。她的皮肤很好,脸颊和鼻梁亮亮的。表情俏皮可爱,却没有丝毫造作,竟越看越舒服了。不过,最抓人的是她那双眼睛,很媚。

"我高中同学,程夏冬。"

"名字不错。"

"我们四川一国企领导的女儿。有兴趣吗?她想认识你,托我打声招呼。"

我叫服务员来结账,瞄了叶浮一眼。"她怎么会想认识我呢?"

"六月份,我拉着你拍了张照片,在南门,记得吧?"服务员来了,叶浮压住我的手,递给服务员200块钱,"当时微信刚有朋友圈,我一发照片,程夏冬就在下面留言问你是谁,说看着眼熟。我说这是安沉午,知名作家,我哥们儿。"

"然后呢?"

"然后大姐就看上你了,总跟我打听你的事儿。"

"也许人家没那个意思,"我说,"只想慕名交个朋友而已。"

"行了行了,"叶浮瞟我一眼,"心照不宣的事儿。"

"中学时有个女孩儿,本来我对她印象不错。有天她说她喜欢我,开始追我,我立刻就没感觉了。"

"你现在就不应该瞎拒绝人,不是说只上床不恋爱吗?那就'广撒网,多储备'。炮友本来就不稳定,所以是多多益善。一定轮流着来,要是每次都搞同一个,早晚要'日'久生情。"

"人家可不一定那么想,说不定是要谈恋爱、结婚呢。"我果真成了惊弓之鸟,推脱道,"要不还是算了吧。"

"你顾虑这么多干吗?定好的方针就要贯彻,跟女孩怎么进行全看你的意愿。"叶浮说,"前期讲清楚,后期控制得当,一般就没什么大问题。说

032

不定人家也只想玩玩，没打算来真的。能谈妥就上，上不了拉倒呗。"

"叶老师过来人，经验丰富。"

"那我把你电话给她了，你们自己勾兑吧。"叶浮拿起手机，"她条件好，人也不错，你不吃亏。"

"欸，先等一下，我还是怕太主动的会打乱我节奏，还要写小说呢……"

"别慌，她平时不在北京，成都呢。"

回到家，我打开投影仪，连上电脑，放了一部电影。十分钟不到，按下暂停，吐了一口热气瘫在沙发上：最近憋了太久了，除了做爱什么都不想干。叶浮说得没错，以后确实该"广撒网，多储备"。

放下手机，去卫生间冲凉。晚饭时看过程夏冬的照片，她也就自然而然地浮现了。那双流转又妩媚的眼睛越来越清晰，也越变越大，影影绰绰，挥之不去。没一会儿，这双眼睛竟蔓延至数米之高，高到可以将我吞没。我加速摆动，在高点纵身一跃，跌入了她幽深的瞳孔里……

擦干身体从浴室出来，收到一条短信，来自一个陌生的号码：

"安老师好，我是程夏冬。明天我到北京，想请你吃个饭。"

# 4

坐电梯上到位于柏悦酒店 66 层的"北京亮"餐厅，报了程夏冬的手机号，服务员引我入座。我们的桌子位于窗边，整条长安街尽收眼底。看了一会儿景，见她还没来，我从包里取出一本书。

读着,身旁散发出浓郁的温热芳香,一双高跟鞋出现在余光里。我猛地合上书,站起来,像被吓了一跳。她离我很近,一时间对不上焦,只觉一双眼睛笑吟吟地盯着我。那双眼睛我太熟悉了——昨晚掉进去过。

"看得好认真啊,什么书?"

"一本法国小说。"我脸红了。

程夏冬走到我对面坐下。

"终于见面啦安老师。"她笑得很灿烂。

"不好意思,刚才没注意你过来。"我这才看清她。今天她化了妆,精心打扮过,所有与照片上不吻合的地方都比照片更美。

"是我不好意思。飞机晚点,刚到酒店稍微收拾了一下才上来的,所以晚了一会儿。"她说。

"没事儿,快点菜吧。"

程夏冬打开菜单,不时征询我想吃什么、有什么忌口。她的一举一动都很大方,不矜持不做作。我们寒暄了几句,自然又放松。她不但眼睛媚,说话声音也很媚,甚至可以称得上是沁人心脾。

"你跟照片上不太一样。"我说。

"更好看还是更难看呀?"程夏冬立了起来。

"更灵动。"

"灵动——我喜欢这个词。"她的目光在我脸上定了一下,"你也跟照片不一样了。"

"怎么不一样?"

"比照片上黑。"程夏冬笑了。

"对,刚从泰国回来,晒的。"

"和你朋友一起去的,对吧?伍凯佑。"

"你知道得不少啊。"我说。

"是啊,我还知道你刚分了手呢。"她笑得更起劲儿了。

"还笑?幸灾乐祸。"

"您都单身了人家还不能开心开心啦?"程夏冬挑起眉毛望着我。

"心里伤着呢。"

"少来。"

"你平时喜欢看书吗?"我岔开话题。毕竟还不了解她,先聊点儿别的吧。

"嗯……我看书比较少,但是我把很厚很厚的一套全都读完了。那什么,四个字的,在嘴边突然想不起来了……"

"四大名著?二十四史?"

"《哈利·波特》!"她说。

我扑哧一笑,赶紧绷住。

"不许笑话我!最喜欢《哈利·波特》了。"

"没笑话你,我也特喜欢,就是觉得你特好玩。"没用"可爱"这个字眼,怕她膨胀。

"你那本《成倍焦灼》我还在看呢,我读得慢,一直没看完。"

"嗯。"想问她写得怎么样。

"说实话,不是很吸引我。"程夏冬一副漫不经心的样子,"不过,一翻开封面,折页上你那张照片超帅,气质出众!"

我脸上没了表情,喝尽杯里的水,又叫服务员加满。

"哎呀,生气啦?"她无辜地望着我。

"没有。"

"真的?"

"真的。"我点头。

"别跟我一般见识嘛,可能我本来就不怎么爱看书。其实刚才的重点在后半句上——特喜欢你那张照片。"

"谢谢。"

"你一般都什么时候写东西呢?"

"早上。"

"我以为你们是夜里写。"

"都是早上写。"

"现在在写什么?"

"大二出了《成倍焦灼》之后,出版人想让我沿着原先的路子,写成三部曲,巩固一下风格,立个山头。我本就没有这打算,但还是试写了一稿。初稿不满意,改,没改出来,一年就过去了。后来想了想,决定放弃他的提议。他吧,更多是出于商业考量。但是我呢,不想重复自己,不想被贴标签,也不想仅仅止步于做畅销书作家。结果还没正式动笔就认识了我前女友,直到毕业,零碎写了一些短篇和中篇,加上帮她弄了两个剧本,第二本小说没有任何实质性的推进。"

说到前女友这里,她盯紧我,饶有兴味。我也不气了,接着说:

"《成倍焦灼》是青春题材的类型小说,下面一本,也就是目前正在酝酿的,现在想好了两个方向,还没最后定:一个是跟我小时候经历有关的,从少年的视角切入;另外一个是当下的,跟城市生活有关的。虽然现在的笔力和思想还没能达到严肃文学的高度,但是我吧,还是一心想写点儿深刻的、言之有物的、以后留得下来的东西,所以正朝着严肃文学的方向使劲儿呢。"

程夏冬不应,我跟她摆摆手:"给你说睡着啦?"

"没有没有,听入神了!说得特别好。"

上菜了,我说:"咱们开动吧。"

她点点头,刚拿起餐具,又放下说:"你知道吗?我那天去书店里瞎转,随手一翻就是你的书,看到你照片后二话没说就买了,没想到晚上在叶浮的朋友圈又见到你,特巧。"

"你也单身?"我问道。

"算是吧。"她说。

"算是?"

"我爸想让我赶紧结婚,给我介绍了一个。"

"不喜欢?"

"嗯,没感觉,"程夏冬说,"但我爸非常喜欢他,所以我也不好直接拒绝。"

"在一起了?"

"没,虽然没拒绝可我一直也没答应他。正锲而不舍地追我呢,可上心了。"

我点点头,注意到她左手小拇指上有一枚戒指,镶着一排小小的钻石,十分精巧。突然,程夏冬用脚尖顶了我一下,表情不无暧昧。

"想什么呢?怎么不说话了?"她笑了,"是不是想起你前女友了?据说她对你也很上心。"

"叶浮连这都跟你说了?"

"不是他,他嘴严,什么都套不出来。不过,我北京的眼线可多了,专门监视你!"

"真行。"

"怕了吧?蒙得了其他女孩儿可蒙不了我。"

"我蒙过谁啊?你还是多监视监视你爸钦点的乘龙快婿吧,虽然你对人家暂时没感觉,但我觉得吧,你俩迟早都得结婚。"

"为什么啊?"程夏冬噘起嘴。

"能让你爸满意的,家庭条件肯定不错。你们上层人士联姻的目的就在于此,利益捆绑嘛。结了婚,没感情,以后各玩各的,也挺好。"

"什么上层人士,什么各玩各的啊……才不好呢,一点儿都不好!"

"没什么不好的,婚后不想玩,婚前可得抓紧了。"我故作淡然地盯着她。

"嘿,你这个人,这么喜欢玩啊?"她似乎没听懂我在暗示些什么。

"总之我是不会再谈恋爱了。"

"你的前尘往事我基本都知道,我觉得你是没遇到合适的人。"

"不是合适不合适的问题……"我对程夏冬的反应有些失望,"没那么简单。"

程夏冬见我冷下来,眨巴着眼睛望了我一会儿。看着那双媚眼,我心里怪痒痒的,于是我问她:

"干吗监视我?"

"好奇啊,没见过活的作家。"她说,"平常走在大街上,会不会经常被认出来,合影什么的?"

"那不会,又不是明星。"

"所以,爱情对于你来讲到底算什么?"她又绕回去了。

"对我来说,应该是一种能够战胜欲望的意志或信仰吧。"

"那你没有这种信仰咯?"

"有过。但是它太难搞了,就放弃了。"

"所以才这么排斥爱情?"

"不。我排斥的是谈恋爱,准确地说,是惯常的恋爱关系。"我说。

"也对,爱情你也排斥不了,有就是有,没有就是没有,你躲不开。"她用一种狡黠的眼神看着我,"我明白你为什么这样。"

"没什么为什么,男的骨子里都这样。"

"那要是你玩着玩着玩认真了怎么办?"

"认真?早麻木了。"我说,"搞定我可没那么容易。"

"有些话可别说得太早!"程夏冬昂起下巴。

"不服尽管来。"

"哼!那我可不客气了。"

有戏,话题到此打住。程夏冬招呼服务员过来,点了一瓶红酒。我告诉她一会儿还要开车就先不喝了。她看了我一眼,点点头,而后赌气似的一杯接一杯独饮,喝得很快。

"安老师,我特意带了你的书过来。"她放下高脚杯,"能不能……下去给我签个名?"

"下去?你房间?"

"那个……我给你拿上来吧，拿上来也行。"她已是一脸绯红。

"别折腾了，我还是跟你下去吧。"

等电梯时，我们像两个不认识的人。我拿出手机看看，她也拿出手机看看，谁都没说话。我很清楚待会儿会发生什么，从这顿饭刚开始我就知道会走到这一步。不同的是，今天我一反常态，有种"就算什么都不发生也无所谓"的淡然，既不紧张也不着急。

她的房间在楼层的尽头，是个相当大的套房，茶几上端端正正摆着我的书。我给她签了名：程夏冬惠存，安沉午，年月日。

"你的名字不错，夏冬，很别致，读着很好听，我喜欢这两个字。"

"爸爸起的。"程夏冬拿起遥控器，打开电视，晃晃手里剩下的半瓶酒，"真的不喝一点儿？"

"不喝了，准备回去了。"我十分放松，跟她开了个玩笑。

"约了其他女孩儿啊？"

"没啊。"

"那你急着回去干吗？"她拔下木塞，灌下去一大口，逐渐变了神色，呼吸也急促起来。

无须多言，我关上电视，径直朝她走去。可能是醉了，程夏冬身子忽地一斜，差点摔倒。我赶忙扶住她，轻轻亲了她，尝到她嘴里淡淡的酒香味。

"你故意的吧？"她不满。

"就想看看你演的是哪一出。"

"我都这么明显这么主动了，还想让我怎么样？"程夏冬偷偷亲了我一小口。

"你是挺主动的,但听你那意思,不是不想玩吗?"

"不服啊,偏要治治你。再说,我不玩白不玩嘛!"

"那我得把丑话说在前面。"我正色道。

"嗯,说。"

"咱们只做爱,没其他的,我不打扰你的生活,希望你也别勉强我。之前劈过腿,伤害过别人,我觉得我不适合普通的男女关系,现在这样纯粹是为了解决生理需求。你要是想谈恋爱、结婚,今天再愉快也只能到这儿了;你要是不介意及时行乐,我们就继续。这样简单一点儿,可以吧?"

"平时不联系,没有感情也不谈感情对吧?"

"对,你挺懂的。"

程夏冬揽住我,潜下来,让我们的鼻尖挨在一起,轻轻蹭着。我闭上眼睛,闻到一股甜甜的杏子的芳香,真想咬她一口。程夏冬的头发泻在我的脸上和脖子上,有点痒。她并不着急,慢慢亲我,一口是一口,糯糯的。亲着亲着,她将我抱紧。

"其实我从来不给自己条条框框,想怎么样就怎么样——我喜欢你,就来找你,我想你了,就要联系你。"程夏冬在我耳边说。

"我也从来不给自己条条框框,什么样的女孩儿都想试试。"我特意说给她听。

"哼!信不信我到北京来亲自监视你?"

"要不今天还是算了吧……"我坐起来,脊背离开了靠垫。

"哎呀,你就是没遇到对的人。"

"跟你说了不是人对不对的事儿。"

"好好好,你说了算。"她又把我压下去,"谁没玩过似的!"
　　程夏冬这才有些着急,她亲吻着我的脸,还在我脖子上肆无忌惮地吮吸。我又舒服又痒,挠她,她咯咯笑了。再迎过去,发觉她的身材介于隋凉和钟韵红之间,哪里都刚刚好,有种说不出的惬意……
　　"你真厉害,我从没这么好过!"她说。
　　这的确也是我最棒的一次,但我只轻轻"嗯"了一声。
　　程夏冬钻到我胳膊下面,问道:"你跟别人也都这么好吗?"
　　"对啊。"其实并不。
　　"跟别人也这么久?"她问。
　　"差不多吧。"我明白她这么问的用意。
　　程夏冬突然拿被子蒙住头,瓮声瓮气地说:"不高兴了!"
　　我伸手去摸她。温润的肌肤和猫一样的肋骨。
　　"哎呀呀,痒!"程夏冬掀起被子蒙住我,顶起中间,支成个小帐篷,"找星星,小时候玩过吗?"
　　被子里的棉花填充得并不均匀,灯光通过小缝隙透进来,还真有点满天星斗的意思。程夏冬正要找给我看,我警惕起来,掀开被子:
　　"我先回去了,明早还要起来写东西。"
　　"别回去了嘛,都这么晚了。"她撒娇,"留下来陪我嘛!"
　　"真得回去。"
　　"明天写不了就后天写嘛,我待不了两天就要回成都了,求你啦。"
　　"别勉强我好吗?"我有些无奈。
　　"那你再抱我一会儿。"程夏冬转过身去,拱起身子。

我从后边抱住她。

"你对我真的只是纯粹的生理需求?"她问。

"不然呢?"

"就一点儿也不喜欢我,一丁点儿都没有?"

"你老问这些干吗?"

"夜都不过也不知道哄哄人家,以后不来找你了!"

我贪恋起刚才的愉悦,迟疑片刻,说:"咱俩那方面确实契合度蛮高的,我挺喜欢你的。"马上又补了一句,"但这不代表什么,我同时喜欢很多人。"

"我就知道!"她转过身抱住我,露出顽皮的表情,"那你迟早会爱上我的!"

"刚不是说不谈感情的吗?"有种上当的感觉,"我不会爱上任何人。"

"那我就使尽手段,直到你爱上我为止。"

"我不会爱任何人。"我重申。

"爱了又能怎么样,你怕什么?"

"怕麻烦。"

"什么不麻烦?"

"一个人不麻烦,想跟谁上床跟谁上床。"我一脸不屑。

"你不是怕麻烦,你是怕伤害别人、被别人伤害,你还怕自己把'爱'给糟蹋了、弄脏了。你用不着故意做给我看,我都知道。"

"你知道什么呀?"我最烦别人跟我倔,"你以为爱是什么好东西,有爱就幸福了?我爱别人的时候从来都很痛苦,别人爱我的时候我只能一次次让她们受伤。婚姻里头可能就因为没有爱,才他妈幸福美满,才他妈长久。

两个人生活在一起，相互感激、理解、尊重，那都不是爱。狭隘的、嫉妒的、迫切的、焚烧你的、撕裂你的那玩意儿才是爱——爱只会折磨人！"

"可你躲不开。"

"欸，干吗跟你扯这些……"我觉得自己过于激动了，喘了口气。

"因为你骨子里挺认真的，因为你根本就不是你自己以为的那种人。"

"得了吧，我是个什么人你还能比我清楚？"必须撂点狠话了，"我就想趁年轻多玩玩！要是换作别的女孩送上门，只要看得过去，我来者不拒。少他妈自作多情蹬鼻子上脸！"

"确定？"

"确定！"我起身穿衣服。

程夏冬被丢在一旁，许久不语，接着也开始穿衣服，摔摔打打搞得响动很大。说好的事又想翻盘，我才不吃这一套。

"那以后就别联系了！把我号码全删掉！"她彻底生气了。

我当面删了她的电话号码和微信，拎上背包推门就走。

# 5

连续看了几天书，在家憋得实在腻歪。大学时，还可以跟伍凯佑去蹭蹭其他院系的课，现如今他远在上海，我一个人都不知该干些什么。午后，想起上次吃饭时叶浮说的文学策划的事儿，给他打了个电话。

"终于要出山了？"

"是啊,得听您的,'广撒网,多储备'啊。"我说,"而且整天与世隔绝,怕以后没观察,写不出东西了。"

"可算开窍了,你等我片刻。"

过了一会儿,叶浮打电话来说领导那边没问题,要我按照人力部门的要求准备好材料,走个流程就搞定了。

"你和程夏冬怎么样了?"说完正事,叶浮问道。

"没怎么样。"

"她前两天问我见没见着你,我说没见着。"他说。

"嗯,你别理她了。"

话刚出口,心里却像被什么揪了一下。回忆起那天的不欢而散,我承认自己多多少少有些防范过度——

难道真就不理她了?

# 6

我要去的影视公司隶属一家大型商业集团,是其文化产业板块中的一小部分。因为董事长要求集团上下执行同一套规章制度,所以即便是氛围较为自由的影视公司也需严格考勤,朝九晚五。

听叶浮这么一说,我有些犹豫,怕早上的黄金时间被工作占去就没法安心写作了——之前接触过的其他几家影视公司基本都是午后才开工。他让我不用担心,说领导们一早要去集团开会,加上其他影视公司还没上班,整个上午无论是对内还是对外几乎没什么事,可以自由安排。另外,集团有自己的食堂,能够快速解决三餐问题。周围健身房、高级餐馆、酒吧、影院等一应俱全,方便极了。

我很快适应了上班族的生活,变得和大学时一样规律:上午写作,午休时去附近的健身房运动,之后吃午饭,下午办公。

由于说话一针见血,提出意见的同时能给出合理的解决方案,加上经常看书想事,脑子活泛,点子和创意张口就来,参会几次之后,大领导公开表扬了我。一个月过去,工作顺风顺水,我和叶浮的聊天话题从工作转移到女孩上。

"你是不是跟前台小陈有点儿什么?"我问他。

"我去,你怎么知道?"叶浮瞪大眼睛。

"太明显了,"我说,"有次等电梯,她一看到你,立马扭头走消防通道去了;还有一次去会议室路过前台,小陈本来喜笑颜开的,照见你就黑了脸低下头。你俩什么情况啊?"

"她非要谈恋爱,我不同意。"叶浮说,"不是一路人还硬往一起凑。"

"那你还招惹人家?"

叶浮压低声音说:"有一次我去领快递,她穿了一露肩,特好看,突然就眼前一亮。"

"后来呢?"

"后来总跟她说话,越说越开了呗。有次我去上海出差,她趁周末来了,说是跟好朋友聚会,晚上就来找我了。之后就一直缠着我,要在一起、要谈恋爱。"

"你没跟人说清楚吧?"我问他。

"唉,很多时候说清楚了也没用,男的女的根本不是一个物种。反正是个死脑子,说不通,就觉得我是坏蛋。"

"你不仅坏,还挺不要脸。"我说,"小陈虽然有点儿过,可也是因爱生恨,能够理解。"

"她才不爱我呢,估计是着急嫁人了。"

叶浮见我皱眉不语,赶紧解释道:"跟你说过的,集团上上下下乱着呢,大家都藏得可深了……而且,他们好多都是已婚人士,再怎么说我也是单身啊。我也从不会骗人感情,我真的预先跟小陈说得特清楚。"

"没有没有,你误会我了。"我叹了口气,"我在想,一对一的关系根本就是反人性的,咱们这样归根结底是为了避免伤害嘛。其实哪儿都一样,男女之间也就这点事儿了。"

"你呢?"叶浮问,"最近有情况吗?"

"没,空白。"

是的,程夏冬之后,我并没有按照计划跟其他女孩上床:一来是要适应新工作,虽然并不繁忙,可回了家总觉得比平时疲劳,睡得早;二来是给自己布置了任务,我挑选了十本中文小说,准备重新精读一遍,权当是学习和积累,这几乎占用了所有的业余时间;三来,我总是有意无意地想起程夏冬。尽管我很不愿承认,尽管那天我们的收尾极不愉快,可那些美妙的细节久久萦绕着我,毫无消散的迹象:咯咯的笑声、猫一样的肋骨、温润的肌肤,就连"找星星"也变得可爱起来……

我隐约觉得,我和程夏冬不会轻易结束,一切好像还没开始呢。

ника三編

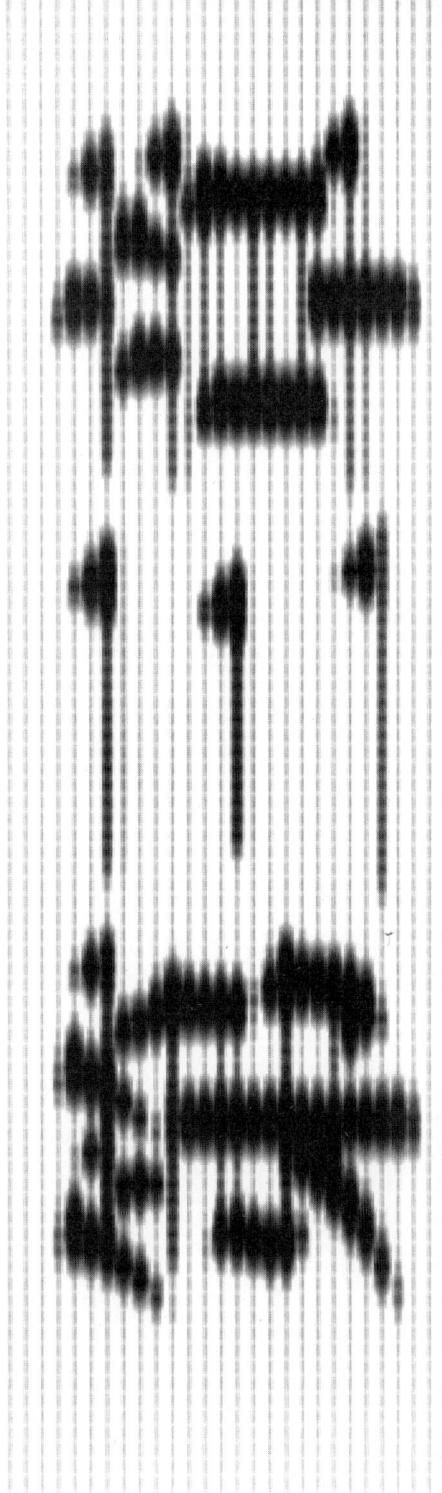

# 1

十月份是我生月,这个月一到就有好事。广州的《都市画报》将我评选为"青年行业精英"。文化娱乐领域共有五位入选:一位作家也就是我、一位新锐女编剧、一位当红电影花旦、一位电影制片人,还有一位民谣歌手。十月二十七日我要前往广州领奖,正好把生日一起过了。

我打算周五乘早班机飞广州,周六领奖,周日晚上返回。《都市画报》的编辑班琪通过朋友辗转联系上我,要了我的身份证号,帮我订好了往返的机票和酒店。

伍凯佑叮嘱我,领奖得穿正式一点儿,也好显出对主办方的尊重。他向我推荐了一家裁缝店,说很多明星都在那里定西服,口碑相当好。我去了一看,不好才怪,这间裁缝店在柏悦酒店里租了一间公寓做门店,服务周到极了,价格当然也不低,我定做了一套西服外加两件衬衫花掉了三万多块钱。本来这事不值一提,可来到柏悦,我再一次想起了程夏冬,那天跟她见面就是在这里——分别之后,每当我快要忘记她时,有关她的元素就会自动出现,像冥冥中设置了日程提醒。

我这是怎么了？一离开柏悦，我马上约了钟韵红，要给那些挥之不去的细碎念想一个有力的回击。

　　我和钟韵红各自吃罢饭，直接在我家集合，免掉了一切多余环节。这次，钟韵红没化妆，脸颊上，细小的皱纹和大片的雀斑清晰可见，失却了平日的惊艳。后来气氛也有些不对，不知道为什么，即使单身了，我仍惶恐不宁。另外，我不可避免地想起了上次的失败，浑身僵硬不已，唯恐这次再出问题。谁知刚产生这个想法时，紧张和焦虑马上席卷全身，竟真的又出问题了。

　　钟韵红有些惊讶，但还是连忙安慰我说，没关系，你先休息一下，别想那么多。我躺了半天，感到无地自容，冒了一身大汗。

　　"以前真不是这样的……"没想到第二次还是不行，我都不知道该如何跟钟韵红解释了。

　　"你太着急太紧张了，"钟韵红帮我开脱，"心理的原因。"

　　"真尴尬……"

　　"没事没事，我就当是来练中文的吧。"钟韵红笑说，"别放在心上，要不以后肯定还出问题。"

　　"想去广州吗？"想借此补偿她，"下周五六日？"

　　"要准备期中考试。"

　　"好吧。"看来我只能独自前往了。

# 2

落地广州,《都市画报》的工作人员接我们上了车,我和另一位"精英"并排而坐,简单寒暄后各自看向窗外。路面是深色的,应该刚下过雨。打开车窗,湿热的空气烘着我的脸。窗外的道路旁布满带须的大树,鲜绿而茂密,养眼极了。

我们住的长隆是个旅游区,内有动物园、游乐园、水上乐园和马戏团。颁奖典礼在游乐园内一个大型演出台上举行,所有获奖者都拿到了通票,可以在景区里任意游玩。

办理入住时,看着酒店大堂里的其他游客——不是带着孩子的夫妇就是成双成对的年轻情侣,个个欢声笑语其乐融融——我十分感慨,一个人在这儿玩上三天铁定无聊至极。而且领奖这事儿,没人见证,根本就没乐趣。

正想着,有人挤了我一下。回头,一位墨镜女孩站在我面前,手里拖着个行李箱。是程夏冬。

"你怎么在这儿?"我问她,心里挺高兴。

"来玩儿啊。"程夏冬摘了墨镜,面无表情。

"住哪个房间?"

"凭什么告诉你。"她小嘴一撇。

"不会这么巧吧。"

"冤家路窄,没听过吗?"她又戴上墨镜。

我猜她是在《都市画报》上看见我获奖了,特意来的。取了房卡绕过她，准备上楼。程夏冬果然拉起箱子跟上我，一起进了电梯。门一关，我先示了好，主动亲她一口。

"干吗干吗？"她扶正了墨镜，不快而冷漠，"我已经有男朋友了！"

"这么快，你爸给你介绍的那个？"

"哼，上次一回成都就答应他了！"她气呼呼的。

电梯到了，程夏冬跟我一起出来。

"真巧啊，咱俩住一层？"

"以后就听你的吧，"她看着我，"炮友嘛，玩嘛，谁也别认真，大家都省事。"

"那你男朋友怎么办？"

"这个不用你操心！"

进了房间，程夏冬打开行李箱，取出一个塑料袋。解开塑料袋，里面还有一层塑料袋，再解开，又是一层……连开了四五个袋子，终于拿出里面的东西——一个装满食物的保鲜盒和一个灌满调料的瓶子。我一直站在她身后，双手环抱她的腰，下巴放在她的肩膀上。

"起开！"她搡了我一把，将瓶里的调料倒进饭盒，拌了拌，放在桌上。

"给我的？"

程夏冬没说话。

找来一根叉子，凑近一看，荤素都有：鸡爪、肉片、内脏、海带、豆皮、莲藕……我插了片莲藕放进嘴里。

"哇，怎么这么好吃，这什么东西？调料简直绝了！"确实是好吃，可我夸大了说，刻意讨好她。

"点点香,托我亲戚从泸州带的。"她拿了张餐巾纸给我,"记住这个味儿,以后再想吃可就没那么容易了。"

我给她递了片海带,她别开脸。

"泸州到成都,来回不近吧?"我问。

"近,也就五百多公里。"

"你亲戚人真好,帮我谢谢他!"我趁着一嘴油,亲了她的额头。

"哎呀你讨厌死了!"

"这么好吃的东西,我可不能一次吃完,要分开吃,带回北京吃。"

"你以为什么东西保质期都那么长?"

"哎哟,还气呢?"说完,我过去抱住她。

"安沉午我告诉你,以后无论发生什么,都不许把我删掉!"

"不赖我,我本来没想删,是你让我删的。"

"哼!以后就是我让你删你也不许删!"

## 3

下午,我们来到动物园游玩。一路上,我又是亲她又是夸她漂亮,主动极了。她却有意克制感情,对我若即若离的。之前,程夏冬要靠近我,我一个劲儿地想支开她,现在她远了,我却又想拽她回来。人跟人总是这样,就像主星和卫星,太近了,就撞上,一起毁灭;太远了,便飞走,再也不会遇上。那种不远不近的距离感实在是太重要了。

"最喜欢动物园了。看看动物和大自然,烦心事全没了。"她说。

"远离人类当然开心啦,一到人多的地方我就心烦。"

"我男朋友前不久送了一匹马给我。你知道吗?马儿可漂亮了,跑起来比什么都好看,而且眼睛特干净,没一点儿杂质。"

程夏冬随后多次提起这个对她极其上心的男友,我知道她的意图,但这根本刺激不了我。除此之外,程夏冬还说,自己从小受宠,十分任性,脾气上来了专跟人做对。她特意强调,身边的男人,没有一个不是围着她、哄着她、宠着她的……我默默听着,没有附和。

从动物园出来,她心情明显好转,活蹦乱跳地描绘着自己喜爱的动物,还主动拉起我的手。饱餐之后回到宾馆,刚进门,程夏冬就像只小老虎似的扑向我,给我脖子的左右两侧各留下一个吻痕,对称得厉害。

"瞧你干的好事!我明天怎么领奖?"我照过镜子,一把拉住她,使劲咯吱她。她扑腾着,将我推到床上……

# 4

深夜,程夏冬的手机响了。她看了眼屏幕,说要出去接听。十二点刚过,门打开,程夏冬端着一个小蛋糕回来了。白天玩得不亦乐乎,全忘了——我的生日到了。小蛋糕黑黑圆圆的,像个巧克力馒头,上面插着一根蜡烛。

"生日快乐!"程夏冬的面庞在烛火后面晃动,温暖而模糊。她关掉了所有的灯,这才有了些生日气氛。我接过蛋糕,吹灭了蜡烛。

"还没许愿呢。"她提醒我。

"从不许愿。"我一手端着蛋糕,一手牵着她坐到床边,"谢谢。"

她在我手心挠了两下作为回应,痒痒的。

"每年过生日,都要给我妈送一份厚礼。她说生我那天太受罪了,所以每年趁着这个日子补偿补偿她,自己倒是不怎么在意,有时候胡乱一凑合就过去了。"我说。

"真懂事,才二十三岁?"

"才?"

"我都二十六了。"程夏冬叹气。

"没事,就喜欢比我大的。"我轻抚她。

"为什么?"

"懂,经验丰富,省心。"

要开灯,程夏冬不让,说喜欢现在这幽暗氛围。望着窗外的星空,想起了那天夜里在普吉岛,我和伍凯佑在海边打太极拳的情形。讲给程夏冬,她听得着迷。

"有机会一定见见伍凯佑。你最好的朋友?"

"对,从初中到大学,同班同寝,整整十年。"

"从初中到大学?还一直住在一起?"她难以置信,"也太有缘了吧!"

"我跟他是不打不成交。初一,伍凯佑本来没在我们班,也不是我们宿舍的。有天洗澡,他刚把背上的肥皂沫冲掉,我一口痰就吐上去了——没留神,走火了。他觉得特恶心,赔礼道歉也不听,一个劲儿骂我。被骂急了我就动手了。"

"谁赢了?"

"我啊,把他揍得鼻青脸肿的。"

"后来呢?"

"后来,我们被宿管老师抓到教导处,谁也不肯道歉,谁也不愿和好。主任一怒之下把伍凯佑调到我们班,塞进我们宿舍,强迫我们坐同桌,睡上下铺——本来是惩罚,没想到很快成了好朋友。"

"你初中就住校了?"她问我。

"对,家离学校太远。"

"你们中学肯定很不错,要不你也不会考上那么好的大学。"

"嗯,"我点点头,咬一口蛋糕,"确实不错,周围的同学和舍友们不但学习好,还个个'知识丰富',我都让他们给带坏啦——打飞机、看黄片什么的,全是那时候学的。"

"你们男生都一个德行。"程夏冬笑着,在我眉骨上发现了什么,"这儿怎么有条淡淡的疤?"

"打架被砖拍的,缝了六针。"

"没看出来,你还挺暴力的啊?"

"都是小时候弄的,那会儿还没开始写东西呢——当年《古惑仔》正流行,闲着没事干瞎模仿,误入歧途,一条腿都跨进黑道了。唉,整天打架。"

"为什么打,争地盘吗?"

"争什么地盘?还不是为了女人。兄弟的女人被戏弄了,要打;两帮人喜欢上同一个女的,也要打。我比较实在,愿意帮人扛事,关键也能打,但凡摆场面大哥们都要叫上我。有一次，对面拍了我一砖，就是这儿。我急了，从书包里抄出铅笔插在那人脖子上，差点出人命。后来家里赔了不少钱才把这事平了。我爸对我非常失望，说我'愚不可及'。从那以后我就收手了，一身的劲儿也就用到别处去了。"

"哇，每天看着一堆男人为自己拼杀，简直太刺激太过瘾了。"

"还是风平浪静点儿好。"我说。

"你小时候还有什么好玩的，再给我讲讲。"

"太多了，不知道从何讲起。"

"说说你追女孩的事儿呗，你从初中爱到高中那个初恋！一身的劲儿都用她身上了吧？"

"你还真是消息灵通啊。等着，早晚把你的眼线全揪出来。"

"快讲快讲！"程夏冬调侃道，"听说她是你'不能提的伤痛'？"

"也没有不能提吧，不过跟她在一起的那五年确实是很不堪。"

"为什么呀？她怎么你了？"

"我觉得她从来就没有喜欢过我。五年，从来都没有。"

"那怎么能在一起五年呢？"

"她提过好几次分手，我都不同意，苦口婆心地要求复合，缠着她，变本加厉地对她好，死活要在一起。那时候一厢情愿，只知道使蛮力，低三下四默默奉献，唯恐她离我而去。后来才觉着吧，爱别人遭罪，被爱也挺痛苦——我大学时的女朋友隋凉，就好像高中时的我一样，用力过猛，毫无节制。可没人愿意无条件地付出啊，说到底，还是为了交换，想从对方身上获取更多感情罢了。等于是用所谓的'付出'把人给绑架了，挺盲目也挺虚伪的。到最后,爱也不那么纯粹了,倒成了要挟索取的借口。"

程夏冬似懂非懂地点点头,问道:"怎么分的?"

"高中毕业后,她去香港念大学,开学没多久,跟一个香港男生去新加坡游玩,然后两人就好上了,直接通知我的。"

"你肯定特伤心。"

"伤心是确实伤心,"我挠挠脖子,"闷头写了两年书,因祸得福。"

"我可得好好感谢她,你要是不写书,我才不会认识你呢,八竿子打不着的人。"

"你呢?你的初恋爱情故事呢?"

"我啊,我第一段故事里没什么爱情,更多是逆反。我们一个班的,高二,有次他考试作弊,被老师逮住了,按理说要开除学籍,他哭着喊着求老师原谅。正巧我去办公室取作业本,看见了。后来我一见他就拿这事逗他笑话他,他不但没生气,反而跟我越走越近。暑假补习班,他坐我旁边,上着课,突然拉住我的手跟我表白。我肯定拒绝了呀,最受不了哭鼻子的男生,但恰巧班主任看见我们拉手了,开班会点名批评我,不分青红皂白就说这种事情肯定是女孩儿不对,又叫我妈来学校,各种告发。我气不过,想要治治那老妇女,隔天二话不说就跟他好了,整天出双入对卿卿我我,故意做给她看,让她知道知道我的厉害。我爸跟校长熟,她没法处分我;再告我妈,我妈也烦了。最后把她快气死了,哈哈。"

"处得怎么样你们?"我问她。

"不怎么样,终究是没感觉——说真的,我从小到大主动追过的男生,只你一个。其他人都不怎么喜欢,动不动就折磨他们,一不高兴就闹分手,喜怒无常。我那初恋总跟我哭，越哭我就越不想理他。他爸是掮客，搞房地产的，那会儿不知道撞了哪门子大运，捞了一大笔，又很惯着他，高中一毕业就给他买了辆跑车。他有了跑车可嚣张啦，觉得自己配得上我了，牛啊，把什么都不当回事儿。可我家又不缺钱，我也最看不惯那个样子，直接跟他分了。那天他把车都撞坏了。"

"看来咱俩真不是一个阶层的，跟你在一起的都太有钱了。"不知为什么，我竟有点儿酸。

"又不是他们自己挣的，跟你比可差远了。"

顺着往事，程夏冬还聊起了父母。她说，宠溺归宠溺，爸爸对她的管教相当严格，且几乎替她安排好了人生路上的每件事。虽然时常不如意，也偶尔忤逆，但她自认为在大事上还是很听话的，毕竟爸爸是真心为她好。幸好她妈妈是性情中人，朋友似的与她相处。前几次恋爱，若是想跟男朋友在外过夜，妈妈会帮她瞒着爸爸，晚上悄悄放她出门，早上默默掩护她回家。她认为女儿大了，应该在这方面享有自由，管得太严不开心，压抑和禁欲更不可取。此外，妈妈还懂点玄学，会看面相和手相，历来交往的男朋友都会帮她看一看，把把关。程夏冬特地给妈妈看过我的相，妈妈说，这个男生有城府，靠得住，值得信赖。我对此表示怀疑，我认为自己在情感方面早已不是个靠得住的人了，更不值得信赖。程夏冬却说，妈妈看人一向很准。

"为什么你从不许愿呢？"短暂的沉默后，程夏冬问我。

"不可能成真。"

"万一呢，万一真的灵了呢？"

"就算成真,也是运气好碰了巧,跟许不许愿没关系的。"我说。

"你应该放松一点儿、随意一点儿,别总把什么都搞得那么清楚明白。况且,这世界上也没有什么是真正清楚明白的呀。"

## 5

第二天中午,游乐场正是人多的时候,每个项目前都排着长队。我拉着程夏冬来到晚上领奖的地方,班琪拿着对讲机和台本,正在总控台前指挥彩排。

"班琪,打扰了,请问我们几点上台?"

"大概九点的样子,你们八点半过来就行。"

"好,你先忙,我们在游乐场里转转。"

"你脖子怎么了?"她看到我脖子两侧的创可贴。

"没事,"我摸了摸脖子,"擦破皮了。"

程夏冬贼兮兮地看我一眼,偷偷笑了——那是她出门前贴的,为了遮盖吻痕。

"没事就好,晚上见。"

我和程夏冬来到园区里最惊险的"垂直过山车"前排队。过山车经过时发出的震耳欲聋的轰鸣和乘客的尖叫让我很快兴奋起来,程夏冬则一直盯着我,尽管她努力保持着灿烂的笑容,可眼神里的忧郁藏不住。

"怎么了?"我问。

"没事。"

"没事干吗那样看着我？好像我快死了似的。"

"唉，一想起周日就要回成都了，心里就有点儿难受。总共只有两天，现在时间都过去一半了。还有些怕，怕离开的时候舍不得，怕走的时候又闹僵……"

"不会的，"我亲她一口，"别胡思乱想了。"

"你会想我吗？"程夏冬问，"回北京以后？"

"哇！你看！"过山车冲下来，我指着空中，"有个人的鞋都给甩掉了！"

不想助长这种伤感的情绪，玩的时候就好好玩，别等还没分开呢就搞得肝肠寸断，玩也玩不尽兴。我一直盯着那辆过山车，直到它返回起点。其间，虽然没有再跟程夏冬发生眼神交流，但能感觉到她在一旁企盼了好久。

排了一个多小时，终于轮到我们。扣好安全锁，电铃打响，发车。程夏冬瞅了一眼远处巨大的轨道说："安沉午，我这辈子最怕的就是过山车，这是我头一次，还要陪你坐个这么猛的！"

"怎么不早说？"

"不想扫你的兴嘛！"

"得，现在想下都下不去了。"

"没想下去，死都要跟你坐一回。"

"死不了的，傻瓜！"

过山车越爬越高，地面上的排队者仰望我们，十足羡慕。我兴奋不已，时不时号两声。

"你别瞎叫唤，我心脏都快跳出来啦！"程夏冬抱死压肩器，紧闭双眼。

"手给我，扬起来才带劲儿。"我伸过去抠她的手。

"别碰我！"她尖叫。

"你怎么都给吓哭了？"

"才没有呢！"

到了制高点，车速变慢，转弯。程夏冬终于睁开眼，向下望了望：

"啊！怎么这么高？完了完了！"

"完什么，这才哪儿到哪儿。"

过山车在最高处急停，轨道像断崖一般消失在脚下，百米高空只剩下令人毛骨悚然的安静。这时，程夏冬颤颤巍巍伸出手：

"那……那我把手给你，可千万拉住啊！"她豁出去了。

"放心吧。"

话音刚落，车厢朝地面垂直俯冲下去。我在那一瞬间握住她的手，往空中扬起来，我们一起尖叫着落下，像是被魔法般的巨大力量给吸走了……

爬出车厢，程夏冬浑身颤抖，又哭又笑，迈出的每一步都像踩在悬空的钢丝上。

"找个凳子坐下歇歇。"我拂刮着她的后脑勺。

"以后谁再坐过山车谁是王八蛋！"

来到高速摄影取照窗口，我们看到了抓拍的照片——开头和结尾的几张，程夏冬要么闭眼，要么披头散发，一副惊慌失措的可怜相，我则满面春光，潇洒得不行；而在制高点俯冲时抓拍的那张，真是绝了，刚刚好是我俩拉起手的那个瞬间，她充满信任地看着我，好像要托付终身，我不负众望地牵过她，回之以承诺般的微笑。任何一个冷血动物都会在这张照片里看到浪漫和美满,何况是我。

"简直是'婚纱照'啊!值了!值了!"她雀跃。

"洗两张,谢谢。"

自打程夏冬拿到照片起,她的全部注意力便有了着落,每隔几分钟就要拿出来看看,一遍又一遍地确认、欣赏,对这个完美瞬间极度痴迷,赞叹不已。

傍晚,我们在游乐园的餐厅里吃了一顿又贵又难吃的快餐,炸薯条腻得我直恶心。程夏冬比我反应更大。下了旋转木马,她原本笑着,突然抽了一下,弯腰捂住肚子。找个厕所进去半天,出来时擦着嘴说,刚吃的全吐了。

冰激凌、过山车、油腻的快餐、旋转的木马——不吐才怪。回到酒店,程夏冬额上冒出一颗接一颗豆大的汗珠。我搀她上床,掖好被子,烧了杯开水送到她嘴边。

"你脸色很差。"我说。

"还想陪你多玩会儿呢。不行了,胃实在痛得厉害。"

"省省吧你,我只喜欢坐过山车。"

"哎呀,你是不是要去领奖了?忘了。"

"你别管了。"一看表,八点二十——班琪嘱咐我八点半去现场的。

"快去嘛,本来到广州就是来领奖的,怎么能不去?我没事,你快去快回就好啦。"

走到酒店门口,仍是觉得不妥,算了,不领了!去药店买了些药,路过便利店时捎了一桶辛拉面。

"怎么这么快就领完了?"回到房间,程夏冬问我。

"对啊,一过去正好到我上台。"刚撒了谎,手机就响了,是班琪,一定是来催场的。我调成静音扣下手机,撕掉了脖子上的创可贴。

"奖杯呢?"

"放班琪那儿了。"抠出药丸喂程夏冬服下。

"真体贴,还'专程'给我买了药。"

"顺道买的,不体贴。伤人的时候连眼睛都不带眨的。"

"好像谁没伤过人似的。"程夏冬莞尔一笑。

"饿不饿?"我问。

"咦,你怎么知道?"

"全都吐出来了,能不饿吗?我胃也不好——写起东西来总忘了吃饭,饿的时候又爱暴饮暴食,犯过好几次急性肠胃炎。上吐下泻之后,来一碗热辣烫口的辛拉面,胃里又暖又舒服。"

"为什么是辛拉面?"

"没有油包,汤底鲜辣,特别压恶心劲儿。"我从身后的塑料袋里掏出刚买的辛拉面,在她眼前晃晃。

"哇!这还是你吗?我都要感动哭了!"她怯生生地望着我,"我警告你,可别对我太好啊,后果很严重的。"

"你要是有什么非分之想,我很可能立即翻脸。"

"自恋!全世界都对你图谋不轨!"

为了让方便面软烂好消化,我泡了两次。第一次只泡面,没有放调料。

差不多了把水倒干净，又泡了一次，这才撒了调料进去。程夏冬在床上吸溜吸溜吃完，边吃边跟我傻乐。

"不难受了？"我问。

"不难受了。"她示意我躺在她旁边，"我要来姨妈啦，刚上厕所时见了一点点红。"

"那就乖乖睡觉。"

"不要嘛，明天就走了。趁着姨妈还没正式来，你一会儿不要戴套套了。"她撒娇。

"怀了怎么办？"

"不可能——你有没有常识啊？"

"凡事都有个万一。"

"那就生。"她毫不迟疑。

"我要是不愿意呢？"

"我就知道你是这种人——那我立马跟我的正牌男友闪婚，把宝宝养大，让他认贼作父，让你抱憾终生！"

"乱用成语……不爱他？"

"不是爱反正，恭敬和感激更多。唉，觉得挺对不住人家的。"程夏冬十分无奈。

"终于良心发现了你。"

"那能有什么办法？良心又敌不过真情。"

"露水情，露水情。"我特意提醒她。

"你再说一遍？！"程夏冬黑了脸。

突然，门铃响了。来得真是时候，我暗自庆幸。打开门，班琪站在外面，手里拿着一个玻璃奖杯。

"你……怎么没去领奖啊？"班琪看见了只穿着内裤的我，红了脸。她语气很温柔，没有丝毫责怪的意思。

"坐完过山车头特晕，吐了，然后又肚子疼，手机调静音扣那儿睡着了，实在不好意思啊！"我接过奖杯在手里掂了掂，故作镇定。

"没关系，找人代你领了。现在怎么样？"

"没事了。"我礼貌地笑笑。

"那就好，"班琪点点头，"照顾好自己，吃点药早些休息。"

"好的，谢谢。你们辛苦一天了，也早点休息！"

"嗯。"正欲关门，班琪回头指指我说，"脖子上的，不是擦伤吧？"

一摸脖子，创可贴已被撕掉，两块吻痕叫人识破，真是尴尬。她笑了，摆摆手让我回房。

"不是露水情吗？奖都没去领啊？"

"去了，没赶上而已。"

"装！想陪我就直说呗！"程夏冬喜笑颜开，"露馅了吧？"

"少跟我嬉皮笑脸的，以后有你受罪的时候。"

"刀子嘴，豆腐心！"她张开双臂，拥着我上了床……

临睡前，闻着她的体香，我有些飘飘然，搂她在怀里，新鲜又温存。今后还会搂谁在怀中？会不会跟现在一样美妙呢？手指在她背上轻轻滑动，什么都懒得去想。程夏冬趴在我胸口，望着我发呆。我将床头的水杯递给她，她摇摇头，表情怅然。

"怎么了？又胡思乱想呢？"我问她。

"你说，如果全世界只剩下我们两个人该多好。"程夏冬眯着眼，"困在一座荒岛上，谁也别想逃。你被迫当我的狗、我的泄欲工具、我的撒气包……"

"挺敢想啊。就算我愿意做你的狗、你的泄欲工具和你的撒气包，半年，顶多半年你就厌倦了。"

"我可不会厌倦，"她说，"永远不会。"

## 6

"咔嗒"，门关闭的声音。

我闻声醒来。伸手一摸，身旁空荡荡的，有余温，却没了人。叫一声，房间里安静得让人沮丧。起身开门张望，走廊里一个人影也没有。看看手机，正是早上七点，打了几个电话，程夏冬没接。掀开窗帘，阳光惨淡，窗外下着大雨，苍白一片。

呆站了许久，十分茫然。回味起昨天晚上搂她在怀里的感觉，像弄丢了到手的宝藏一般懊悔不已。想必程夏冬此刻已经坐在开去机场的车上，离我越来越远了。回头扫视整个房间，跟她有关的东西都没了。

这不辞而别让我有种被遗弃的感觉。

继续给她打电话，还是没人接。"你走了？"发了条信息过去，也没回应。放下手机去刷牙，把所有的灯都打开，光线不能弱，要不太压抑了。看着镜子，想着钟韵红，想着曾经动过念头的其他女生，努力从突如其来的低沉里挣脱。

下了楼,一进餐厅就看到了我跟程夏冬昨天坐过的位置。现在,那里坐着一个三口之家,小宝宝在婴儿椅上兴奋得手舞足蹈。

吃了几口饭,手机响了,是程夏冬发来的信息,很长:

不想这么早把你吵醒,所以自己悄悄走啦。爸爸的朋友已经送我到了机场,刚办完手续,等会儿就登机。不用再打给我,我不会接的。不必担心,并不是出了什么差错,只是从小到大都不太受得了离别、说再见这事。尤其是和你一同度过了这么愉快的两天,哪怕你对我再多说一句、多看一眼,我都会失控,做出违背我们之间约定的事。我知道那只会让你不快,进而损害我们之间本就微弱的联系。

我已经确认我对你有那种东西,你不愿提的东西。没错,虽然只见过两次,它还是来了,比我预料的强烈得多。话说第一次见面,如果你安安分分地陪我过夜,而不是删了我之后摔门离开,我想我对你也只是七分的喜欢加上三分的好奇而已。可你偏偏拒绝了我,那我就偏要黏住你,缠死你,将你驯服。这么一来,那东西便莫名其妙地出现了,连我都不清楚是怎么一回事。没想到这次稀里糊涂地来了广州,却正好将那东西敲定了,甚至有点儿非你不可的意味。毕竟,你表现得实在是太棒了,尤其是那方面!

说真的,自打你出现以后,其他人对我来说就像完全没存在过似的。不过你别紧张,我不是要一个结果,我们之间也不会有什么结果,你有你的原则,没人会拿它来要挟索取什么。我不小了,谈了男朋友,也是时候给爸妈一个交代了。所以,至少目前为止,我们都还相安无事。

平时我尽量不打扰你。我不想让你烦我,可又怕你忘了我,还急切地期盼着下一次见面。以前我不是这个样子的。我变得谨小慎微,变得不那么随心所欲了。你不知道这对我来说有多煎熬,头一次尝到被那东西折磨的味道,真是既酸楚又甜蜜。

打下这么多字,我都不知道自己在说些什么,心里乱套了,回去一定要难受上好几天。很奇怪,明知道自己即将在你那儿受伤却还是一心向往。过去,从来都是我伤别人的心,以为自己的感情道路将会一马平川,不料却栽在你手上,你一定是上天派来找我讨债的!一想到我们居然能在"没心没肺"上有共通之处,我超级开心。可能正因为如此,我们才能在今天以这种奇特的方式相识相处吧。

最后,我还是要说,不要总那么理性,活得简单和轻松点儿吧。想我了就表达给我,想见我就告诉我,想做爱就发信息给我,只要你开口,我会立即去北京找你"玩"的。

现在,我要登机了。拜拜,不用回复。


中午,所有的获奖嘉宾和工作人员在一起聚餐。班琪坐在我对面,举杯向我敬酒,问我对广州印象如何。我说很好,尤其是对长隆,印象特别好。她欢迎我以后再来广州玩,并嘱咐如果再来的话一定要提前联系她,好让她尽地主之谊。觥筹交错间,我一直在想念程夏冬,我舍不得她,想尽快再见到她,甚至产生了一种心有所属的坚定感。

这是跟隋凉分手以来,我头一次对自己有了些许好感。

済生会

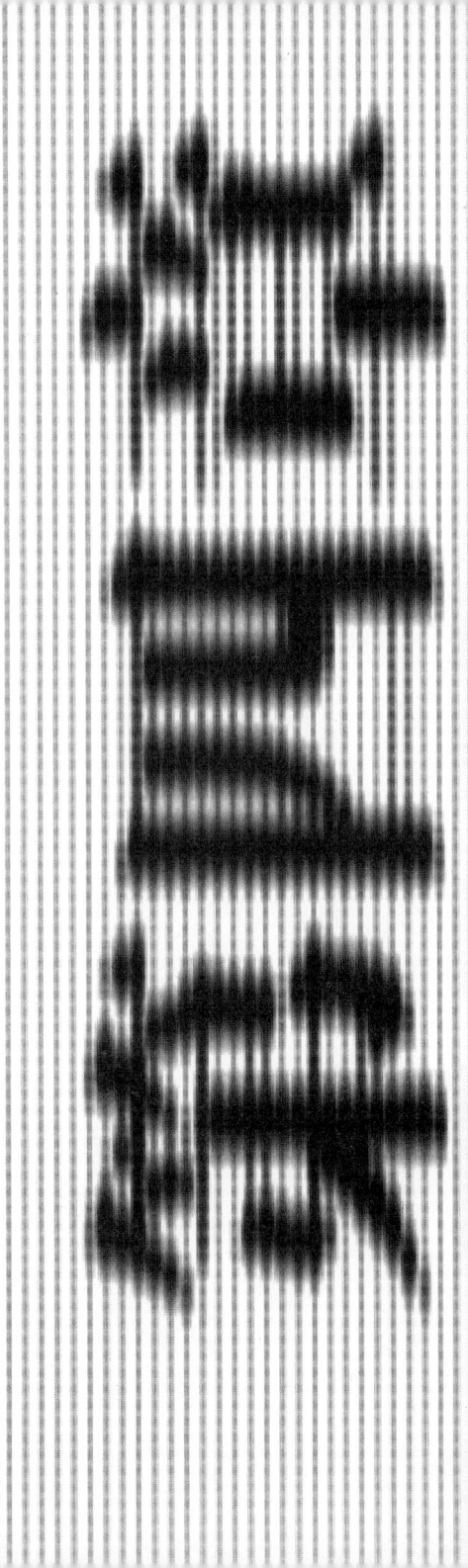

# 1

回到北京，竟觉十分陌生，走了两天像走了一个月似的。干什么都反应迟钝，轻微走神，连写作都不那么专注了。叶浮断定我周末一定没歇着，要不也不会双目无光，一副脑浆被掏空了的样子。我没跟他提广州领奖的事，也没提程夏冬。

仅仅几天过去，就攒了一肚子话想跟她说，不谈感情，只分享我的生活见闻。也期待着程夏冬跟我发信息，什么都行，只要来句话，就心有慰藉。最好不过于冷淡也不过于热情，一旦确认那东西还在且依然被控制得很好，我便能放心干点儿别的。

可我们谁都没有联系对方。

"怎么样，上班？"晚上回到家，我给伍凯佑打了个电话。

"不怎么样，每天坐办公室，整理整理档案，上上网，干些杂活，没什么要紧事，一天到晚昏沉沉的——要不是能分房落户，我早辞职了。"

"辞职了干吗？"

"不知道。大事干不成，小事不想搞。"伍凯佑叹气，"唉，毕业之后觉得很没劲,不那么开心也没什么可憧憬的了,瞎胡混吧。"

"多瞅着点儿机会吧。"

"朋友都不在身边,无聊得要命。你有空多来上海,也带我去五星级酒店住两天。整天窝在单位宿舍里,太他妈憋屈了。"

"找女朋友了吗?"我问他。

"没,话说我们单位有个福州女孩不错。"

"去吧,有了目标人也不那么颓了。"

闲聊了一会儿,我还是没忍住,跟他说起了程夏冬。

"别瞎想了,幸好你没联系她,"伍凯佑说,"要是人家会错了意,继续投入感情,准失控。到时候又是害人害己,可千万别回到老路上去啊你。"

"不会,之前已经说得很清楚了。"我信誓旦旦。

"真要是这么简单就好咯。"

# 2

公司开了一个全体会,大领导要求各部门更加紧密地合作起来:电影项目前期开发部门,也就是我们,不能只负责开发,到了后期,要一起参与到营销宣传里去。

前阵子大领导没少表扬我,总说我"才思敏捷、鞭辟入里",所以但凡他们营销宣传开会,别人可以不到,我是必须来的。每次都是一位叫徐伯真的宣传经理喊我开会:"请我们的大才子出谋划策!""来吧,安大文豪!"

他不但嗓门大，表情还十分无耻，我不胜其扰。

几番好言相劝，徐伯真每次都笑呵呵地答应了却依旧不改。听叶浮讲，他跟集团的某位领导是远房亲戚，原先在地产板块工作，觉得电影好玩，打了招呼即被调过来了。叶浮只跟他打过几次交道就断定他是个狐假虎威的废物，那种我们最讨厌的卑鄙猥琐的中年男人。

那天，又要开会了，徐伯真跟往常一样，带着贱兮兮的表情来了：

"小安，我们营销会缺了你可就开不下去了，赶紧来。"

"我手头有事，你先去吧。"我窝在电脑后面读书，不想理他。

"还以为什么事儿呢，"徐伯真竟然走了过来，"你看闲书哪会儿不都行嘛，大家伙都等你莅临指导呢！"

"不是闲书，是公司要开发新项目的原著。"

"还没过会吧？会签表里可没见过啊。"他看过书名，随即扳了扳我的后脑勺，"走走走，去会议室了。"

"干吗你！"我恼了，"动我头干吗？"

"怎么还生气了？成，我给你赔礼道歉，咱赶紧开会别耽误正事。"他庄严起来，开始装模作样。

"以后我就不开你们的会了，我不懂营销。"

"你是不是针对我？"他脸一沉。

"我怎么就针对你了？"

"我看你对别人都客客气气的，唯独不给我好脸。"

"我不喜欢别人动我头，为什么要给你好脸？"

"哟，还没拿诺贝尔文学奖呢就这么大架子，现在的小孩儿都是你这样吗？还真把自己当大爷了！"他居然先生气了。

"对，再不济也比你这种老油条强。四十多岁的人了，集团有关系，干这么多年了还跟我这个小屁孩一样只是个'经理'。你才是爷，应该给你颁个'诺贝尔终身成就奖'。整天倚老卖老、仗势欺人、摆臭架子，谁被领导表扬两句你就酸，对人家揶揄挖苦、冷嘲热讽，简直是心理阴暗。你以为领导都傻？谁有用谁无能还是看得出来的。"我声音不大，却有种不容置疑的力量。

他愣住了，被我戳到要害，脸都绿了。办公室的同事全都抬起头看戏，叶浮在徐伯真背后一个劲儿地做鬼脸，给我竖大拇指。

"伯哥，我不是不想配合你们工作，只是你的方式确实让人很不舒服。专业的人干专业的事，干不好的我也不凑合，这点我会跟领导解释清楚。请你不要强人所难，也别想仗着资历和关系打压我，我虽然年轻，可也不是软柿子。我一年的版税收入可能比你十年的工资还多。我知道你不会就此罢休，你玩明的暗的黑的白的，都没有办法伤害我，我不高兴随时走人。"

"小安，我向来对事不对人的，一切为了工作，你这样可就有点儿人身攻击了。咱们俩哪天抽空好好谈一谈。"他快撑不下去了。

"没什么可谈的。"我不愿给他台阶下，必须让他长点儿记性，"我为什么不攻击别人呢？你有空了先反思反思自己吧。"

我的心情并没有因为骂了徐伯真一顿而好多少。下午，我无心工作，请假回家。一到家，我便拿出过山车上抓拍的那张"婚纱照"端详。都整整两周了，程夏冬为什么还不联系我呢？这些日子，我如坐针毡，一天比一天焦躁，甚至开始怀疑她说产生了"那种东西"到底是不是真的：或许她很懂控制男人这一套，或许她真的不止我一个，又或许她因为良心谴责和内疚作祟，跟男朋友更近了……我翻出通讯录里所有的漂亮女孩，要从中找出能接受"只上床不恋爱"的，和她们搞起来，把程夏冬彻底抛到脑后。可真到了各个击破的时候，还是犹豫了，最终放弃了行动。

去朝阳公园跑了一大圈，来到街上游荡。思念开始蚕食我，我感到一种炙痒，好像整条大腿乃至后背上都爬满了蚂蚁，只有不断地跺脚才能继续前行。走着，跟行人碰了肩，那人骂骂咧咧，不依不饶，我表情呆滞，没有任何表示。

天黑下来的时候，我拿出手机，给程夏冬发了信息。

# 3

看到程夏冬的那刻，我如释重负，好像上岸得救了似的。四目相对，我们都有些不好意思，但都很镇定。"国内到达"层出口的围栏把人流分成左右两个方向，我朝左边走去，程夏冬拖着箱子跟上了我，低着头，面带笑意。

"你瘦了。"我说。

"你也瘦了，想我想的？"程夏冬抱住我，蹭蹭我脖子。我吻了她，接过行李，步入车库。

副驾的窗户开着，风吹散了程夏冬的头发。她眯着眼睛，定定地看着我,眼神里添了些沧桑。我喜欢这种成熟且韵味十足的女人形象,好像有一束追光打在她身上。

"扣好安全带宝贝儿。"呼出这个称谓时,我自己都吃了一惊。

"喜欢你那么叫我。"她笑了。

"口误口误。"

"再叫一遍嘛!"

"安全带扣好先。"

"扣好啦!"她满怀期待。

"宝贝儿真乖。"再叫就没那么肉麻了。

"这次我们能待四天。"她说。

"四天?"

"嫌长还是嫌短啊?我请了四天假。"

"不长不短,正正好好。"我说,"我也请四天假去。"

"你这两周可没消停吧,又去骗谁了?"

我在一个红灯前停下,没接话。

"哼!被我说中了吧?怪不得一个电话一条信息也没有。"她目视前方,拉长了脸。

"你不是也没联系我吗?其实我特想你。"我故意笑着说,不想让她太当回事儿。

"放屁!"

"真的。"

"知道我为什么没联系你吗?"程夏冬扭过头来,"我新认识个男孩儿。"

"谁啊?"我仍笑着。

"一个川美学油画的小帅哥,跟你一样大,刚毕业。同样是搞创作的,他就没你这么膈应。不管恋不恋爱,人家至少懂得怎样讨我开心。"

我看了程夏冬一眼,她却收回了目光,一副高傲的样子。我明白她在干什么,但我笑不出来了。

"你不相信?"她调出一张照片伸到我面前,"他身材不错的。"

照片里,那男孩躺在床上,袒胸露乳。

"要不要把聊天记录也给你看看?"程夏冬又问。

"那你接着跟他搞啊,大费周章来北京干吗?"

"哎,缠着我不放,怕他陷太深,冷他两天。"程夏冬不动声色,"这招还是跟你学的——露水情嘛,玩玩嘛,平时可千万别联系!"

我踩下油门,连续超车,在几条车道间来回穿梭。

"你也说说,又勾搭上哪个小姑娘了?"

我咬紧牙关,齿面被挤压得吱吱作响。

"我发现你们这些年轻男孩儿都挺厉害的,他可不比你差,我们……"

"你跟我说这些干吗?"血液不再流向大脑,眼前一阵眩晕。

"不干吗,说说不行啊?"她表现得很轻浮。

"你……"

"不是露水情吗,你生什么气呀?"

"我没生气,我他妈……唉……"我长叹一口气,"我挺矛盾的,是想你,是特想联系你,但又怕没有好结果。"

"你老顾虑这么多干什么?"

"我要是不顾虑这么多,以后遭殃的是你。"

"来啊,谁怕谁啊?"

"咱们只见了两次,你根本不了解我——我是有从一而终的愿望,但我知道自己是个什么货色,很多东西我根本控制不了。"

"就好比现在,你对我的爱根本控制不了,对不对?"她冲我挤挤眼睛,得意地笑了。

"有些人怎么比我还不要脸呢?"

"每个人都有七情六欲,这很正常,说不定到时候是我对不起你呢。没了爱就好聚好散呗,还没开始打什么退堂鼓呢?简单点儿多好。"

"所有情侣都说'好聚好散',哪对儿不是被其中一方强行中止的?根本没那么简单。"我说。

"哎呀,好啦好啦,头一次碰到你这么偏的。"程夏冬蜷起腿,脚踩在坐垫上,脸埋进膝盖,"没跟他怎么样啦,气你的!天天联系我,约我给他当模特,烦死了,我才不会去呢。"

"那张照片呢?"

"他主动发给我的——没看出来是自拍呀?"

"瞎了眼了我。"突然轻松了许多。

"这两个礼拜,你都不知道我每天有多煎熬,都赖你!"她嘟嘴抱怨道,"不过我心想,对付你这种人,可不能轻易低头。你不联系我,哼,那我也不联系你!"

"真行。"我笑着摇头。

"那你说,刚才真的很难受对不对?我在你心里是不是跟其他女孩不一样？你是不是很在意我？"

"一般吧。"

"我发现你嘴还真挺硬，这就买下一班飞机回去了！"程夏冬掏出手机。

"别别，"真拿她没办法，"难受！在意！"

快到家了，程夏冬让我在超市前停下，说要去买些东西。我们牵着手走进超市，就像一对新婚小夫妻。

"这四天我们争分夺秒，好吗？"她说，"买足粮食，腻在家里，四天都别出门，把手机关掉，谁也不联系，就当成是最后的四天，好吗？"

"我没问题，就怕你男朋友联系不上你着急。"

"已经是前男友了……"程夏冬说。

"啊？你们才好了多久？"

"想着再给你一次机会嘛，少不更事的年轻人！"

我突然感到了压力，要对一个女孩子负责的压力，谈感情谈恋爱害人害己的压力……

程夏冬看看我说："别紧张别紧张，逗你的。"

"到底哪句是逗我的？"

"哎呀，你放松点儿啦，没人会拿你怎么样！"

# 4

我和程夏冬并排躺在床上，抚摸着对方的脸庞，慢慢地，一遍又一遍地,抚摸了很久很久。这一次,我们看着对方,体味着久违的幸福,感受着命定般的情切,做爱倒成了最无足轻重的一环。

"喜欢你这么看着我。"程夏冬说。

"这叫神交,用眼神性交——目光才是最好使的性器官。"

"什么都能跟性扯上关系,真恶心。"

"奇怪,你说咱们把最恶心的那件事儿早早就干完了,"我说,"按理说我应该薄情寡义拔腿就跑啊,怎么还想着继续呢?"

"上瘾了吧?今后可戒不掉了我告诉你。"

天色已暗,我问程夏冬:"饿不饿?"

"饿。"

"想吃点儿什么?"

"你独家秘制的辛拉面。"她还记着,我有些感动。

"喳!"我衣服也没穿就跑进了厨房。不一会儿,程夏冬也跟了进来。

"你回床上候着,"我说,"乖,别着凉了。"

"一分一秒都不想和你分开。"她从后面抱住我,乳房贴在我肩胛骨下面,暖暖的,雪中送炭似的,"如果有一天你变成植物人或残废就好了,那样我就可以待在你身边照顾你一辈子,永远也不分开了……"

程夏冬声音极小,但我听得一清二楚。前一句感人至深,后一句不寒而栗。我想起了斯蒂芬·金的小说《危情十日》,遭遇车祸的作家被自己的头号粉丝救下,却被软禁起来,被她以"爱"和"照顾"的名义控制折磨;又想起了日本虐恋电影《感官世界》和《切肤之爱》,头皮阵阵发麻。

也许爱真的能让人疯狂。

## 5

夜里翻身,迷蒙中扫到了两束幽光,一瞧,原来是程夏冬的双眼,在黑暗中望着我,竟然那么亮。

"宝贝儿你怎么了,睡不着吗?"

"不舍得睡。"她吧嗒眨了下眼睛,"是不是把你弄醒了?"

"没有没有,你挺安静的,也没什么动静。"

"继续睡吧。"她拉住了我的手。

"嗯,你也快睡。"说着,我将手从她掌心里抽出来,轻轻地拍了两下她的手背,拧过身去。

过会儿,马上要睡着了,却听到她在我身后低声抽泣。回头,发现程夏冬眼睛红了。

"怎么了到底?"

"对不起小安子,我不是有意要打扰你的,可是,可是……"她说,"可是我想悠悠了。"

"悠悠?"

"我的第一只宠物,一只特别特别可爱的小猫。"

"是吗……它长什么样?"我打个哈欠。

"纯白色,眼睛一黄一蓝,脑袋大大的,身子小小的。你知道吗?我可喜欢它了,上哪儿都要带着它,连睡觉都要搂在怀里。悠悠很听我的话,别人摸它它从来不肯,我只要一出现,它就跑过来,在我跟前走来走去的,用尾巴撩我,拿脑袋蹭我。"她说着叹了一口气,"可后来它丢了。"

"啊？怎么丢的？"我揉揉眼睛，睁开看她。

"我六岁那年，有一天带它去花园玩，它突然跑了，然后再也找不到了。"程夏冬流下几颗眼泪。

我轻抚她的脸，揩去她的泪。

"那天早上我把悠悠抱在怀里，拉着它的小爪子玩，它就像你刚才一样，爪子从我手里抽了出来，又在我手背上轻拍了两下。我高兴极了，以为它通了人性，在跟我打招呼呢。谁知道一进花园悠悠就跑了，不见了。"

——原来是我无意间的举动勾起她的回忆了。

"我院里院外到处找它，从花园到大街，从山脚到江边，哭着喊着，找了几天几夜。爸爸还发动他们单位的人帮我一起找，可最后谁都没找到。我太难受太绝望了，不吃饭，不睡觉，什么也干不了，每天就一直哭一直哭，从早哭到晚，大人们怎么哄我都没用。"

"真可怜。"我抱抱她。

"后来哭得失声了，身体抽搐不止，爸爸带我去了趟医院，医生说没什么大问题，开了些镇静剂给我。吃过药，沉沉地睡了一夜，可醒来也没见好转，心里还是悲恸得不行。那会儿真是，整个人都魔怔了，看什么都成了灰色的，一心只想着悠悠回来。可它根本就回不来，连个影子都没有。我的状态越来越差，发烧，昏迷，卧床不起……后来，实在是没办法了，爸爸听了姥爷的话，找来一位老师父。"

"老师父？"

"对，我们当地很灵的一位大师。老师父说，我的魂儿被悠悠勾走了，得赶紧招魂。他要了我丢猫那天穿过的衣服，还要了我的生辰八字，急匆匆回去了。一天之后再过来,老师父给我个贴着符的荷叶包,让我空腹一天,在当晚涨潮时吃下里面包着的东西,又嘱咐爸妈那时在旁边唤我的名字。"

"荷叶里是什么东西?"

"一颗褐色的糯米团子。我爸不放心,叫我别吃,万一吃下去什么脏东西反而病得更重可就麻烦了。姥爷觉得不能再拖,让我先尝了一小口。那个糯米团子有点儿苦,但不难吃。接着,我咬了第二口,第三口……吃着吃着,听到了爸妈在喊我,喊我的名字,慢慢地,眼前的世界有了颜色,周围的声音也逐渐清晰起来——之前,整个人像被封在一个蚕茧里似的——这才破茧而出了。原本一心只想要悠悠回来,它要是不回来我就不活了,等吃完糯米团子,这个念头像是被调包了,换成了别的想法:也许它不是真的属于我,也许它去了更好的地方,也许它抽出爪子来拍我,是在跟我道别呢。终于通了窍,彻底好转了。"

"对不起宝贝儿,都怪我。"

"只要你不是在跟我道别就行。你可千万不能突然不见了,魂儿要是第二次被勾走可就再也招不回来了。"程夏冬戚戚一笑。

"大半夜的别说这些了,瘆得慌。"我想到"术士""招魂"这些邪门东西,看着程夏冬奇诡的微笑,鸡皮疙瘩冒了出来。

"不说了不说了。"程夏冬将我的鸡皮疙瘩抚平,"我们快睡吧。"

独自睡惯了,房里哪怕一丁点儿的光线和身旁的任何细微响动都会叫我失眠,跟别人拉着、抱着就更别提了,根本无法入眠。可那天,听完了招魂故事,我的想象力开始作祟,一闭眼就有妖精怪物、神仙鬼魂在我面前游荡，十分恐惧。直到搂住了程夏冬，才安定下来。

就这样，我打破了多年的睡眠习惯，全程抱着程夏冬，一觉睡到天明。

# 6

整个白天，我在沙发上看书，她在一旁玩平板电脑。虽然各干各的事，可只要醒着，程夏冬就一定得跟我有直接或间接的身体接触——有时靠着我，有时枕着我，有时勾搭着我，累了就换个姿势。

"小安子，我一直想弄个文身来着，你说我文个什么好？"程夏冬突然问。

"别文我名字就行。"

"自恋鬼！"她说，"你帮我想想嘛，什么都行。"

"什么都行？"

"嗯。"

"那你文个皮皮虾吧。"

"为什么是皮皮虾？皮皮虾怎么你了？"

"你不是说什么都行吗，我正好想吃皮皮虾了，随口说的嘛。"我笑。

"哎呀你认真点儿！"

咚咚咚，客厅传来了敲门声。我心脏骤然狂跳，和程夏冬面面相觑。

"谁啊？"她悄声问。

"不知道，不是送快递的就是查水表的。"

"别开，气不能散。"

"我才不开呢!"

"嘘!"程夏冬噤声,屏住呼吸。

敲了好半天没人应,那人走了。我们松了一口气。

晚上,程夏冬提议跟我一起看部电影。我打开投影仪,问她想看什么。

"看什么不重要,重要的是能靠在你肩膀上,共度睡前时光。"她说。

我挑了《暖暖内含光》。这是一部忧伤又动人的爱情片,带有一些科幻元素:两位恋人因相恋后太痛苦,先后做了记忆消除手术。尽管又见面时早已形同陌路,但两人重蹈覆辙,再次坠入了爱河……

爱情到底是什么?删除了记忆就等于断绝了爱情吗?剧作者虽然给出了自己的答案,可爱情哲学永远不是那么容易参透的。这部电影有些难懂,每当程夏冬想问我问题时,我就凑过去堵上她的嘴,不是接吻,而是用我的唇轻轻压住她的唇,不许她说一个字——我不爱在看电影时说话,更不爱给人解释。我们睁着眼睛,嘴唇黏在一起,气息喷到对方的人中上,定好久。程夏冬总是坚持不了多久就咯咯笑起来,我会趁她笑时轻咬一口她的嘴唇,回头继续看电影。后来,她每隔几分钟就要噘一次嘴,学着小动物要奶喝的么么声前来索吻,十分可爱。

"这两周我没勾搭任何人。"电影刚结束,我告诉程夏冬。

"怎么突然说起这个?"

"不知道,就想告诉你。"

"真的吗?"她一副十分怀疑又满面春风的样子。

"真的。"

"哼！有你也不告诉我，我才不会相信你呢。"

"是是是，千万别信我。我们男人的话都信不得，为了把你们骗上床，我们煞费苦心，不惜撒下弥天大谎。我们太知道你们想听什么了，讨好你们简直是易如反掌。"

"那你说说，我们想听什么?"她说。

"谎话呗。"

"什么谎话？"

"就那些情啊爱啊、承诺啊誓言啊、肉麻的不要脸的话呗。"

"说一句让我听听。"

"不说。"

"就一句嘛。"

"都是假的，有什么好说？"

"我又不当真，"她摇着我的胳膊，"说嘛说嘛，求你啦!"

我看了程夏冬一眼，长长地舒了一口气。

"我爱你——"我心头一震，马上补充道，"这三个字是全世界最大的谎话，也是我们最爱用的谎话。"

"你脸红啦。"程夏冬一下子扑到我身上，"我也爱你!"

# 7

第三天中午，程夏冬做了三菜一汤，样样可口，我吃了个精光。

"你的宫保鸡丁比峨眉酒家的还好吃!"我放下碗,擦擦嘴,"教我。"

"教会了你就给别的女孩做去了,不教。"她骄傲地扬起头。

"绝对不会!发誓!"

"承诺啊誓言啊可都是谎话,昨天晚上你自己说的。"她故意冷冷地说完,转过身去。

"那你说,怎样才肯教我?"我从后面抱住她。

"娶我啊!"她挣着身子转过来,笑吟吟地挑衅道,"敢吗?"

"等着。"我立即打开冰箱,把面包袋上的白色胶皮铁丝拧开,环了个"戒指"递到她面前,"这有什么不敢的。"

"为了学烧菜豁出去了呀。"她心满意足地看着我,"跪下,给我戴上。"

"喳!"我奴才似的扑通一声跪下了。

"哎呀真笨,没看过别人求婚吗?单膝,单膝跪地。"

支起左腿,拉过她的手。

"哑巴啊你?"她缩回去。

"这么关键的时刻,说什么都苍白。"实在讲不出那种连篇累牍的肉麻话,我径直把那枚"戒指"戴在她无名指上,"虽然是铁丝拧的,可你也别嫌贫爱富,想要鸽子蛋就只能找你前男友咯。"

"这是我见过最别致的戒指!"程夏冬伸出手,打量着它,"总算把你骗到手啦,好开心呀,回去我就跟爸爸讲。"

"嗯?"我突然一愣,不好的预感,"讲什么?"

"什么讲什么?婚都求了还能讲什么?"

"不是,那个……"完了完了,这下子弄巧成拙了,真不知该说什么好,"对不起对不起,我刚才以为你跟我闹着玩呢……"是啊,谁会为了学烧菜而求婚呢?

程夏冬脸色陡变:"谁会拿这种事闹着玩啊浑蛋!"

"唉,这叫什么事儿啊……"我叹气。

她摘了"戒指"狠狠扔到一边,冲进卧室,打开箱子收拾行李。

"喂,你干吗呢?别这样!"我上前抱住她。

她别开脸,不搭理我。

"对不起,是我的错。"我正色道,"我是很喜欢你,可我确实有我的顾虑,你理解理解我好吗?没必要这样。"

"没有没有,你没错,你跟我说得很清楚,这次是我的问题,真的是我的问题。"她喘息,"是我想多了,是我入戏太深。"

我将程夏冬拉到床边,一把推倒,想用做爱化解这一切,只要能让她把气消了,接下来什么都好说。可她拼命挣扎,我一松手她就溜走了。

"我必须赶紧离开这里,永远离开你——我玩进去了玩不起了我退出还不行吗?"

"不是,停停停!要干吗呀你这是?!"我提高了音量,"产生误会就沟通呗,解决呗,别瞎折腾!"

"我要干吗你到现在还不明白?"

"我不明白,我以为我们早就讲好了。"

程夏冬泄气,继续收拾行李。直到所有叠好的衣服都摆进了箱子里,她来到我面前说:"我要跟你在一起!"

"难道现在没在一起吗?"

"你知道我什么意思。"

"好,在一起,然后呢?"

"没什么然后,我只希望你不要逃避——既然大家都有感觉,就好好在一起,心里只有对方。说真的,我从来不奢望能跟你有什么结果,但你不要还没试过就说不行,未来的事谁说得准啊?"

"有感觉怎么了?我有感觉的女孩儿多了去了。再说,你以为我真的爱你啊?你召之即来挥之即去我才爱你,你不黏不偎不耍脾气我才爱你,你若即若离不远不近我才爱你!非要他妈的在一起在一起,弄得我烦了、厌倦了、貌合神离了、想搞别人了、一点儿也不爱你了你就高兴了?"

"哼!你就是贱!眼前的不知道珍惜。"她骂道。

"你也一样贱,你前男友对你那么好、那么上心,你珍惜了吗?"

"我……我不爱他,"程夏冬软下来,"但你爱我,我感觉得到,你别想否认。"

"我只是喜欢跟你做爱罢了。"我的语气也没那么硬了,但我不能松口。

"那就只许跟我一个人做爱。"

"你真是自私得有些天真。"我笑了,"凭什么啊?"

"凭我们天生一对,凭我们全世界最合拍,凭你是我的狗、我的泄欲工具、我的撒气包。"

"什么乱七八糟的……再郑重地强调一遍:现在我单身,我想跟谁就跟谁,爱怎么乱搞就怎么乱搞。"

"你就是不愿意负责任!没担当!浑蛋!"程夏冬气急败坏。

"道德打压对我一点儿用没有,你也不是什么好人。"

程夏冬闭上眼睛平复了老半天，深吸一口气："其实我这次来，已经做好了最坏的打算。"

"少虚张声势。"

"来之前我已经想清楚了，"她很平静，"如果你还是不肯跟我在一起，那么我会跟你彻底断掉，和前男友复合——这四天就真的是我们最后四天了。"

"行啊，断吧，跟他复合去吧。"我转身就走。

"好的。"

虽然不相信，但程夏冬的波澜不惊还是让我乱了阵脚。

"不是，为什么要这样？"我又回到她面前，"为什么啊？"

"因为这太折磨人了。这样的关系只能让我陷得越来越深，现在，你对我来说根本不是露水情这么简单。从广州回去之后，我眼里根本容不下其他男人，可你却总是一会儿拉近我、一会儿又推开我，继续这样下去我只会一蹶不振，落得什么都不剩下，必须彻底断掉我才有出路！"

"又要一蹶不振、昏迷不醒了？哪儿有那么严重啊，把我当成你的小猫、你的悠悠了？"

"安沉午，你根本就不懂女孩子！这几天我确实感受到了你的变化，我以为这是积极的信号，我以为我能改变你，我想或许我们真的能在一起也说不定呢……唉，都是我的错，是我想得太好了，我不该逼你——也许你真的能同时爱很多人，也许我真的只是你众多炮友中的一个而已。我一直以为我是对的那个、最特别的那个，嗯，这下说得通了，是我高估自己了。"

"首先，我正儿八经就你这么一个炮友；其次，我就想问一句，现在的关系难道不能让你满足吗？"

"不能，当然不能。"她斩钉截铁，"我不想再压抑自己了，我要一睁眼就看到你，一伸手就拉住你，我不想跟你若即若离、忽远忽近的，我想成为你生活里不可分割的一部分，暂时的都行！广州那个懂事的我是最好的我，但不是真正的我。现在，我管不了那么多了，原形毕露缴械投降了，要杀要剐悉听尊便吧！"

"程夏冬，你想要的太多了。"听到大段情话，我又不习惯了。可我不想跟她断，一点儿也不想。"咱们第一次见面我就明确地告诉过你，我不谈恋爱。你那会儿也说了啊，平时不联系，没有感情也不谈感情。现在这样不是挺纯粹也挺简单的吗？难道这样不好吗？"

"你纯粹吗？你简单吗？你敢说你对我什么也没有？"

"为什么你总是……唉……"

"没关系，你说出来，让我死心，以后我就再也不会烦你再也不会跟你扯了。没那么复杂，其实挺简单的。"她双目无神，凄楚极了。

尽管理性告诉我她很可能在装样子，可我还是心软了，狠话憋在嘴里说不出口。

"如果你真的很爱我就不会是这个结果，我都明白的。"她歉然地笑了，"对不起，说好要争分夺秒，怎么又弄成这样了……真的，你说出来吧，很快就过去了，搞到下一个女孩子就再也不会想起我了，痛快点儿做个了断吧，我没工夫跟你再耗下去了。"

"干吗一次又一次逼我呢？"我真想跟她说我一点儿也不爱她，让她立即滚蛋。我要毫不犹豫地把所有伤人的话都甩在她脸上，让她一蹶不振。

"说不出口就跟我在一起，管他多久，三个月也好，半年也行，你去不了成都我来北京。"她拉住我,低语道,"给我多一点儿时间,不管结果怎样,我都没什么遗憾了。"

"你这不是多此一举吗?咱们现在明明好好的,你就非得让那东西一股脑燃烧殆尽了才肯罢休?"我知道只要答应她了,就不是三个月半年那么简单了,到时候再分手,也不会像现在说的这么轻松。

"我从小到大不缺爱,被爱对我来说太容易了——是,我就是要跟你燃烧殆尽,哪怕玉石俱焚,鸡飞蛋打,一股脑一口气一下子全烧光了才甘心。现在,只要你完完全全属于我,哪怕只有三分钟热度我也无怨无悔,对我来说,一次轰轰烈烈抵得上永远。"

"愚蠢!短视!想一出是一出!千方百计!不择手段!"

"固执己见!冥顽不化!一意孤行!不可理喻!我真是恨死你了!"

"你会后悔的。"我指着她。

"我不争取不尽力才会后悔。"她一把弹开我的手。

"跟我当初一样,"我一屁股坐在床上,"用力过猛,毫无节制。"

"你别像教育小孩似的,论经验我可比你丰富。"她绕到我面前,"你不就想乱搞吗?行,我给你自由,我不管你,只要别给我知道就行,其他所有事都可以依你来——说不定你答应我了,我反而就没什么执念了,也就不会非要顶着你、逆着你了,到时候你说怎样就怎样。"

"现在说得简单,以后你只会要得更多,全世界都知道你爱变卦——第一次见面就这样,今天又故技重演当我是傻子吗?"没错,女生哄男生开始一段关系,跟男生骗女生上床一样,净是花言巧语。

"我要的明明很少!"

"你要的少,可都是最难的。"

"你知道我要鼓起多大勇气、牺牲多少自尊才能迈出这一步吗?为什么我每往前迈一步你都要狠狠地推开我呢?你怎么忍心呢?"说着,她的眼泪流了下来,"能说的我都说了,你还不答应是吧?"

"你自己也不愿意妥协,干吗非要勉强我呢?"

"也许真等失去了你才知道珍惜。"

"得不到的才是最好的,懂得珍惜总比今后磨灭了强。"

"好。最后一个问题,你到底爱不爱我?"

"爱。"脱口而出时,我一点儿也不惊讶,一刻也没有犹豫,"正因为这样我才更不能轻易答应你,不要再在原则问题上逼我了好吗?"

"好!"程夏冬冷笑着擦干眼泪,"这根本就不是爱,就算是,我也理解不了。我再不会相信你了,再不会为你付出任何感情了,不是一个世界的人就别互相迁就,没必要也不值得。我没什么好说了,你放开搞别人吧,我们到此为止。"

## 8

傍晚,深秋的冷空气带着一股泥土味钻进屋子里,我们并排躺在床上,都没了力气似的,久久缄默不语。仰头望向窗外,暮色由紫色转为暗蓝,白云和天空各自清晰明朗,一定是个良夜。我想,如果我们能早一点儿遇见,如果我的初恋不是关睿而是程夏冬,说不定会有个圆满的结局……

突然，程夏冬凑过来吻我。这一吻跟我们之前的所有吻都不同，我从中找到了一切归零、重新开始的意思。绝不能放过这个机会，我心想，要和她上床，要让她回心转意。可正当我想继续时，她却拦住我。再试，又被她推开。

"你听着，我走之后，别再联系我，联系我我也不会回应，咱们正式结束。"程夏冬面无表情，"不过，我们还有一晚上的时间，这之前，你若后悔还来得及，只要跟我做一次爱就算答应我了——之后咱们就像我说的那样，好好在一起。以此为记，不许反悔，别想那么多，别弄那么复杂，好吗？"

"你说你……唉……"为什么她总爱玩这些把戏呢？为什么她一定要这样呢？

"如果还是决定就这么断了，走之前你想怎样都行，唯独不许做那件事。明天早上，我会静悄悄离开。我知道你不喜欢扯，我也不喜欢。别怪我，这样做是为了尽可能地止损，我必须停下了。希望你不要说有的没的，与分手离别有关的一个字都别提，也别暗示，可以吗？"

我无言以对。

"冷。"程夏冬蜷成一团，瑟瑟发抖。

我拉开被子为她盖上。

"喜欢这个季节，可以躲在温暖的被窝里，吹着凉风，无所事事，搂着自己心爱的人发呆。"她说。

"别跟我断。"我看着她，"你知道我不想断，也没心思跟别人怎样……"

"决定权在你。"程夏冬说，"反正我已做了最坏的打算。"

我挪了挪，没动，也没说话。

"我知道自己不是什么好人,我其实挺坏也挺蠢的,我都知道。"她说,"一开始就骗了你,后来呢,答应好的事情也没做到,还要反复折腾你、折腾他、折腾我自己……"

程夏冬趴在我胸口,半闭着眼睛。我喜欢她现在的样子,有一种我不熟悉的美。此刻,我能明确地感觉到,程夏冬正慢慢退后。这个距离让我觉得舒服,这正是我要的安全距离。我不再被逼迫和勉强,也就不必再次推开她。如果她能一直这样该多好,我们根本不用分开。

"你就一点儿也不怕吗?"她问我。

"怕什么?"

"什么都怕,没有安全感——跟你认识之后就一点儿安全感都没有了。"她想了想说,"一物降一物,对吧?"

如果把这一切归咎于大自然的造化和命运的安排,我便没那么惶恐了。不然,眼睁睁地看着程夏冬松开我的手,独自下沉,就好像是我亲手杀死了她一样。可如果我任由她抱紧,溺毙的将会是我们两个。

"从小到大,所有事情爸爸都替我安排好了。他是为我好,不愿意让我走弯路。表面上看起来是不错,很多人羡慕我,可我总觉得哪里不对,总觉得生活里似乎欠点儿什么。我琢磨,也许有更好的安排和更好的人在别处等着我也说不定。我以为这次终于可以听回自己的,任性一次,走得远远的,没想到还是返回了原路。"

"原路才是最安全的。"我说。

"我并不是因为安全才回来的。"程夏冬摇头,"是你把我领回来的,你把我放回了原路,然后自己离开了。"

"不要怪我。"

"就怪你……"

长久的静谧又一次袭来,程夏冬的呼吸逐渐平稳均匀,不一会儿,她在我胸口睡着了。我的身子太久未动,有些酸胀,抱起她,想将她移到枕头上,可她突然捏住了我的手。我注视着程夏冬,想起了悠悠,再也不敢抽出来。

也许这就是我们的最后一夜,也许这就是我所拥有的一切。她走了之后我还剩下些什么呢?一些无意想起她时的恍若隔世,一些多余而矫情的暧昧忧伤,一些只能如此的来日方长,一些我不愿搂着过夜的漂亮姑娘。程夏冬睡得香甜,而我一夜未眠。有几次,我产生了不顾一切要和她做爱的念头,但我思前想后,始终没有将她吵醒。

早上醒来,我摸了摸身旁,发现程夏冬还在,松了口气。想象着她此刻的失望,突然为自己的不识抬举愧疚起来,而后就被一块无形的巨石给压住了,根本无法动弹。她冲我惨淡一笑,起了床,一句话没说,自顾自地穿衣打扮、收拾东西。我从头到尾看着她,她却从头到尾不看我。最后,没有任何征兆,也没有任何一句话,她拉着行李箱头也不回地走了。又是"咔嗒"一声,门锁上,脚步声渐行渐远。

我瘫在床上,这才像是被什么给击中了。我感到某种东西缠上了我,再也无法摆脱。

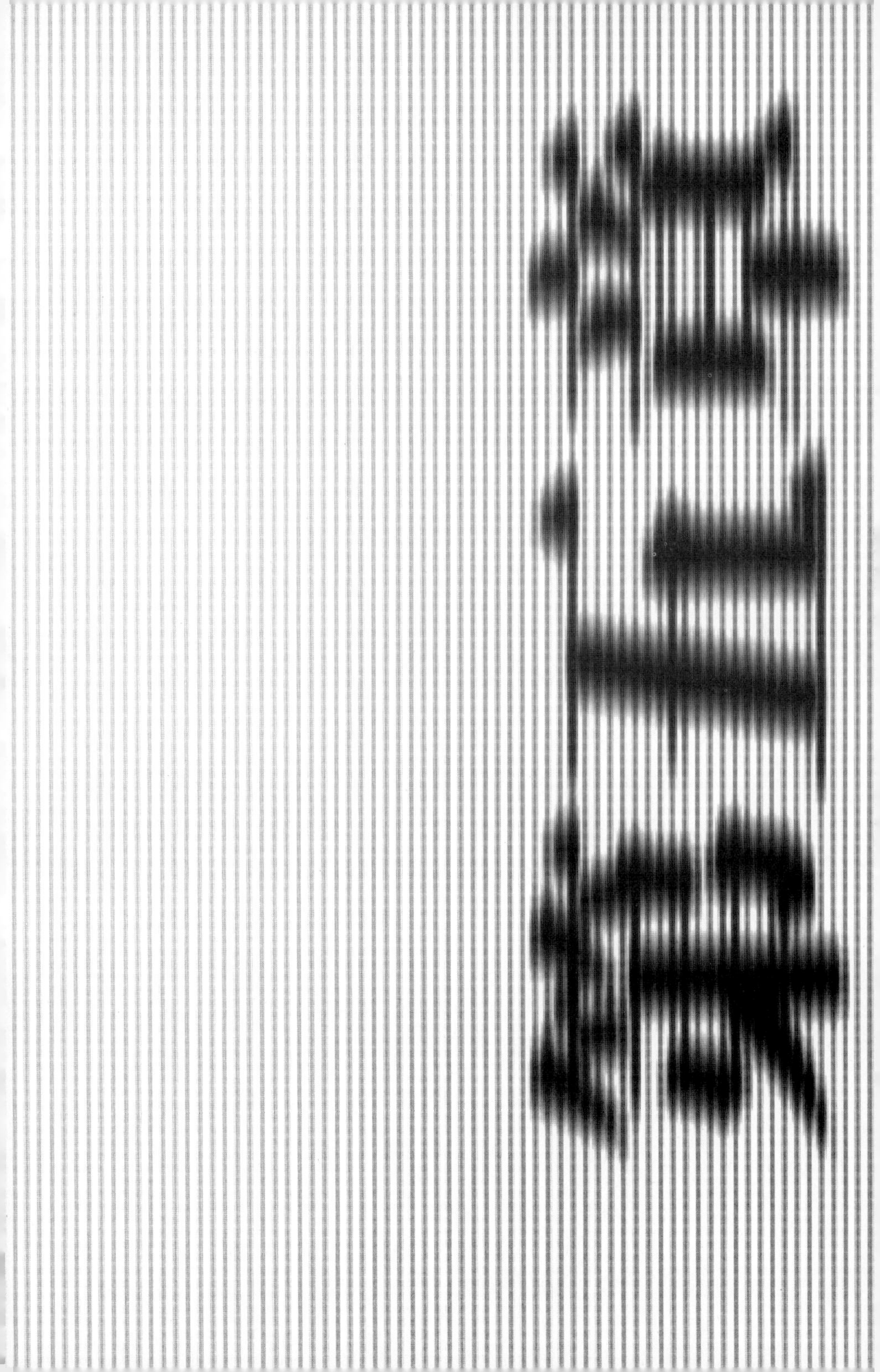

# 1

十二月，除了每天早上坚持写点儿东西，其余时间不知该干些什么。北京的严寒和狂风让我不太愿意出门了，计划中自由自在的放浪生活并没有来，整个人被一种失去支撑般的苦闷笼罩。

我告诉自己：这很正常，就像以前一样，低落的情绪每隔一段时间就要来一次。况且，关于程夏冬的记忆还很新鲜热烫，等它凉了、馊了、被覆盖了，就全都好了。不幸的是，一段时间过去，振奋并没有如期而至。

每天清晨，我早早就醒了。那时，窗外的天空毫无亮色，风刮得呜呜响。我紧裹着被子，独自一人躺在大床中央，像蓝色的月亮。毕业至今，生活没有走向轻松、明确，反而更加沉重、含混了。我的理性和坚定遭到了一定程度的磨损，变得首鼠两端，比以前更加多愁善感。

"怎么了到底？这几天涣散得有些反常啊。"叶浮问我。

"没怎么。"

"没怎么？"叶浮调侃道，"怕是被谁掏空了吧？"

我强笑着，咬紧了牙关，仍是没有跟他提起程夏冬。

有天下午我接到一个陌生的电话,号码的开头有个加号,后面的数字组合也十分奇怪。犹豫了几秒,摁下接听,等着电话那边开口。那边没应答,喂了两声,依然不见回话。

"哪位?说话啊。"

电话那头有人深吸一口气,接着,延绵不绝地哭了,这哭声我太熟悉了。

"隋凉?"

哭声决堤般涌来,想起那天看完《恋爱的犀牛》,她也是这般哭泣。

"隋凉?你在哪儿?你没事吧,我一直……"

说到这里,她挂了,电话里传来忙音。我试着回拨,却怎么也拨不通。半年过去,我很快走了出来,可显然隋凉还没有,相比之下我是多么的薄情啊。查了查纽约时间,正是凌晨,她一定是碰上什么事儿或者难受得不行了才打给我的。她能主动联系我,也许说明她不是百分之一百地憎恨我,想到这里,我便心有慰藉。可一转念,我又有什么脸面感到慰藉呢?

下楼抽了两根烟,叹了无数口气,内心仍然难以平静。我面色凝重地走上楼,回到工位,打开电脑整理思绪。我想,不如近期先抓紧把小说写了吧,正好像上次闭关时一样,通过专注牵制眼前的不痛快,化解内心的郁结。

刚有了头绪,伍凯佑来电:

"一件好事一件坏事,你先听哪件?"

"随便随便。"我催促道。

"好事是,我把我们单位那个福州女孩追到手了。"

"嗯。"

"坏事是……"伍凯佑咽了下口水,"她怀孕了,我们想去做掉。"

"快去啊。"我起身来到休息室。

"那什么,打电话给你是因为最近我手头实在有些紧。"他清清嗓子,"想问你借点儿钱,五万块——手术没那么贵,多出来的我想给她,当作补偿。"

"你倒挺仗义。"

"这种钱实在没法问家里要。"

"怎么这么不靠谱啊?"

"别说我了,我也不好受。"

"卡号给我!"

打了钱给伍凯佑,越想越生气,又数落了他几句。他奇怪我心情为何如此糟糕,我告诉他,这两天一听见男男女女那些事就头大,气不打一处来。他反过来安慰我,问我是不是跟程夏冬闹什么不愉快了。我否认了。直到他说有什么事想倾诉了尽管开口,我才消了气,念起我们的友情,安慰了他。

# 2

两周过去,我将两万多字的样章发给出版人傅斌。他很快看完,约我面谈。

"是不是跨度有些大?"傅斌开门见山。

"我觉得还行。"

"从娱乐化的类型小说直接跨到纯文学了。为什么不借着《成倍焦灼》的势头写个三部曲呢?"

"去年写过一稿,改来改去都不满意。想了想,那种青春类的东西上一本里已经写尽了,没什么要表达的了。还是想写点儿文学性更强的东西。"

"嗯。想拿奖?"

"别别,傅老师,还差得远。"不是自谦,我真没想过。

"计划写多少字?"

"粗略地拉了个大纲,可能得30万。"

"嗯,纯文学,字数多,销路不会太好。最主要是,你以前的读者不一定买账,而真正读纯文学的那些人口味十分刁钻,很可能两头不讨好。"

"明白,我还是先写吧,不行再说。"

"说实话,样章不错,有发挥的空间。我不怀疑你的写作能力,唯一担心的就是到时候营销可能要费些力气。等你这么久,也该出活儿了。我拿样章回去报选题,咱们稍后签约。"

谈罢,回到公司,翻了翻日历:现在距离过年只有两个月了,如果立即动笔,写作势必会被春节中断,不如用这两个月来做最后的梳理和酝酿。回家过年时,正好可以跟亲朋旧友们仔细聊聊,等于是再摸一遍素材。春节过后,也就是2013年的三月份,待我回到北京,一切准备就绪,便可以一鼓作气完成这部拖了好几年的小说。

程夏冬,我一定会放下你的。很快。

## 3

伍凯佑为了感谢我借钱的善举,弄了几箱新鲜的吉拉多生蚝给我,说这东西壮阳强肾,冬天吃最补。我尝了一只,果然鲜甜可口,美味异常,一口气连吃了十二只。谁知一到公司,肚子就开始难受,连着吐了几次不说,肠胃也剧烈地绞痛起来。挨到下午,浑身无力两腿发软,疼得满头大汗,只得请假回家。临走时,手机响了,收到一条信息。

"沉午老师,我是班琪,来北京出差了,晚上有空吗?"

"班琪,实在不好意思,我今天胃痛,改天吧。"

"好的,没关系,我年前都留在北京做专访,咱们再约。你不严重吧?"

"没事儿,不用担心。"

到了家,衣服也没脱便钻进被子里,牙齿止不住地打战,冒了一身冷汗。跟叶浮发信息求助,老半天没回信,打过去,竟然关机了。我感到情况不妙,我必须马上去医院治疗,可现在疼得站都站不起来,更别说行走了。要是这时候程夏冬在我身边该多好啊,哪怕她人在成都,也一定会立即飞到北京陪我的。唉,我又想她做什么……

不得已,我拨通了班琪的电话。

## 4

来到医院验了血,果然是急性肠胃炎。班琪跑前跑后,交钱、取药,扶我来到了输液室。

"你赶紧忙别的去吧,我输上液就没事了。真是麻烦你了。"我不喜欢麻烦别人,当然,也不喜欢别人麻烦我。

"别客气,我正好没事。要是走了反而不放心,倒不如踏踏实实坐这儿跟你聊聊天。"她说话轻声细语,不紧不慢,"你要不要看书?我这里有几本。"

"好啊。"

这是我第一次细细打量班琪。她不属于第一眼美女,却有种泰然自若的可人。她的衣服看起来十分简洁:纯色,宽宽大大的,没有任何多余的图案,浑身透出一种与世无争的恬静。

医院里很吵,每个病人都有一两位家属陪着输液,大部分是中老年人,有人闭着眼睛假寐,还有人痛苦地号叫。班琪捧着一本书坐在我对面,每当我看向她时,她都会停下,像个幼儿园阿姨似的对我笑一笑。

"上次在广州你就吐了,奖都没去领,以后吃东西应该格外小心才是。"

"其实那次我没事——临时出了些状况。"

"和那个女孩子有关?"她是指程夏冬。

"嗯。"

"你女朋友?"

"也不算,已经断了。"

"一个悲伤的故事。"

"怎么说呢……我不想谈恋爱,可她不同意。"

"你们只上床?"

"最开始是这么说定的,但后来失控了:她非要在一起。"

"但你不是那种追求固定关系的人,所以断了?"

"对,"我说,"都是大活人,没人愿意被框着。一旦固定了很容易就没感觉了,一没感觉就想着乱搞,一乱搞又要伤害别人。不想搞成那样。"

"有创造力的人都这样。"

"是吗?我倒觉得所有男人都这样。"

"很多女人也是这样。"班琪说。

"你也是吗?"

"差不多,但不是说我喜新厌旧或者是喜欢乱搞,而是人和人的头脑很少能够同步,若相互理解不了,难免会产生争执和强迫。我不强迫他人,也不想他人强迫我。过去不懂,因为这个抑郁过,费了好大的力气才走出来,很怕那种感觉。"班琪停了停,又说,"我觉得咱们应该是一类人,从根本上讲,我们这么做,不是为了开放的性或者那种快感,而是其他什么。也许是直面自身的缺陷,也许是尝试解决问题,也许是躲避那种我们明确不愿接受的东西,使双方都能快乐一点儿、轻松一点儿。"

她说起话来延绵不断,没有过多感情色彩。我喜欢这样脱离了口语范畴的说话方式,像在听一段电影旁白。最重要的是,她准确地表达出了我意识中尚未成形的部分。

在后来的输液过程中,我和班琪有时会一连聊很久,有时则各自低头看书。同起同落,十分默契。

回到家时已经凌晨两点多了,我将看完的书还给班琪。

"还要不要看别的?"她问。

"先不看了,最近在筹备长篇,自己列的参考书目都没读完呢。"

"终于要写新书了?"

"对。"

"我也试着写过小说,可惜没那个才能。以前以为读得多就会写,跟给社里写专题没什么不同。后来发现还真挺难的,天赋最为重要,毅力同样必不可少。前阵子翻看了自己之前写的几部残篇,都是写着写着就写跑了,最后不知道在说什么,根本读不下去。所以很佩服能写长篇的人。"

"短篇也难,需要更多智力。"

"嗯。"

"你说你这阵儿都在北京,住哪儿?"我问她。

"西郊,我朋友家。"

"那有点儿远啊,今晚睡我这儿吧,有地方。"

"也好,现在回去一定会吵醒她。"

"一会儿我睡沙发,你睡床。"

"你生病了,还是我睡沙发吧,我个子小。"

"你就睡床吧,要不我实在过意不去。"我坚持。

"都睡床好了。"班琪说,"没关系的。"

我找到她的眼睛确认了一遍,随即点点头。想说句什么,但没开口。

先后洗过澡,我另取了一条被子递给班琪。上了床,我们躺在各自的被子里,仰面朝上,中间隔着一小段距离。

班琪说:"你床上的味道蛮好闻。"

"是吗?"我嗅了嗅,"闻不到。"

"自己是闻不到自己的。"

"什么味儿呢？"

"味道最不好形容，怎么说呢？是淡淡的体香混着点儿汗味，不是臭汗，是人皮肤表面上的那层热乎乎的味道，像荒郊的太阳。"

"荒郊的太阳，我喜欢这个比喻。"翻身看看表，"三点了。"

"一点儿也不困。"她的语气略有些兴奋。

"我也是，还觉得很微妙，好像此刻似曾相识。"

"其实更像是不期而遇，或者说早晚要相遇。"

"没错。"

班琪停了停，说："上次有这感觉，是在我一个女性朋友家，也是夜里三点，我们躺在一张床上，她突然就，吻了我。"

"吻了你？"

"对。然后我就醒了，迷迷糊糊的，只觉得一种纯净的洁白顺着那吻淌遍全身，而后好像什么都不在乎了，马上回应了那个吻……"

"第一次？"

"嗯，恐怕也是最后一次。"

"是吗？"

"我仔细确认过取向，确定自己只喜欢男生。那天晚上，应该就是时间、地点、状态、感觉都有了，性别什么的也就一点儿都不重要了。更加纯粹的东西。"

"你那位朋友，她喜欢女孩子？"

"对，她早就公开了的。"

"你们俩现在怎么样？"

"偶尔联系，都挺坦荡的。她去澳大利亚了。"

"那你有男朋友吗?"

"我还以为你不会问我这个问题呢。"班琪看看我，"目前没有。"

"上一任持续到什么时候?"

"半年以前。他是韩国人，在香港工作，一个相当厉害的花艺师。我们是两年前在一起的，处了一年半。"

"之前你说你抑郁，跟这个韩国人有关?"我问她。

"不。"班琪看向窗外，"跟韩国人好之前，我跟广州的一个男生好过，抑郁是因为他。他骗了我好久，最后还是跟我分手了，可我那会儿还爱他，总也忘不了他，对他耿耿于怀，一直过不去，怎么也过不去，自己什么都明白但就是过不去，加上家里的事……唉，那段时间绝望到不行，真快撑不住了。"班琪深吸一口气说，"韩国人在我最需要陪伴的时候来到我身边，没有他我都不知道自己现在在哪儿。他后来说，其实知道自己不是我心里的那个人，从一开始就知道。但是回想起来，我们在一起的一年半里，他从没要过什么，只是付出。每天都乐呵呵的，带我看他工作，努力陪我康复，什么事都首先为我着想，连后来的分手都是他为了我主动提的。我真是运气好才碰上他。"

"这么好的人，小说里都少。"

"是啊，可他真是这样的。韩国人和我在一起时，一共哭过两次。一次是发现我跟那个广州的男生偷偷联系。我起初以为，他哭是因为伤心我仍然念着别人。后来他说，哭是因为心疼我，觉得我傻，抑郁好不容易好了一点点，千万别因为不值得的人又加重了。另一次是分别那天，他跟我说，爱情是世界上最难的事,然后转头就哭了,默默地进入安检通道,回韩国去了。"

"没再见过面?"

"没见过了,可他仍会经常写信给我。他不会中文,我不懂韩文,我们用英文交流。他很可爱,总提醒我保护好牙齿,给我寄韩国的牙膏和化妆品。他们全家都见过我,一家子都是极好的人。母亲是教会的干事,父亲是牙医,还有个正在上大学的弟弟。每次写信,他都要把全家人对我的问候一一写在里面……总之,韩国人影响了我的方方面面,我常想,也要成为像他一样的人,让别人感到舒服、愉快,用更好的方式去爱,真真正正地去付出。"

"没有半点自私的成分,也不图什么回报。"我总结道。

"是啊。可跟他在一起时,我却自私地爱着另外一个人……"

"也许他说的没错,'爱情是世界上最难的事',我们一点儿办法也没有。"我说,"没人能明白,没人能搞懂。"

"确实如此。"

"所以你到现在还想着广州那个男生?"

"不想了……"班琪说,"但也许还心有不甘,或者说恨。我很不喜欢自己这样,不想恨任何人。"

"恨会把人拖在过去,但既然产生了,就是你身体的一部分,接纳它,不要自己跟自己较劲,否则它永远都不会消失。"

"对。"

"如果可以,讲讲你跟这人的故事。"

"作家的职业素养？收集素材的癖好？"

"跟职业和素材无关，是想更多地了解你。"

"以后慢慢讲给你听。"班琪又看了看我，"你呢？有耿耿于怀的人吗？"

"有，但过去很久了，也基本上释怀了。不过，那个人只要是存在过，就好像轻轻关闭了你内心深处的一个开关似的。然后你就变了，对类似的事情免疫，懂得如何在感情里面敷衍了——所有人最认真的也就那么一次，那才是实际意义上的'初恋'吧。但初恋过后，开关一旦关闭，就不可逆转了。蛮可悲的。有时候我就想，如果能把那开关重新打开，清除掉不愉快的记忆，那是不是此后再遇见每一个人都能像初恋时那样毫无保留呢？"

"或许吧。但你觉得这是好事吗？"

"不，不觉得好。"我说，"那会儿说是认真，实际也是傻，没轻重，还有点过分自我，这些对于一段关系来说不是什么好事。但初恋确实独一无二，长久地影响着我们后来的所有感情，用一种巨大但又察觉不到的方式。"

"你还记得自己是什么时候下决心不再爱一个人的吗？"

"记不清了，"我想了想，"肯定不是在泪流满面悲痛欲绝的时候。你呢？记得吗？"

"嗯，我记得，就在去年夏天。那天我刚游完泳，离开时买了一瓶汽水。推开游泳馆的大门，阳光和暖风同时打在脸上，我喝了一口汽水，很甜，很感动，像受到了特殊关照似的，眼泪当即下来了。然后我咧开嘴笑了，我意识到他对我再也不重要了，该结束了。就是这一刻，平常得不能再平常的一个瞬间。也许只有你能懂。"

"那些关键的转折总在我们毫无防备的时候到来，上一秒还稀松平常，下一秒就是另一种人生了。没什么前因后果，当你明白过来时也许已经是多年以后了。"

"没错。"班琪轻声应道。

"跟你聊天真舒服。"我喝下一口热水，胃里暖了许多。

"我也有这感觉。"

"所以我们之间会发生些什么吗?"

"也许你不用问。"班琪换了一种眼神看着我，"你应该能感觉到，我是喜欢你的。"

"但是?"

"没有'但是'，你误会了。我是怕'理解'这种难得的东西遭到不合时宜的性和多余感情的破坏，怕某些东西变得不纯。不纯的东西都是不好的。"

"是啊，不纯的东西都是不好的……"我重复着班琪的话，却再次想起了程夏冬，"刚才那么问，就是想把某些含混不清的东西讲明白，毕竟我们躺在一张床上。"

"我知道，这会让事情变得简单，也更容易控制。"班琪说，"并不是所有人都能像你一样，敢将内心里最真实的想法和盘托出。"

"我呢，很多时候几乎全靠本能往前冲。但我希望跟任何人相处时都能保持分寸，这样双方都舒服一点儿。"

"嗯，人跟人的关系里，那种不远不近的距离感是最最重要的，男女之间更是如此。"

"是的是的，我之前也是这么想的——完完全全、一模一样的想法。"我叹道。

"所以，以后可以随时说话，毫无保留说什么都行，但也没必要说得太多。保持好那个距离，对不对？"

"对，都懂，也根本不需要说太多。"

那天晚上什么都没发生。我们聊到凌晨四点多，心满意足，各自睡去。

# 5

伍凯佑说，堕胎的事情已经处理好了，跟那个福州女孩也已分手。我想，经过这件事，两个人一定多少暴露了些各自的不堪，恋情自然无法继续。

"那五万块钱我分十个月还给你，每个月还五千块，可以吧？"

"不着急，不算你利息。你要是实在紧张就别还了，当我提前把结婚份子钱给你了。"

"不行不行，还肯定是要还的。"

"我可是知道你，吃穿用住都得上档次，穷讲究，后面还得追女孩儿呢，能不紧张吗？而且现在你也不好意思问家里要了。"

"别担心，赚钱的路子已经找好了。"伍凯佑说。

"讲讲。"

"我是白金会员，可以低价订房。用我的身份订好房，再转手一卖，房卡私下交给客户，赚个差价。对酒店住客来说，在我这儿订比门市价便宜，相当于八折就能住到一样甚至更好的房间。"

"听上去不错，但这事儿是违规的吧？"我说，"你小心点儿，别到时候被抓了还要罚款。"

"罚款不至于。这样卖房的多了去了,哪儿来那么多人管闲事,酒店也是睁一只眼闭一只眼。"

"一个月能挣多少?"

"少则几千,多则几万。就是累点儿,要在各个酒店间来回跑。"伍凯佑说。

"先干着吧,骑驴找马呗。"

"对,比如一个有钱的寡妇来找我订房,然后就看上我了,我就跟她结婚,继承她老公的遗产。"

"做梦!"

"群里有个人就是这样,三十岁就退休了,现在世界各地到处旅游呢。"

"别妄想,这种好事不会发生在你身上。"

"我就喜欢妄想,每天就想着一夜暴富。"伍凯佑笑说。

"妄想滋生的唯一好处就是,让你在考察欲望的同时明白自己到底是个什么样的人。"

"我不像你,我才不在乎自己是个什么样的人呢——祝我早日发财吧。"

# 6

之后两次去医院输液,都是叶浮陪我。

"欸,你帮我看着点儿啊。"

"你这么壮，输点儿空气进去死不了的，"叶浮看了眼吊瓶里的液体，又低下头把弄手机，"多着呢，你自己不也看着吗？"

"问你个问题啊，"我招呼他，"为什么你没跟女生纠葛过？"

"我心硬，谁纠我我就搞消失。"

"就没有那方面特别契合，让你割舍不下的？"

"很少，上一个是我前女友。"叶浮抬头，"你问这个干吗？"

"就问问。"

"其实吧，不想纠葛，最该提防的就是那些契合度高的，要不特容易擦出火花。"

"可是跟那些既没感情又没契合度的来往，有什么意思呢？"

"差不多得了。"叶浮数落道，"不就是图个乐吗？思想别那么复杂，要求别那么高。"

"没那么高——我意思是，有些东西你真的是防不胜防啊。"

"你这人！不会又想谈恋爱了吧？"他不可思议地看着我。

"那倒没有……"我闪烁其词。

"契合度高了，有感情很正常，但是有了感情不代表就要谈恋爱或者结婚啊。男女之间明明有很多条出路，干吗非得挤独木桥，像其他人一样捆在一起？"叶浮说，"就算有所谓的爱情，但凡在一起了，也早晚会消失，早晚会被别的东西取代。到了那时候，守得住的，压抑自己，管着对方；守不住的，私下乱搞，破坏契约——何苦呢？"

道理谁都知道，可我想，就算是叶浮也不一定真能说到做到，他只是还没有遇见那个人罢了。

"对了,最近我勾搭上一新妞儿,你认识的,猜猜是谁?"他冲我晃晃手机,神秘一笑。

"我认识的?不会是程夏冬吧?"我看着叶浮,眼睛瞪得老大。

"狗屁程夏冬,咱们公司的!前一阵不还是你让我别理她的吗——你们俩到底怎么回事?"

"唉,别提了……"

叶浮看了我一眼,他是明白人,没多问。

# 7

我的急性肠胃炎痊愈了,精神头好起来。痊愈的第二天,我感到了久违的饥饿,是那种来自十五六岁少年的猛兽般的饥饿感。我叫上叶浮,来到一家自助餐厅大快朵颐。

"上次跟你说我勾搭上咱们公司一人,你就不想知道是谁吗?"叶浮问我。

"谁啊?"

"顾莱宜。"他说。

"真的假的?她小孩儿都生了啊。"

"这事儿跟那些又没关系。"

"她是不是跟宣传营销部的李副总好过?"

"你是怎么知道的?"叶浮紧张起来。

"太明显了。"我刚进公司起就注意到了,"那会儿她总跟李副总眉目传情，信息量特别大，但白天神交了这么多回合，到了晚上，李副总不管发了什么，顾莱宜都既不点赞也不留言，从来，一次都没有。欲盖弥彰嘛。"

"你当作家可惜了，侦探更适合你。"叶浮说，"他俩前一阵儿分了，这事我也是听别人说的，不好问她。"

"你不在乎？"

"又不打算来真的，有什么可在乎的？"

"到哪一步了？"

"刚起头。"

"怎么样？"

"不好对付，"叶浮说，"简直是棋逢对手，现在还谁都没挑明呢，但是几乎每天晚上都聊天，聊到特晚。"

"小心聊出感情来。"

"怎么可能，她男人特有钱，肯定不会离婚。就是寂寞。"

"那你速战速决吧。"

"她现在控制着节奏呢，由不得我。有时候，我俩晚上聊得特别火，结果第二天来公司了，人一张冷脸，看也不看我，好像什么事儿都没发生过一样。有时候我给公司其他女孩点赞，她就突然不理我了，一两天之后又恢复正常。我跟其他女孩忽冷忽热那一套，对她根本不管用，还反用这一套对付我。真的，都到现在了也还没掌握主动权：她要么一眼看穿动机，揶揄我拿骗小女孩的那一套来骗她；要么就模糊态度，把挑明的权利交还给我，可我但凡要往那方面引，她就立刻转移话题，或者突然变得很冷漠，几天不搭理我。跟她打交道从没占过先机，自己反倒先慌了，怕连同事都做不成。一慌吧，想退，她就撒娇、示好，什么都顺着我，再把我拉回来。反反复复好几回了！"

"终于有人来收你了。"我说。

"你可得给我出出主意，我现在急需智囊团和外脑。"

"赶紧抽身吧，别跟我似的，进去了可就不好出来了。感觉你这回过于认真了，八成要栽。"

"屁。我是想先把眼前这块硬骨头啃了，再找其他妞儿，要不实在是咽不下这口气！"

## 8

当天晚上，我喝了不少酒，醉得厉害。回到家，头重脚轻，迟迟睡不着。沉湎在黑暗里，孤寂上了身，不久便焦躁起来——我想我仍困在程夏冬那儿，如同身处一个复杂迷宫的正中央，不知何时才走得出来。当初，接二连三将她推开的是我，现今，三番五次放她不下的也是我。我不明白自己到底是想怎样。不断摆弄着枕头，却怎么也找不到一个舒服的落头点。起身吃了一颗安眠药，还在心里面数数，然而只数到21就再也数不下去了。不得不承认，思念这东西确实是无法抗争的，也许那迷宫根本就没有出口。

抽出了夹在书里的那张"婚纱照"，在月光下端详，心想，放不下就放不下吧，我要承认现在的软弱和动摇，我要承认过去的偏执和失误，这没什么可耻的。我想在服从本性前最后挣扎一次，给程夏冬，最主要是给自己一个机会。

在酒精的作用下,我拨通了她的电话,响了几下之后,要么是忙音,要么是"您拨打的用户无法接通"。给程夏冬发微信,发现她已将我删除。添加好友,始终不予通过。写了长长的一条短信发过去,没有回复。第二天早上醒来,拿起手机一看,依然没有回复。

我无法忍受这种置之不理,苦苦的等待就像一场酷刑。我幻想有一天她会拉着行李箱在家门口等我,甚至还幻想过我们不期而遇在北京的街头。也许她仍像过去一样,在跟我逞强、作对、耍脾气,故意不理我。没关系,惩罚过后,只要她的气消了,肯定还会回来的。我突然想起,她曾说过要"止损",这说明我在她心里的分量重要至极,这说明她非常在乎我,她一定知道,再次与我联系会让自己陷得更深……

我试图用种种念头宽慰自己,然而稍微恢复理智,便立即嘲笑它们不客观也不切实际。我懊悔当初没有珍惜她,却又没给自己备好别的出路。可实际上,自打跟她搅在一起之后,我满脑子全是她,哪还有心思去搭理其他女孩呢?难道我真的如她所说,"根本就不是我自己以为的那种人"?

五天过去,每当我满怀希望地拿起手机,便会在打开的一刻失望至极。程夏冬不会回应了,从上次的"好聚好散"起,她就已经放弃、决绝了,她一定早就开始了富足安稳的新生活。想到这里,我的心一沉到底。

我想我必须让自己放纵一些了。

年前的生活十分混乱,白天看书酝酿小说,下午完工了就联系女孩子。放纵的结果令我失望透顶,甚至比预料中的还要糟糕。以前觉得这样好、快、省事，能解决一切问题，实践过了才发现不是那么回事，现实和回忆的巨大落差让我从头到尾都有一种自我厌恶的感觉。

那一阵子，我行尸走肉般地赶着过场，面对着大同小异的陌生身体，接吻，抚摸，机械地重复着那套程序，毫无幸福和满足可言。女孩儿们也因为我事后离开得过于迅速，惊讶又费解，普遍心情不佳。

每一次驱车回家的路上，我总会落得更加空虚、寂寞，也就更加想念程夏冬了。心里的空洞越堵越大，越填越深。我明知道没有人能够取代她，可就是停不下来，还在惯性的裹挟下一次次饮鸩止渴。最夸张的一次，我在关键时刻错喊了程夏冬的名字，以至于对面的女孩像受了奇耻大辱似的一把推开我，拂袖而去。

我怀疑，叶浮说过的那种"高契合度"可能只存在于我和程夏冬之间，她只要在那里，就已超越了所有人，还在她们的映衬下显得更加高不可攀。仔细揣摩过，会不会是分手的懊悔加上多日的思念美化了有关程夏冬的记忆呢？答案为否，她确实是绕不开的存在，是近乎完美的存在。

困在中间，进也不是，退也不是。现在，能满足我的只有程夏冬，能叫我迷途知返的也只有程夏冬——我也成了"非她不可"了。可她能解决我所有的困扰吗？

不能。

况且我也没机会了。

# 9

还有一周就要过年,那种没完没了的渴望,既无法排遣,也无处搁置。晚上回到家,不知要干点儿什么,接了一杯开水走到窗前慢慢喝掉,喝完倒在床上,闭上眼睛,而后猛地坐起,从床头柜里翻出一包香烟下了楼。

小区里,一个五六岁的男孩在不远处玩耍,见我一根又一根地抽烟,跑过来,叼着一根吸管在嘴里,模仿着我吞云吐雾的惆怅神态,像模像样。我像是得到了陪伴一般,觉得温暖而有趣,递了一根真烟给他。他腼腆一笑,抓着吸管跑远了。

"在干吗?"掏出手机,给班琪发了信息。

她迟迟没回复。

为什么这帮女的总他妈不回信儿呢!我突然想起,前几天班琪发信息问过我有没有时间再见面的——

"班琪,那天收到你信息时正在开车,没有及时回复,后来把这事给忘了,实在是对不起,你不要生气也别误会。"带着不安,跟班琪解释了情况。

半晌,仍没有回复,倒是叶浮来了个电话。

"干吗呢?"他问。

"没干吗啊,你呢?"

"加餐呢!"

"加餐?"

"我要长胖点儿。"他说。

"怎么？顾莱宜嫌你瘦？"

"没嫌，原话是'你要是能再胖点儿就完美了'！"

"像李副总那样，微胖，还有点儿肚子，就叫完美？"实在无法理解这审美，"还是喜欢你现在这个体型，足球运动员的体型。"

"我下盘没问题，就是上半身有点儿瘦，她们好像都喜欢魁梧微胖的。"

"你大晚上的打电话就要跟我说这事儿？"

"不是，是我约她看电影，她同意了。"叶浮很兴奋，还压低了声调。

"这有什么，怎么激动得跟中学生似的？"

"你还别说，真找到点儿上学时偷摸谈恋爱的感觉。"

"她估计跟公司不少人偷摸谈过恋爱。"我提醒他。

"可我应该是除了李副总以外最先上手的，听说不少领导追她，都被她拒绝了。"

"这帮结了婚的怎么回事啊，你说？要乱搞就离婚啊，要么当初不结也行。"我突然冒出一股无名火，"闲的！"

"行了行了，你别管人家了。说回我这摊儿啊，我觉得只要能去看电影就好办了，手一拉嘴一亲，应该能再上一个台阶。"

"那就上呗。"

"可她要是拒绝我了咋办？虽然有那么几成把握，但是吧，她每次的反应都在我意料之外，还是不够稳操胜券。"

"都这时候了，把你老流氓的本性贯彻到底，以不变应万变吧。"我说。

临睡前，班琪回电话了。

"睡了吗?"她问我。

"没有。"我说。

"在家呢?"

"对,在家。"

"刚才忙,没看见你的信息。你真体贴,还跟我道歉。没回信息很正常的,不用觉得是冒犯了我。"听她这么说,一下就释然了。仔细一想,班琪的确不是那种喜欢刁难别人的女孩。

"想见你。"我说。

"是吗?"她挺开心。

"你在哪儿呢?"

"其实就在你家附近。上次来,记得你家旁边有个家乐福,我所在的摄影棚离它不远。"

"什么时候结束?"听说她在附近,我像抓住了一根救命稻草。

"还得一小时。明天很早要棚拍,所以一直在和摄影师、美术师调整场景,敲拍摄方案。"

"今天住在我家好了,"我说,"明天一早吗不是?你朋友在大西边,住她那儿来回跑太折腾了。"

她犹豫片刻,说:"也好。我其实有想过的,但怕打扰你就没跟你说,刚才差点儿就要在附近的酒店订房了。那一会儿完了我去你那儿?"

"我去接你。"

到了摄影棚,我才意识到自己主动得有些反常,但我真的太需要陪伴了。在一个显眼的地方停好车等她,顺便冷静冷静。

班琪出来时，有人叫住她。她对他说了几句，又朝我停车的方向指指，那人才一步三回头地离开了。

"你同事？"班琪上了车，我问她。

"合作的摄影师。"

"他喜欢你。"

"嗯，在追我。"

"个子挺高。"

"人也不错。"她搓搓手，捂在脸上，"北京真的太干燥了。"

"对，冬天尤其干燥，你得贴面膜，多喝水。"我发动了汽车，"饿吗，要不要吃点儿东西？"

"要。"

来到一家通宵营业的火锅店，我点了几乎全部的招牌美食。分量太多，种类太全，两个人明显吃不完。班琪说自己来一份蔬菜拼盘就够了，她仔细询问了我爱吃哪些、能吃多少，把多余的全退了。我喜欢有节制的人，这个举动深得我心。在明亮的灯光下我才注意到，班琪今天化了妆，戴着一顶毛线帽子，脸红红的，比之前更温婉也更动人。

回了家，一身火锅味。我递给班琪一套睡衣要她先去洗澡，又取出两床被子铺好。她从浴室出来，敷了面膜上了床，我也很快洗完，躺在她旁边。

这次，我们间隔的距离近了些。

房间的暖气很足，裹在松软的棉被里很舒服。现在，我们身上都有着好闻的味道，我们之间的相互信任和顺其自然也让我感到踏实。已经好久没有过这种安定的感觉了。

"怎么突然想见我?"她问。

"空虚。"我如实告诉她。

班琪笑了。

"知道你不介意,所以对你坦诚。"

"也太坦诚了吧。"

我也笑了。

"其实没人愿意撒谎,只是大家对真相的承受能力太低了。"班琪揭下面膜,像只剥了皮的水蜜桃。

片刻后,我说:"前一阵很混乱。"

"感觉不好吧?"

"是的,很糟糕,让原本的寂寞和孤独翻了好几倍。"

"我也这样过,跟广州那男生分手后……"她说,"明白你的感觉,像在慢慢下沉,在一条奇怪又偏僻的小道上渐行渐远。"

"我以为放纵一点儿就没事了,不就是做爱嘛、肉体嘛,对吧?"

"做不好的,覆水难收。"

"是啊……"

"小说酝酿得怎么样了?"她问。

"还算可以,该看的书都看了,结构上想得更明白了。"

余光里,她点点头,两只手伸出被窝,在面前缓缓滑动,像在凭空塑造着什么。

"你知道吗?跟你在一起,总觉得十分踏实。"班琪又一次说出了我心里的感受,"不过,你应该是个很有能量的人——或许正是因为那些蕴藏着的能量,才让我在人群中一眼就注意到你。"

"其实以前,我跟其他人在一起的时候,并不能让他们感到踏实。我大学时的女朋友,去年毕业时跟我分手——她说,跟我在一起总觉得亢奋,仿佛有无穷的生命力和无尽的荷尔蒙气息。这些都是与踏实相反的,很躁动的东西。"

"我说的能量就是这一类。"她说。

"我让你感觉踏实,可能是因为每次见你时都处在低谷吧?上次是身体有恙,这次是内心空虚。"

"也许。"

"后来,她却被最初欣赏的东西伤害了。"我说,"那会儿我刚有起色,'能量'尤其旺盛,也很快就失控了。在一起不久后,我就发现我不爱她了,可我没能处理好,以至于后来分手分得特别激烈。"

"我不喜欢生活里激烈和戏剧化的部分。"

"我也不喜欢,但不知为什么总会碰上激烈和戏剧化的事——所以跟你相处才觉得特别不一样。"

"我也是。跟你在一块儿很稳,没有特别开心、高兴,所以分别时也就不怎么难受、失落,我喜欢这种感觉。但这绝不是无聊,跟你聊天不仅有趣,还很默契,每一句话都对得上。"班琪如是说。

"不用费力解释,也不用刻意逢迎。"

"还没见过能量旺盛时的你呢。"

"可能就完全变成另外一个人了吧?"我笑,"这几天,连睡觉都变老实了——换作平时,总是翻来覆去的,怎么躺着都不得劲儿。"

"像个蚕。"她说。

"像个蛆蚴子。翻了几百回,终于找到了合适的姿势,这才能够入睡。"我看看班琪,"你就不怎么动。"

"我睡觉很安静,床再大都只窝在一个小小的角落里。如果床边有墙,那我一定要紧紧挨着墙,缩在墙角里睡,不然没安全感。你睡眠质量怎么样?"

"平时都还行,如果开始写作了,就取决于写作的进展。写得顺,睡得香;写得卡,睡得差。你呢?"

"跟广州那男生分手后变得很差,成夜成夜地失眠,只能吃安眠药。头发一把一把掉,精神差极了。我们单位不用坐班,我常常下午去社里,一口气工作到深夜。凌晨两三点回了家,清醒得要命,根本睡不着……一天天的,特痛苦,抑郁也加重了。"

"失眠太痛苦了。"

"对,真的太痛苦。韩国人跟我原本是异地,那会儿他停了香港的工作,来广州陪我,告诉我不能再吃安眠药了,身子吃坏可就麻烦了。不管几点入睡,他都不许我睡懒觉,五点半准时叫醒我,要我跟他一起去饮早茶、散步。白天同样不准我休息,眯一会儿都不行,困了就带我跑步——是他爸爸教他这么做的,说是为了强行矫正我的生物钟。"

"有效果吗?"

"有,真的管用。"班琪说,"前几天我还是失眠,一周后,因为睡得晚,起得早,中途不休息,夜里上了床倒头就睡。"

"大快人心。"

"是啊,可我想也跟他悉心的照料和耐心的陪伴有关。不过,只要能睡好，状态就好多了。"

"所以现在每天都起得很早?"

"对。"她说。

我没有看时间，但已经不早了，来来回回翻了个遍，终于在背对班琪时找到了一个舒服的入睡姿势。躺定，听见班琪在身后偷偷笑。

"你困啦?"她问我。

"倒也不困。"

"想抱抱你。"她轻声道。

我仍背对着她，等了一会儿，转过身问："现在吗?"

"嗯。"

她仍像平时那样浅笑着，已经打开了被子迎接我。我钻过去，和她贴面抱在了一起。我们都穿着睡衣，我没有抚摸她，仅是抱着，抱得不松也不紧，还感到了她如油脂一般柔软的身体。我的呼吸在颤，她的脸颊变得通红。

"很温暖。"班琪说，"好久都没有这样放松过了。"

"我也是。"

"不想做爱，就想这样一直抱着。"她的话里带着掩饰不住的喜悦。

"我也不想做爱，只想用什么方式更加贴近你，进一步感受你，所以现在这样好极了。"

"没错。好极了。"

"你知道吗，"我说，"你身上有一种能消解我动物性的东西，跟你在一起，我觉得自己更像一个人，一个高级物种，不再被本能支配。就像现在，在这样的情况下我竟然没有失控,没有感到强烈的性欲反而只感觉到温馨,真的很不可思议。"

"我想知道,没有失控是因为她吗?"

"因为她,也因为你。不得不承认,我对她有点儿挥之不去,尤其是分开后,她离我远了,反倒是稳稳当当地在我心里占住了一个位置。咱们俩呢,如果仅仅是性,我可以很快跟你做那件事,但我觉得咱们之间远不只是性这么简单。"我朝她挪了挪,"况且,我们都觉得这样抱着比做爱还好,不是吗?"

"嗯。"她点点头,"除了韩国人,没人再这样对我了,特别感激你能始终对我坦诚。广州那个男生,口头上说爱我,私底下却跟其他女孩儿勾搭……算了,还是不说这些了。"

"想说就说,不想说我们就睡。"我这才发觉,班琪内心的残余比我想象中更加根深蒂固。

她将我抱紧了一点点,久久未语。

"那个女生一出现,他就跟她好了。"片刻之后,她悄声说。

"谁主动的?"

"他说是那女生追的他,但我觉得正好相反。我们闹了很久,我离不开他,没法跟他断,每次都不了了之。那女生家里很有钱,她爸爸是做金融的。他劝我,事业对男人更重要,她爸爸能在金融圈帮到他,等他事业起来了,腰杆硬了,他才能真正获得自由,也才能给我好的生活。他要求我从他正式的女朋友变成第三者,要我做他的情人。他说他会永远爱我,我们迟早会重新在一起的。我信了,我不在乎我们之间什么关系,我只要感情。和她结婚后,他马上改口,说我们不合适,说他现在很幸福,希望我能看开一点儿,还变得凶恶、冷漠、不耐烦。后来,我实在受不了了,找那女生摊牌。她以离婚为要挟,逼着他不许再跟我联系。最后一次见面时,他带着讥笑的口吻,骂我笨骂我死板,说我是自作聪明,以后连情人也没得做。我害怕极了,告诉他我什么都可以不要,他不离婚也没关系,只要我们还能在一起,只要我们还能像以前那样好好的,只要他还爱我,哪怕只一点点我都知足。他拒绝了,他说他其实早就不爱我了,要我为他想想,别再打搅他的生活……那会儿我爸也……唉,真想一死了之。"说着,班琪哽咽了——记得上次她提到,分手后,家里也出事了。我不敢问她爸到底怎么了,也不能问。

"过来了就没事了。"我轻抚她。

"嗯,过来了就没事了……"她钻进我怀里。

"人很容易就被奇怪的东西蛊惑了,对吧?"

"那种幻觉。"

"没错,爱和感情,都是幻觉。"

"说到底,不过是大脑的分泌物和神经间的微弱电流罢了,全是我们自己想象出来的。每个人心里的'爱',既不在同一个范畴里也不是同一回事,所以恋爱这事,终归是鸡同鸭讲。"班琪叹息,"可它太狡猾了,永远在对方缺席时最为强烈,更需要一定的距离才能蔓延。总让人求而不得,得而复失……"

"还让大家执迷不悟,始终在兜圈子。"

"是啊,一兜圈子,就像变了个人似的——跟他在一起时,我最不好的那一面全露出来了，完全不像自己了。"

"我也一样。碰上了冤家，只能认栽。"说罢，我看着班琪，望向她眼睛的深处，"话说，我还没见过你不好的那一面呢。"

"也许你永远都不会见到了。"班琪沉吟片刻，"不是不想坦然地面对自己，可过去搞得那么糟，就还是算了吧，克制一点儿没什么坏处。说到底还是对自己没信心，觉得自己太笨拙、太死板，不够灵动也不够吸引人。不过，如果以后真的遇到了那个人，真的到了必要的时候，我想我会试着勇敢一次的。"

那天晚上，我们聊了很久、抱了很久，也开心了很久、温暖了很久。临睡前，我回到自己早已凉透的被子里，向班琪道了晚安。

后半夜，我做了个奇怪的梦，没有梦到程夏冬，也没有梦到班琪，而是又一次梦到关睿了。她说她其实一直很爱我，一直在等着我，说着就带我去了一个遥远的地方。那是一座山的山顶。她说山上一日地上千年，我想我不能承受失去程夏冬的痛苦，更不能跟班琪断了联系，哪怕只待一天，她俩就都不复存在了。我要求下山，可怎么也找不到下山的路。心急如焚之时，我一脚踏空，从突然出现的断崖边坠了下去……

就在这时，我醒了，看看身旁的班琪，她还在熟睡中。我抹掉头上的汗，喝了口水，遗忘了刚才的梦境，再次闭上眼睛。

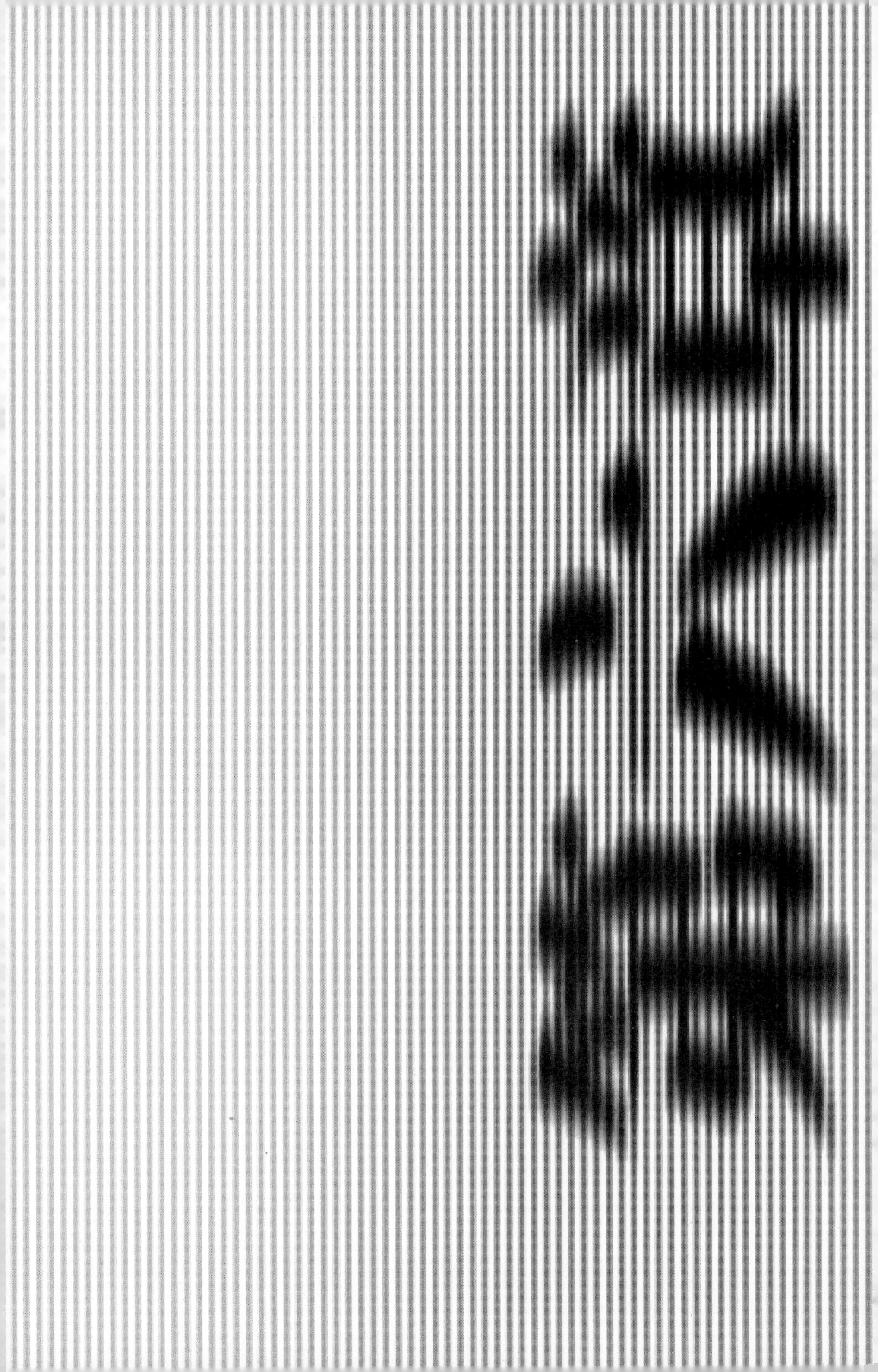

# 1

回家过年，家里人格外关心我的感情状况，尤其是奶奶和爷爷，他们将于今年国庆节期间共同度过八十岁寿辰。两位老人眼下最大的愿望，是在有生之年见证我结婚生子，一家人正好四世同堂。我爸妈对这事倒是不急，从来没催过。奶奶则故作不满地叮嘱道，寿宴那天如果不带个女朋友回家就不要见她，我笑着答应了。

除夕夜，给程夏冬发了一条信息："我很想你，新年快乐。"原本写了很多，但删删改改，最终只留下这八个字。跟之前一样，她没有任何回应。

又给班琪发了一条信息："班琪，跟你聊天、睡觉和拥抱，是我过去二十几年里经历过的最为奇妙的事情。你对我来说很特别，我将永远怀念那两个稍纵即逝却平静漫长的夜晚。你值得更好的境遇，我会永远珍惜你，新年快乐。"不久，班琪回复道："谢谢你沉午，看见这条信息时我感动得想哭。不过，我依然是个悲观的人，到现在还是。在一切无能为力之前，我也只想珍惜你，新年快乐！"

年过完，写作即将正式开始。我是这么计划的：按照上班时的作息，每天一早到达公司即开始写作，每天写三千字，三个多月就能完成之前预估的三十万字。中午吃饭、运动。下午用来办公。晚上不管干什么，都要在十二点前回家，以便睡个好觉。另外，不喝酒、不抽烟，小心对待自己的身体，防止生病。最重要的是保持心绪稳定，所有的事情都得等写完后再说。

回到北京，我告诉班琪，因为马上要动笔了，我们的联络不会如以往般频繁紧密，甚至可能会中断。她说，我知道你一直都在，你也知道我一直都在，随时说话，也意味着我们可以随时停止，没什么需要担心的，怎么样都行。她一如既往地让我感到了安定和踏实。

然而，不偏不倚，在这个极为关键的时候，程夏冬重新出现在我的生活里，像个期待已久的意外。

# 2

写作开始的第一周，一切顺利异常。周日，我完成了当天的写作任务，午饭还没来得及吃，已是下午四点半了。

天气好，路上车多，到了大董烤鸭店，座已半满。点了几样菜，靠在椅子上，看着窗外的夕阳放空。不久，菜来了，居然是奇妙虾球——我有个癖好，吃烤鸭前必须先吃一盘芥末鸭掌，只有吃了芥末鸭掌我才能胃口大增，接下来的烤鸭、栗子烧白莲、奇妙虾球和餐后甜点也就不在话下了，否则肯定吃不完。然而那天，餐后甜点都上了还没见着芥末鸭掌的踪影。我招呼大堂经理退菜，他去了趟后厨告诉我，菜已制作，不好退了，赔礼道歉的同时，从身后端出一盘水果，请我边吃边等。五分钟过去，芥末鸭掌终于上桌。我一筷子没动，叫服务员打包，结完账起身就走。

刚要出门，一群人穿前厅而入。我首先闻到了熟悉的香水味，看到了一双似曾相识的漂亮修长的腿，接着像预感应验了似的，头皮阵阵发麻。这群人里，有个大高个儿操着北京话，对中间的男人恭恭敬敬，一口一个小张总，说吃北京烤鸭一定得来大董云云。我跟一行人擦身而过，抬眼看到核心之中挽着小张总的那个女人，愣了一下，呼吸马上急促起来。她在这一瞬间与我四目相对，本来柔和的眼神突然一刺，就错开了。她回头看我，面露惊奇，却马上被哀愁和感伤取代。小张总的一只手勾上了她的肩膀，她转回脸，被他搂进了后厅。

程夏冬？是的，是她，我没有看错。她还是那么美、那么沁人心脾。她的头发比之前短了点儿，脸也更瘦了，衣着仍旧高级而精致。我要回去，我要再看看她，我还要感谢那份迟来的芥末鸭掌！脑子里什么都没了，小说、写作、吃饭、睡觉，那些都不重要，此时此刻，我只想抓住这个机会，让她重新回到我身边。我渴望跟她做爱，我需要跟她恋爱，生活在一起都行，领证结婚生个孩子也不是不可以。所有的纲领和计划，所有的理性和防线，在这一刻轻而易举地崩塌了。那一眼勾起了我所有的非分之想，本已远去的思念之潮迅速将我反扑。我终于明确地知道纠缠、困扰、折磨我三个多月的到底是什么了，那感觉、那力量我太熟悉了。

走到饭店门口时，我想，刚才她手里挽着的那位，应该就是她的"前男友"吧。他那样的矮小，长相平平，却有一种高傲不凡的气度。虽然他极其富有，可我也不是那种没有事业一穷二白的男人，而在其他方面，我一定是远远超过他的，这是肯定的。我几乎很少攀比，当反应过来这是嫉妒在作祟时，心里已经难受起来。虽然程夏冬曾经无数次地提起他，但看到她挽着他，想象着她将要跟这个她根本不爱的男人组成家庭、生活在一起并繁衍后代时，我心痛起来。

我返回餐厅，心脏怦怦直跳，像开始了一场未知的冒险。大堂经理认出了我，问我是不是遗漏了什么。我没工夫搭理他，来到后厅搜寻。不出所料，他们没有坐在外面。稍加放松，问经理，刚才那群人去了哪个包间？经理说，先生认识他们吗？我说，对，里面有我朋友，去打个招呼。经理带我来到包间门口，要敲门，我拦住他说，我自己进去就好。经理一走，我正欲敲门，立即收住。

安沉午你在干什么？当着这么多人的面，你能跟她说什么？贸然进入显然不合适。我出了饭店，来到停车场，坐进车里，盯着饭店的出口，耐心等待。也不知道有没有机会跟她单独讲两句。

半小时过去，天全暗了，大门刚开个缝我就认出了她——程夏冬是一个人出来的，她紧紧领口，望了望四周，打开手机看了一眼。她一定料到我在等她。我下车朝她走去，她很快注意到我，眼睛不自然地扫向脚下的台阶，又从包里掏出一根香烟，点燃。

"怎么抽上烟了？"

她没有回答，眼神飘忽不定，就是不看我。

"嗯？"我追问。

"你就关心这个?"语气带着讽刺。

"就是问问,以前你不抽烟的。"

"以前?"她将脸侧向一边,几番吞云吐雾后,才转回头,用一种刻薄的眼神看着我,"你有事儿吗?"

"没事儿。"

程夏冬突然笑了,莫名其妙的,那笑容一点儿都不友好。

"你怎么了?"我问。

"我怎么了?我很好啊。"她嘴里散出酒气,神情里净是嫌弃。

"我一直在等你,刚才还差点儿进了你们包间。"

"哼!你可千万别进去。"

"如果你不想跟我说话,你现在就可以回去,权当是我自讨没趣。"我有些失望。

她沉默。

"你们复合了?"片刻后,我问她。

"订婚了。八月领证,年末婚礼。"

我缓缓点点头,心里五味杂陈。

"他来北京出差?"我又问。

"我们搬来北京了。"

"是吗?"听到这个消息,我有了一丝希望。

"他家在这边有生意,来回跑太折腾,就搬过来了。"

"他看起来蛮能干的。"

"那当然,虽然过去我看人不准、遇人不淑,但今后可再不会挑错人了!"见我被呛得没话说,程夏冬脸上浮现出报复得逞的快意。

等了等,我问她:"你手机号没换吧?微信也还是那个?"

"嗯。"

"之前我发的信息你都收到了吗?"

"收到了,没看,直接删了。"烟抽完,坠地,火星四溅,她毫不留情地踩灭。

"你们住哪儿?"我装作随便问问的样子,心想,如果她今天还是不愿搭理我,只好日后上门找她了。我他妈真是疯了。

"我回去了。"她说完便转身,可没站稳。我马上扶住她,顺势拉住了她的手。

程夏冬低头看了一眼,背对我说:"手松开,我要回去了。"

我没听她的,仍拉着。

"你不用每次都这样,先闹脾气再和好,"很讨厌她耍性子,"没必要。"

"你也不用每次都先把我推开,又拉我回来,然后再推开我!"她说,"而且,谁要跟你和好?都说了彻底断了,别再联系了,你还给我发那些干吗?你还想让我怎么样,再把我的生活给搅乱吗?"

扪心自问,我没有欺骗过她也没有强求过她,是她先闯入我生活里的,是她先打破我们的约定的。为什么程夏冬永远都不能理解我呢?我恨她,然而我又是那么的想念她和需要她。

于是,我摩挲着她的手说:"我放不下你……"

"你放不下我?"程夏冬转过身,"你放不下我就可以发那些东西、说那些话给我吗?你放不下我就要我再次回到你身边吗?我不会再傻了,全都过去了，你没机会了，一辈子后悔去吧！"

她甩开我的手，迈上台阶，进门前，侧回半张脸说："还有，别想多了，我来北京真不是因为你！"

大门慢慢关闭。

# 3

真是心如刀绞。到了家，我来回走动，发疯似的连抽自己几巴掌。

刚才的一切像个扭曲的梦，在耳边嗡嗡作响。我和她的往日好时光似乎被一笔勾销了，我突然意识到，某些重大事务的决定权跟你一点儿关系也没有，失控才是生活的常态，好与坏仅有一线之隔。过去再美好，明天仍可能是糟糕的，而且所有的糟糕都出现在希望伊始。

第二天，周一，到了公司就闷头写作，还把手机放在叶浮那里，跟他说，没到十一点半不要还给我。我极力控住自己的注意力，写得比平时更快。上完厕所回来通读一遍，还不错，就放心了。从叶浮那里要回手机，想都没想便拨通了程夏冬的电话。现在，她的号码能打通了，可没人接。我打了一个多小时、一百多通电话，午饭没顾得上吃，手机低电警告了，这才停下。

我知道我不该打扰她，她的态度很坚决，她说得相当明白。可我一心想把她追回来：也许她的订婚又是说给我听的，也许她的臭脸是故意摆给我看的——只要她还没领证、没结婚，我就必须赢得这场竞争。现在，她远离了我,我反倒比过去任何时候都更想靠近她。关睿之后,我还从来没有对一个人产生过如此强烈的渴求。

连着打了三天。第三天下午,程夏冬终于接听了。

"你想干吗?"她听起来很虚弱。

"想跟你说几句。"我显得忠厚而老实。

"说吧。"

"见面说行吗?"

她沉默。

我心想,如果她还是不答应,那我就先放一放,把小说写完,三个月之后,等她没那么敌对了再联系,也许那时就不会这么僵了。

"半小时后来柏悦二层的咖啡馆。"话音一落,她立即挂了。传来忙音时,我心里凉飕飕的。

我可真下贱,跟当初对关睿死缠烂打时一样下贱。深吸一口气,告诉自己,如果今天她还是之前那种态度,就别再像条狗一样追着她了,受不了自己这副德行。况且,这几天,我越是反复回忆程夏冬在大董门口的表现,越是没有信心,渴求再强烈有什么用呢?过去她对我的那份主动和执着早已过了期,现在彻底是不足为凭了。

赶到咖啡馆,程夏冬已经在那里了,一见我就扭开脸,望向窗外。她穿着一件贴身的黑色连衣裙,从头到脚都散发着令我着迷的气息,我想起她美好的身体,想起她成熟外表下隐藏的孩子气……如果不是在公共场合,我一定径直过去吻她了。

"你住在附近?"我坐下,点了一杯茶。

"对。"她还是不肯把脸转过来。

"记得第一次见你就是在这儿,柏悦,'北京亮'。去年夏天的事,还不到一年,但好像已经过去很久了。"

"是啊。"她不看窗外了,转回来,低头看着面前的咖啡。

"你男朋友呢?"

"在公司。"

"你们怎么样?"

"挺好的,他很疼我。"讲得很平淡,应该是实话。

"嗯。"我靠在沙发上,观看立交桥上来往的车辆。没什么好说了,也许我真的不该多此一举打扰她。

"小说开始写了吗?"她终于看了我一眼。

"开始了,年后动笔的,写了快十天了。"

"都还好吧?"她问。

"都还好,你呢?"

"也都好。"她没什么表情。

茶端上来,我喝了一口,对她说:"以后不会再打扰你了,过去全是我的问题。虽然这么说有些自作多情,但我总觉着,你要是过得不好,似乎都与我有关,心里很过意不去。不过,你说你过得挺好的,我也就放心了。以后虽不会再给你打电话、发信息,但如果你愿意,我们还是朋友,任何时候,你需要我、想要我做什么,都可以打给我。"没再说我有多想她、多想让她回来,真心希望她幸福和快乐,也许跟那样的男人在一起,这点才能得到保证。

程夏冬慢慢眨着眼睛,依旧没什么表情。

我用小勺子搅着茶杯,发出叮叮叮的声响。待茶稍凉,一口喝完,穿上外套说:"公司还有事儿,我先回去了。"

有那么一瞬间,我觉得自己挺伟大的,没人知道我心里有多难受。

她看看我说:"一起下去吧。"

进电梯之前,我让她别送了,赶紧回家。她一声不响地跟着我进了电梯,又跟着我来到了地下停车场。

走到车前,我说:"你快回去吧。"

她点点头。

转身正欲开门,衣服被什么扯住了。还没得及回头,一双胳膊捆住了我。程夏冬的胸脯紧紧贴住我的后背,她抱着我,拼命地喘气,不住地抖动。她的身体柔软又坚韧,香水味从我背后弥漫上来。

我试图掰开她的双手,可她捆得更紧了。突然,脖子后面一阵钻心剜骨,是她在咬我。太痛,真的太痛了。半晌,那双手松开了,我迫不及待地转过身抱住她。她抬头看我一眼,满眼都是怨恨。我将她压进怀里,发狠似的用力。

程夏冬大哭,哭得压抑极了。

远处开过来一辆车,我依然旁若无人地抱着她,也不知道司机是故意犯贱还是提醒我们注意安全,经过时鸣了笛。

"×!"我瞪着那辆车。

程夏冬抬起头,怨恨的表情突然被什么冲破了,扑哧,笑容从嘴角进出来。"你可真凶,"她说,"上车!"

后座上，我不顾一切地吻她，吻得我几乎忘了自己是谁。我们的牙齿撞在一起，发出了很大的声响。我的嘴唇被磕破了，我的口腔干涸又血腥，可我始终没停下。程夏冬跨在我身上，占据主导地位，将我的两只手分别摁住，奋力地回吻。现在，我就像一个想要活命的士兵，半躺着，张开双手，向她投降了。

"看着我。"她说。

抬起头，她一把掐住我的脖子，死命地掐。我十分惊诧，但没有反抗，涨得满脸通红。掐着掐着她又哭了，眼泪悄无声息地流。

"我恨死你了！"她的眼妆被泪水弄花了，目光冷峻，声音低沉。

我说不出话——如果她再掐一会儿，我很可能气绝身亡。有那么一刻，我觉得她好像是来真的，气管和血管都被阻断，眼前出现了一片片的小黑点……

"不好受吧？"她松开手。

我伏在她胸前艰难地喘气。

"我每天都是这种感觉。"程夏冬的声音微微颤抖。

我看着她，好像重新认识了她，剧烈地咳嗽。

见我咳得凶，半天没缓过来，程夏冬的冷峻褪去。她抚着我，连声道歉。我被她的反常搞得有些无奈，不知到底是该痛苦还是幸福，我能清楚地感受到她的矛盾，那种柔情里的绝望。

程夏冬一边亲我一边脱我的衣服。而当我要脱她衣服时，她总是挡着我，好像在隐瞒什么。

"有套吗？"

"干吗?"我问。

"我不想怀上你的孩子。"她严肃起来。

"怀了就跟我结婚,他算什么?"

"我不,我要跟他结婚,给他生个孩子。这不就是你想要的吗——性?"

我愣住。不知是因为占有欲作祟,还是因为她认定我对她仅仅是"性",我突然被激怒了,一把推开她。

"你他妈给我下车!"

"不许你赶我走!不许你赶我走!"程夏冬抡起胳膊连续不断地扇我。她哭喊着,眼里再次涌出泪水,扑回我身上。真是受够了这一套,我已经豁出去了,可刚才她说的那些话又让我觉得完全不值得。

我坐在那儿一动不动,她奋力挽回。在这个紧张而局促的空间里,我们重新坠入爱河。高潮时,所有的感觉都回来了,程夏冬果然是我的宿命。我被那种激动和兴奋胀满,却又始终患得患失,惧怕她早晚会离我而去。

不小心撩起她的连衣裙,发现她右肋骨上有一大片黑。侧头细看,那是一块巴掌大的文身。当我认出那个图案时才明白为什么刚才她阻止我脱她衣服,同时心里咯噔一声——那是一只皮皮虾。

我随口说的,程夏冬已经把它文在身上了,那会跟她一辈子。我抱住她、亲吻她,体会到一种致命的深情。可是,当她的手抚摸着我的脸时,我分明感到某个冰冷坚硬的东西在硌着我。那是她的订婚戒指,是别的男人给她戴上的,当初我为她拧的"戒指"已经被它给顶替了。

"我不会再让你走了。"说完,我闭上了眼睛。

# 4

这次见面后,程夏冬再也没有主动联系我。打电话给她,她迟迟不接,好不容易接通了,问她要不要见面,她却说以后不要随便打电话给她,有事就发信息,我故意问她为什么不能打电话,她说不方便。我继续追问怎么不方便,她就沉默了,几秒之后挂掉电话。

我以为我们已经和好了,不知道她又在想什么。一气之下,五天没跟她联系,可她仍像之前那样任性,我若不联系她,她便不联系我。

又等了两天,实在憋不住了。快下班时,发信息约程夏冬出来,说请她吃饭。我问她想吃什么,她说随便。于是我提议去"北京亮",吃完正好去柏悦,就像我们第一次见面时那样。她不同意,还说以后再也不会去"北京亮"了。

坐在包间里,她看也不看我,自顾自玩着茶杯。

"你真的特像个小孩。"我先开口了。

"怎么了?"她问。

"小孩子脾气,难哄。"

她不说话了,服务员端进来一盘生鱼片,她倒了点酱油,夹起一团芥末放进去搅开。

"为什么不去'北京亮'?"

她瞅了我一眼,就好像我明知故问。

"我特别恨我自己。"她说,"那天就不应该答应见面,不应该拉住你,不应该上车……"

"我又怎么你了?你一句话,我以后真不打扰你了。我可不想让你恨自己。"基于对她的判断,我半开了个玩笑。

"你变得也太快了,"她立即瞪着我,像一把出了鞘的兵器,"才说过不会让我走,虽然我根本不信,这才几天就改口了!"

"故意折磨我是吧?"

"你是我什么人?我犯得着吗?"

我无话可说,心里一边恨她,一边想着不如就在这小小的包间里扑倒她,让她就范。

"那你说怎么办吧。"

"怎么办?以后我再怎么折磨你,你都得忍着!还有,"她厉声道,"以后不许跟我谈感情,一个字都别提,我们只做爱。"

"怎么?影响你跟小张的感情了?"

"你的感情都是假的,骗人的!你跟想上床的、上过床的都这么说!"

平时很喜欢这家日本料理,常常独自来吃,可是今天的食物却让我难以下咽。我猜她折腾完了准会重新深情起来,可在这方面我喜欢直来直往,讨厌这种耗神又耗力的感情游戏。

吃完饭,送她回家。那是一座豪华公寓,门庭简洁高雅,坐落在北京最高最密集的商业楼群里。巨幅广告和玻璃幕墙交相辉映,周围不是五星级酒店就是顶级商场,有种拒人千里的味道。我在那幢公寓楼的马路对面停下,程夏冬没有下车的意思。

"怎么,还想上后座去?"我问。

她白了我一眼。我想,虽然她不让我跟她谈感情,但是哄女孩子不谈感情又能谈什么？

"没有你的这几个月我也很难受，说实话，我做了努力想要往前走，可是没有任何一具肉体能够磨灭你留下的印记。"我看向她。

"哼，我就知道！你都跟谁上床了？跟多少女孩儿上床了？"她质问我。

"你怎么总是理解不了我要说的重点呢？"

"你乱搞就乱搞，你告诉我干什么？"

"我是想表达你最重要，你比她们都重要！"我急了。

"可你跟她们都上床了！"

"×！"我砸了方向盘，喇叭"哔"的一响，路过的行人纷纷往车里看。"你跟他不上床吗？你还要给他生孩子呢，我凭什么不能跟别人啊？"

"就不行！就不行！就！不！行！"她丝毫不觉得理亏。

"我跟她们没感情，纯粹是泄欲。"

"你对我也没感情！"

"有感情，我他妈很爱你。"

"放屁，你爱很多人！"

我很快没了耐心，不想跟她继续争辩了。也许我们真的不该谈感情。

看了会儿窗外，我说："不知道你是怎么回事，我以为我们上次就已经重归于好了。"看起来一切并不像我想的那么简单。

"我还以为你给我戴上戒指就是要娶我呢！"

"我就问一句，能不能像以前一样？"

"怎么？你在威胁我吗？如果不能像以前一样你就又要一把推开我了？"

"行了，别生气了，去我家吧。"

"不去！你就是在那里推开我的，我不去！"

"那我们另找个酒店，好不好？"我已经在恳求，同时拉起她的手，"我不喜欢勉强别人，如果你今天不愿意就算了，等你愿意了再说。"

她低着头不说话，使劲掐我手指头。

"过去的事，是我的责任，但我并不觉得我有错，我一开始就跟你说得清清楚楚，对吧，当然肯定也不是你的错。"

"就是你的错！"她说。

"好好好，是我的错。"我一把拉近她，连续说爱她。

"真的爱我？"她问。

"真的。"

"只爱我？"她接着问。

"只爱你。"

"我才不信呢！"她又噘起嘴来，"你对谁都这么说！"

来到嘉里大酒店，进了房间，我再次确认，我和程夏冬果真是完美契合的。尽管我们的想法不统一，尽管我们的精神世界相距甚远，但当两具肉体碰撞在一起的时候，那种无缝无隙、如真空一般的紧密让我甘愿成为荷尔蒙的奴隶，让我甘愿放弃人类的高级属性，做一头只会交配的低等动物。

大潮退去，我们躺在一起发呆。房间没办法开窗，空调呜呜地响，窗外的霓虹灯很亮。屋子里一片混乱，衣服四散在各处，枕头也都横着竖着落在了地上。沉默让我们之间有了隔阂，可能过一阵就消解了，也可能过一阵又加深了，谁知道呢。

"平时跟他在一起都干吗?"我拿起她一缕头发,在手指上缠来缠去。

"想干吗干吗,他不让我工作了。前一阵整天逛街购物买衣服,两天就烦了,然后就看楼看车看房子,陪他应酬什么的。最近在筹备年底的事,好无聊啊,一堆杂七杂八的琐事。不想管了,想出去旅游。"

年底的事?不就是婚礼吗……我松开了她的头发,闭上眼睛。

许久,她低声说:"其实这次来北京就是因为你,是我说服他来的。"

我缓了过来,睁开眼,抚摸着她白白软软的肚子。

"我胖了吗?"她把手搭在我的手上。

"没有,瘦了。"

"你说我要是怀孕生了宝宝,你还会跟我做爱吗?"

"照做啊。"我说。

"照做什么呀?要是自然生产,那里不就变松了吗?剖宫产的话,肚子上一道疤,多碍眼啊。而且肚皮上肯定会留下妊娠纹,像哈密瓜似的,你肯定就该嫌弃我了。"

"哈密瓜?"我笑了。

"不许笑。你说,你会嫌弃我吗?你会跟哈密瓜上床吗?"她问。

"你以为我就只想跟你上床?"

"不然呢?"她睁眼看我,"你满脑子除了这个还有什么?"

"跟你说了好几次……"

"我也跟你说了我不信的!"她打断我,背过身去。

程夏冬一动不动,躺了很久,我以为她睡着了。

"那我就先不生宝宝了。"她在那头自言自语道。

不久,来了一个电话,屏幕上显示"爱的小张",程夏冬示意我噤声,跑去厕所接听。他们讲的是四川话,我几乎什么也没听懂。打完出来,她穿上衣服,说要回家。

"'爱的小张',拼音是 a 打头——这样一来他就能排在通讯录的最前面了吧?"

"你可真聪明,无师自通。"

"我呢?你把我叫什么?我排在你通讯录的什么位置?"

"你叫'最不要脸的泄欲工具',z 字头,垫底!"

"你那么爱他还背着他跟我上床,真他妈虚伪!"

"你口口声声说爱我,还不是跟其他女孩儿上床了?你更虚伪!"

临走前,我们都有些不高兴。程夏冬告诉我,不要频繁找她,又强调晚上八点之后不要给她发信息,更不能打电话。我心里萌生了恨意,挺尸在床,一个字也没再说。

## 5

果然,得不到的才是最好的。程夏冬来北京以后,虽说就在我眼皮底下,但我却不能像过去那样对她"召之即来"了。

平时,我天天发信息,她或者不回,或者回得很慢,推三阻四,勉勉强强。她心情好,我们一周能见两三次。若心情不好,就不应约,一整个礼拜都不理我。我极其需要她,也就有了弱点,因而受到掣肘,失去了对全盘的掌控。

　　起初，开房前我们总会先出去吃点东西，说说话聊聊天什么的。可我发现她越来越不近情理，一言不合就跟我吵架发脾气，翻脸不认人几乎是转眼间的事。因此，我想跳过所有令人不快的环节直接约她在酒店里见面，因为只有那时我们才能享有片刻温存。有天我向她如此提议，她当即说，看来你对我就只有"性"，还不承认！然后一口回绝。

　　从此之后，我努力跟她维持着这样的关系，其他的不多谈。提到过去的好时光，会让程夏冬不快；牵扯到感情的话题，很快就会吵得不可开交；就连很小的事情她也不肯放过，非要跟我争个面红耳赤……我觉得她是没事找事，好像现在生活得很不幸，非要把怨气撒在我身上似的。

　　我清醒地认识到，程夏冬生活的主要构成不再是我，她在我不知道的地方和我不认识的人度过了绝大部分时间。属于我的、留给我的已经很少很少。我从未觉得她如此扑朔迷离，如此遥远。可每当我们缠绵在一起时，我又觉得，程夏冬依然是我曾经爱过的样子，她没有变，她仍然跟我在一起，离我很近，真的很近。

　　性成了我们之间唯一的纽带。

# 6

　　一天，我约程夏冬吃饭，列出了几间餐厅供她选择，她哪间都没选，最后说想去我们公司食堂吃。也许是很少吃食堂的缘故，程夏冬一进来就左顾右盼，兴奋不已。我想，今天一定不会再吵了，她总算是高兴了一回。我们排在长长的队伍后面，程夏冬突然发现了什么，用胳膊肘碰碰我，下巴指向远处。

"那个女孩儿挺漂亮的。"

"哪个？"我看过去，原来是集团总部法务的一位女同事。之前经手的合同出了一些问题，需要在她那儿重新审核，我们用内部的信息系统沟通过几次。因为信息系统里的每个人都使用自己真实的照片，所以，平日里若是碰见的话也是能相互认出来的。她挺自来熟的，每次见面都要跟我打招呼。

"认识吗？"

"不认识。"为了避免节外生枝，我撒了谎——程夏冬要是知道我们认识，肯定会抓着这事不放。

"我看了看，你们集团年轻漂亮的不少啊！"她用拷问的眼神打量我。

"大集团都这样，乱着呢，"我调侃道，"怎么？有危机感了？"

"你肯定没少勾搭你们同事。"她一口咬定。

"哎呀，真没有。"

"有你也不敢说，哼！不要紧的，你现在招了我可以不追责，反正都过去了。"

"没有的事儿。"我往前移了一格，她紧跟上来。

"你招不招？"她戳我的腰窝。

"难得今天大家高高兴兴，别没事找事啊。"我皱眉头。

听到这句，程夏冬来气了，跑到我前面，背对着我。盛好饭，她独自走到一张偏远的桌前坐下，我跟上她，坐到对面。谁知她端起餐盘又换到另一桌，我只得再跟过去。

给她夹了一块牛肉，她立即把那块牛肉挑出来，放在餐盘最右上角，以示嫌弃。我没再理她，低头大口吃饭。吃着吃着抬起头，发现程夏冬正面无表情地看我。

"别不高兴了，好不容易见一次，是不是？"我柔声细语。

"是你先翻脸的！你先不高兴的！吃完饭我直接回家！"

这时，过道上走来一个熟悉的身影——是刚才那位法务部女同事。我的心怦怦直跳，想着完蛋了，又要吵架了。这次真是欲盖弥彰，程夏冬一定不会善罢甘休的。

那位同事擦身而过时，我像被倒吊着沉入海底，一身的血液全压进了脑袋里。她"唰"地过去了，什么都没发生，我松口气，庆幸她眼神不好，顿时喜笑颜开，一切恢复正常。

"你傻笑什么呢？"

"没笑什么，觉得你有意思，口是心非。"

话音刚落，有人拍拍我肩膀。回头，是那位女同事，她跟我摆摆手说："嗨！刚没看见你，先走了啊，拜拜！"然后像个兔子一样蹦蹦跳跳离开了。我的脸顿时红得发烫，扭过来看着程夏冬，她面带那种人赃俱获的得意笑容审视着我。

"不是说不认识吗？嗯？"语气里带着威严。

"我确实认识她，但只限于工作沟通，我怕又跟你吵架，所以撒了谎。"我意识到吵架无可避免，赶紧招认。

"编,接着编。"

"就这样,没什么好编的。"

"她挺好看的,腿长,腰细,就是穿得有点儿土,脸上肯定打针了。你们俩几次了?"

"什么几次了?瞎说什么呢。"我恨别人冤枉我。

"明明是你瞎说、你撒谎!"她厉声斥道,"敢做不敢当,还是不是男人!"

"行了,别吵好吗,我这不是承认了吗,我跟她真没什么。我要说认识,你又得说三道四问来问去的。"

"你要是没做亏心事,怎么会怕我问来问去呢?嗯?"

"我很不喜欢你疑神疑鬼咄咄逼人无休无止地跟我掰扯这些事。"我放下筷子,"你今天是来跟我吵架的吗?"

"明明是你的问题,是你撒谎,你凭什么指责我?"

"好好好,是我的问题,我确实是好心办了坏事,求求你放过我吧。"

"放过你?什么意思?"她眼睛瞪得老大,"是我无理取闹咯?"

"我不是这个意思,我是说,你以前那样更可爱。"

"现在你有那么多可爱的炮友,我当然不可爱了!"

"程夏冬,我不想跟你吵架,没劲!"

"跟我吵当然没劲,跟你可爱的炮友们上床才有劲呢!"

"去你妈的!"我实在是忍无可忍了。

程夏冬的脸变了颜色,将筷子砸到我脸上,起身就走。

回家后我心情低落,后悔又自责。我虽然是个急性子,但很少发作,即使偶尔发作了,也是来得快去得快。大多数时候,我认为自己十分通情达理，就像现在，我不但恢复了平静，还主动进行了自我反省。

给程夏冬发信息道歉，没回复，打电话过去，也没人接。

一周后的某晚，大学同学刘尔悠打电话来，说今天是她生日，请我赏光去玩。虽然同是中文系，可我跟她一点儿也不熟，甚至连话都没说过几次，于是我一口回绝。挂了电话，继续阅读手头的加缪。"当人对幸福的憧憬过于急切时，痛苦就在心灵深处升起。"读到这一句，正在感慨，手机响了，又是刘尔悠："程夏冬也在，你还要不要来？"

"谁？程夏冬？"

我突然想起，程夏冬早就说过她在北京有眼线，专门监视我。刘尔悠好像真是四川人，那么程夏冬口中的眼线十有八九就是刘尔悠了。

路上，我想，程夏冬一定也撑不住了，想跟我和好，只是碍于面子不好意思直说，所以才借着刘尔悠的生日，让她从中调停，这样幼稚的做法也只有程夏冬能想得出来。希望她这次真的认清了自己的问题，我需要我们的关系尽快好起来。

推开 KTV 包房大门，淡淡的烟味和爆米花的香甜扑面而来。包房大得有些空旷，十几个人都没有把沙发坐满。站在中间边唱边跳的女孩儿顿了一下，其他人也跟着静了半秒，全都齐刷刷看着我。陌生目光的注视让我很不舒服，欢闹的气氛凸显出了我的格格不入。我感到自己完全不属于这里，赶忙跟大家笑笑，僵硬得像个傻 ×。幸好他们马上聒噪起来，停止了对我的注目。刘尔悠身边的一男一女跟她交头接耳，应该是在打听我的身份，还有几名男女时不时瞄我一眼，眼神说不上是有敌意，但也不怎么友好。

程夏冬身处沙发拐角，在这昏暗又炫目的灯光里，和一个干净阳光的男孩儿坐在一起，两人靠得那么近，几乎搂在一起了。她扫了我一眼，凑到那男孩儿耳边说了几句，接着，那个男孩儿也凑到她的耳边——如果我没看错，他趁机轻吻了她，还搂住她的腰。我本想坐过去，一看程夏冬乐在其中，赶紧调头，置身于包房里离她最远的角落。

"给大家介绍一下，这是我大学同学安沉午，估计你们有不少人看过他的小说。"刘尔悠看了一眼程夏冬，又看看我，给我使了个眼色。

我坐在那里无动于衷，一只手握成拳头，微微发抖。

"萧亚轩的《表白》，谁的？"

"我的我的！"程夏冬站起来，跑到我斜对面的表演台上。她双手握住麦克风，随着音乐的节奏扭动腰肢，边唱边跳：

"喜欢你，说不出口。好想跟你表白，好想跟你表白。"

这妩媚好久不见，令我想念极了。只不过程夏冬全程连瞟都没瞟我，从头到尾跟那个男孩儿眉来眼去，"表白"的对象显然不是我。其他人号叫着，为他们俩起哄，妈的，真想揍死这群傻屌。我慢慢调整着呼吸吐纳，把这看作是对自己忍耐力的一个锻炼和考验。等程夏冬撒完气，也许我们就真的能和好如初了。抱着这样的希望，打人的念头也就没那么强烈了。

然而，这只是一个开始。程夏冬回到座位之后，公然拉起那个男孩儿的手，大大方方将它放在自己的大腿上。他长得挺精神，坐在那里腰杆挺得老直。论外貌，他干净清爽，不比我差，客观说甚至更好。不过，他眉宇之间的故作成熟掩盖不了他的稚气，我推断他应该比我小，可能是个还没毕业的大学生。程夏冬啊程夏冬，你专找比你年轻的男孩儿下手，一步一步引诱我上钩了还不够,现在又去祸害别人了!那男孩儿喂了她一块西瓜,自己喝了口啤酒,程夏冬抢过他手里的啤酒举起来灌了一大口——这不就相当于变相接吻吗?

知道她是故意的,可我实在是看不下去了。起身出门,来到洗手间,一方面想赶紧走掉,避免再度影响心情和浪费时间;另一方面,又想挨到聚会结束,好好跟她聊一聊。

"你怎么样?听说你去上班了?"刘尔悠过来了,问我。

"在家待着太无聊了。"我说,"上班是副业,主业还是写小说。"

"只有你还写字,我们都干别的去了。"

"嗯。"

"干吗离她那么远?"她笑。

"嫌吵。"

"她到现在一直挺难过的,从去年你们'分手'起。"

我不想跟刘尔悠讨论我和程夏冬的感情。"那个男的是谁?"我更关心这个。

"不认识,也没听她说过,吃饭时一起来的,我没问。"

"先回去了。"我甩干手上的水。

"回家?"她有些失望。

"回包间。"我说。

"你哄哄她。"

然而一进包间,我最不愿意看到的一幕出现了,那个男孩儿压在程夏冬身上吻她,上下其手,姿势别扭极了。不过,他们在我进来时猛地停下了,是程夏冬推开他的,她有些慌张,似乎并不情愿,还偷瞄了我一眼。她就是在这个时候露出马脚的,我一想就明白了,本来她只想着借那男孩儿气气我,现在呢,我一点儿也不怀疑那男孩儿失控了。

接下来的一个小时是轻松愉快的,程夏冬跟那男孩儿不再像刚开始那样亲密了。他们之间也渐渐隔开了距离,那男孩儿几次想要拉她、抱她,她要不就躲开,要不就礼貌地拒绝,男孩儿屡不得逞,只能放弃。我依旧不动声色,心里却得意极了,刚才的恶气全消了不说,还有些同情她被人占了便宜。

下半场,那男孩儿仍然在做最后的努力,程夏冬对他就像变了个人似的。结束后,他灰头土脸,打上车自己走了。不得不说,程夏冬真的很擅长折磨人。

"我送你回家。"我踊跃上前。

"不用!"她拂拂头发。

"这么晚了,你今天还这么漂亮,自己回家我不放心。"

"有司机接我。"

"别生气了,对不起。"

"更气了,气死我了!你一点儿都不在乎我!"她又来了。

"我本来是想揍他的,可我看你自己把他料理了,就没多事。"

"我觉得自己真无聊。"

"可以理解,都是我的错。"

"你正经找个女朋友吧,找到了我们就分手,咱们各自好好过。"她说,"也让人管管你,整天乱搞!"

"就你吧,你来管我。"

"谁稀罕管你?我管好自己男人就行了。"

"咱俩别斗嘴了好不好?跟俩弱智似的。"我说,"一周没见了,我很想你,上次真的是我不对,对不起。"

"你别以为好言好语几句账就清了,还没完呢我告诉你!"

"你为什么总是没完没了呢?"我扭过脸,小声说了句"妈的",不料让程夏冬听到了。

"你再骂一句试试!看我以后还理不理你了!"

那天晚上我们又一次不欢而散。

## 7

和班琪已许久未联络,我总是时不时想起她,想起她的善解人意,想起我们的无间和默契,想起她好得不能再好的脾气……

每当我想跟班琪说点儿什么时,程夏冬便出现在眼前,用那种难以置信的表情看着我——为此,我对班琪感到愧疚,觉得又一次辜负了她的信任和宽厚,也就更加没有颜面主动联系她了。

我想我最好老老实实的,不要有什么非分之想。

写作还在继续,每天的三千字越来越不那么轻松自如了,不知还能撑到什么时候。我想,如果不是那盘迟来的芥末鸭掌,或许我们根本碰不到,也就没这么多麻烦了。大家各过各的,老死不相往来,我给她留下的短暂而无痕的刺痛一定会迅速痊愈的。我没有她想象的那么重要，更不会成为她的执念，至少我是这样认为的。

马上我又意识到，即便我们没有在大董偶遇，程夏冬照样会用她的方法接近我，就像长隆那次她来找我一样，"偶遇"是必然的，我们不在大董"偶遇"也会在其他地方"偶遇"。可如果我们一直这样下去，过不了多久大家肯定就都受不了了。她闹腾我，我同样不会给她好脸色，穷途末路，我们最终只能以悲剧收场，难道这就是程夏冬想要的吗？

见不到程夏冬时，我只能轮番骚扰伍凯佑跟叶浮，企图从他们那儿获得些许慰藉。那年春天，我的两位朋友左右逢源，在这种氛围下，我的满腔苦水只会显得多余和尴尬，所以我什么都没说，做了一回倾听者。

伍凯佑的酒店生意顺风顺水，由最初的几天一单，变成了每天好几单，这才刚起头一个月，营收就超过了一万元。他虽然不靠谱，可极有耐心：很多客人是第一次用这种方式开房，心存诸多疑虑，他有的是时间，跟他们反复沟通确认，态度和蔼可亲，从不催促也绝不着急。伍凯佑自幼在陕北长大，后来才举家搬来西安。他的陕北口音里有种憨厚朴实又不失豪爽的味道，这也帮他赢得了不少好感。有天，伍凯佑告诉我，借我那五万块钱，原先说十个月还清，现在看来不需要那么久，按照每个月一万的速度，半年内就可以两清。

叶浮和顾莱宜的恋情也在跌宕起伏中稳步前进着，约她看电影那次，叶浮果断地拉住了她的手，顾莱宜下意识地反抗了，不过，叶浮横下心吻了她，果然，吻着吻着，顾莱宜就顺从了。这以后，她对叶浮的态度变了，变得百依百顺、服服帖帖，不再像之前那样变化多端和反复无常。此刻，他正处在男女关系里最美妙的阶段,虽然不会持续太久,但完全足够。我注意到叶浮开始加大对碳水化合物也就是主食的摄入,并把踢球跑步等有氧运动的频率下降到一个月一次。每天中午,也不跟我一起健身了——他在默默迎合顾莱宜的口味。看着叶浮一天天圆润起来,我为他过去的好身材感到惋惜,但我猜他和顾莱宜一定相处得更融洽了。

顾莱宜还向叶浮坦白了她和李副总的事,但她坚持说两人只是暧昧而已。叶浮选择相信她的说辞。有天,顾莱宜去参加朋友的生日会,喝多了,肆无忌惮地跟叶浮聊起了"性",两人不可避免地扯到上床,顾莱宜对此没有任何抗拒的意思,可到了叶浮真的要求和她开房时,她又退缩了,临时找借口推脱了。叶浮说,走到那一步是迟早的事,他享受这循序渐进的过程。

# 8

程夏冬始终没有任何音信,我一点儿办法也没有,只能耐心等待。算了算,我跟她有将近一个月没见过面了,想念和渴望来得汹涌澎湃,搞得我焦头烂额。

有天,钟韵红突然发信息约我出来吃饭,还告诉我既不用紧张也不要想太多,真的只是吃个饭而已。本想借故推辞,但她盛情难却。见面后我才知道,钟韵红已经单身了。因为跟男友积累了许多不可调和的矛盾,趁寒假分了手,从我们小区搬回了留学生宿舍。

吃完饭,钟韵红径直上了我的车:"去你家坐会儿?"

"嗯?"不是说只吃饭的吗……

"才八点——不想这么早回宿舍。"她笑吟吟地望着我。

"嗯。"我点点头,不知该如何表明我的想法。是,钟韵红很体贴,我从来没有见到她发脾气或者耍性子。她不但性感漂亮,而且健康阳光、活泼可人。我能受到这样女孩儿的垂青,早该敲锣打鼓烧香拜祖才是,怎好当面拒绝人家?我一边思考着措辞,一边慢悠悠地往家开。

路程比我想象中短,马上就要到了,我认为不能再犹豫,停车在路边。

"我知道这么做很不合适,但还是想诚实地告诉你。"

"告诉我什么?"她稍显诧异。

"我呢,前阵子有些混乱……"仍是没法开口,也不好意思直视她。

钟韵红见我久久不语,撩起头发,关切地问:"发生什么了?"

"倒也没什么,"我捏了捏方向盘,"但我可能没法和你继续这样的关系了……"

"怎么啦?"钟韵红伸手摸摸我的脸,像在哄一个孩子。

"我觉得我们在对彼此的身体都还陌生的情况下,还是不要再尝试了。回想起来,遗憾和别扭多过欢愉和快乐。不是吗?"

"我们应该像别的情侣那样,一起吃饭、学习,一起看电影,一起逛街,熟了自然就好了。也许之前咱们太着急,把顺序弄反了。"

"说实话,我很想跟你做情侣,毕竟你实在是太有魅力了,我觉得没有男人会拒绝你。"我知道这不是顺序正反的问题。

"你不就拒绝我了吗?"

"不,这肯定不算拒绝——我不是不喜欢你,也不是不想和你恋爱,我只想在理清之前别再陷入混乱。唉，其实呢……"这个时候还是别提程冬为好，我顿了顿，改口道，"你漂亮、性感，又很直爽，很开朗，你没有我们中国人身上常见的那种因饱受压抑而形成的阴暗面。我们不是没有好的体验，只是有时候，'瑕会掩瑜'。换句话说，你我运气不好，没在合适的时机碰上。"

"最后一句明白了……但'瑕会掩瑜'是什么意思？"

"瑕不掩瑜你知道吧，它的反义词。"

"哦，懂啦，又学习了新的词汇。谢谢安老师！"钟韵红笑了。我也松了一口气。

"我不是一个好恋人，我也没有看上去那么好。"

"也许吧。其实很多时候，想跟你说说话，聊点儿别的，再了解了解你，但好像除了约你以外，也不好意思跟你说其他的。你告诉过我不要主动联系嘛，所以，你不联系我，我很少会主动打扰你。你总把自己关在一个房间里，门虽没锁，可也虚掩着，我不好贸然进去。"

"虚掩的门，这个比喻很贴切。"

"其实你已经有喜欢的人了，对吗？"钟韵红问道。

我看了看她，点点头。

"那你应该是真心喜欢她。"

"挺意外的，跟我的计划背道而驰。"我说，"去年，我明明想好了不恋爱，可现在呢，不知不觉又陷入恋情里了。"

"我也是我也是！"钟韵红说，"我以为我会单身挺久，这才几个月过去，就又想找男朋友了。"

"总有变数,总在翻盘。生活总是如此。"

"无论如何,希望你跟她有个好结果。但要是没结果,一定记得来找我啊!如果到时候我还单身,你仍然是第一选择。现在,请安老师送我回宿舍吧!"

## 9

四月初的一个周四,小说已经写了十三万字,按照原先的计划,完成了一小半。下班后,我将它们打印出来,想留在公司通读一遍。程夏冬不理我的这些时日,我始终是独自一人,在家还是在公司没有任何区别。

通读完毕,已是晚上九点,还算满意,有不少细节需要调整,但整体上跟我最初的预想没有太大偏差。正欣慰着,电话响了,是程夏冬,我既惊讶又惊喜。

"喂?"

那头轻轻咳嗽了一声,没有应答。

"喂?怎么不说话?"我问她。

"你还在公司吗?"

"在,我在啊。"

"我在你们公司楼下等了两个多小时了。"她用一种亲疏难辨的语气说。

"啊?怎么不早点儿联系我?"

"我饿了,想吃东西,你快下来吧。"

程夏冬身处大厅一角，两手垂在身前，拎着一个小包。看见我了，她一步一踢脚地走过来，身子晃晃悠悠的，像个蹒跚学步的儿童。我很怀念她调皮的样子，可今天她突然这样我竟不适应了。自上次不欢而散后，我们还没有正式合好，以我对她的了解，没和好之前，程夏冬要是不出了那口气，是很难轻易原谅我的。我告诫自己，在没有弄清她什么意思之前不要高兴得太早。

"他不在家？"我问。

"到三亚打比赛去了。德州扑克。"

"想吃点儿什么？"

"随便，简单吃些就好。"她说。

我们来到附近的一家粤菜馆。吃到一半，程夏冬告诉我，她跟男友要离开北京一阵，先回成都待两周，办美国签证，然后再去美国玩上二十天，顺便拍婚纱照。听完，终于明白了为什么她今天态度不错，还主动来找我了——她为这件事情心虚了，怕我也像她一样闹。我哪里会？吵架争执和无理取闹都是我极力避免的，她这是以小人之心度君子之腹。虽然我将有一个多月见不到她，但现在，我的开心远多过不快。我万分感激小张的此次安排，这事把之前我惹下的不快全抵过了，不然的话程夏冬还指不定跟我僵到什么时候呢。不过，经验告诉我，即使真的高兴，也不能显出高兴的样子，她一旦将那高兴误解为我不在乎她，很可能再闹一番。

"喂！"她低下头寻找我的眼睛，"怎么了你？"

"没事儿。"

"那你板着脸干吗？"

"没干吗。"

"吃醋啦?"

我面无表情,下巴抬得老高,说:"你们的大好事,我怎么好意思吃醋啊!"

她露出了得意的笑容,随即马上收住——我的判断是正确的,这是个绝佳的和好机会,一定不能放过。

"我很想你,"我说,"这一个多月都不知道是怎么过来的。"

她一声不响。

"见不到你,连小说都不想写了,没意思,没有你干什么都没意思。"我居然说起了肉麻话,"我之前从来没有因为一个女孩儿这样过,真的太煎熬了。过去,我傻×,不知道珍惜,我……"

"别提过去!"她打断。

"那就说现在,现在我每天都后悔。"

她扑哧一下笑了。

"你笑什么?"

"笑你啊。"她说,"演,继续演。"

"就算是演,没有真情实感,哪儿能演得这么情真意切啊!你还跟这儿笑。"

逗了会儿嘴,我赶紧向她承认错误。

"之前是我不对,但我跟那女孩真没什么,那天确实是怕麻烦,但是撒谎和骂人真的不对。你别再不理我了好吗?被打入冷宫的感觉实在是太难受了。皇后娘娘,小安子再也不敢了。"

"跟你说了，以前的事不许再提！'娘娘''小安子'统统不许提了。"

"好好好，我忘了，我该打！"我朝自己嘴上拍了两下。

临走前，程夏冬把剩菜剩饭拌成一堆儿，用勺子喂进我嘴里。我以为她是心情不错才这么做的，想让我多吃点儿，谁知道她借题发挥说，安沉午，你可得吃饱啦，一次吃个饱就不用"偷吃"了。我回呛她说，看来小张没给你吃饱啊，搞得你整天来我这儿"偷吃"。程夏冬隔着小镜子瞪我，我吐吐舌头。补完口红，她的面庞像被点亮了。朱唇皓齿，美不胜收。

回公司取车的路上，我拉住了程夏冬的手，她也拉住了我。走到公司楼下花园里的雕塑前时，"砰"的一响，探照灯全灭了。

"咦？怎么灭了？"程夏冬说。

"是我叫它灭的。"我面向程夏冬，靠近她，"我跟物业说，见我拉着一个漂亮妞儿走到雕塑下，立刻灭。"

"吹牛！"她也靠近我，瞳仁里的微光迷离动人。

我们吻起来，我体会到一种重获新生的喜悦。

喜悦归喜悦，我清醒地知道，即便我小心翼翼地哄她开了心，兴致高昂地陪她散了步，欲仙欲死地跟她做了爱，我们仍会一语失和就重新打破这刚刚建立的秩序。她不依不饶，我心烦气躁。我总是在她不理我时恢复耐心，见面后又因她刁难而失控。几天之后，稍有好转，我小心翼翼地哄她，兴致高昂地陪她，欲仙欲死地睡她，接着，我们再度一语失和，劳燕分飞，如此反复，永不停歇……

尽管我的思绪有些复杂，还对未来十分抗拒，但此刻，我们唇齿相接，我只想永远含住程夏冬口中香甜的袅袅热气。

后来，我们就近找了一家快捷酒店。开了门，屋子小小的，一切都简简单单。用器虽不高级，倒也温馨。程夏冬笔直地趴在床上，头埋在枕头里。我扑向她的同时，她也正好转身抱住我，像个甜蜜的陷阱。许久不见，记忆的退散让我产生了强烈的新鲜感，好像怀里抱着的不再是程夏冬，而是一具完全陌生的身体，也因此更加心潮澎湃了。然而，当我注意到她锁骨附近的一块吻痕时，恨意突然击毙了我。看着那个浑蛋留下的罪证，我定在那里。

"亲我。"她抱住我，乞求。

我挣开她。

"我要你亲我！"

我躺下，别过脸去。

"再这样我可生气了！"

"你他妈生什么气啊？"

她不说话了，气哄哄地盖上被子背过身去。半晌，我缓过来了，伸手去搂她，却被她甩开。

"我不在的时候，你到底跟多少女孩儿上床了？"她阴沉地问。

"对不起，刚才我不该那样，可我确实是太难受了。"

"多少？"

"别这样。"

"我问你多少？"她提高嗓音。

"矛头怎么又指向我了？刚才我那么难受，全自个儿吞下去咽肚里了。你倒好，不但不安慰我，还倒打一耙。"我长叹一口气，"我求求你，别再折磨我了好吗?"

"放心,知道以后就永远不会折磨你了——现在我真的觉得,简单干脆一点儿最好,高兴就在一起不高兴就散呗。多少个?快说吧。"

永远?她什么意思……

我们果然又大吵起来。中途,我试着讲和,希望大家能好好的,像两个成年人那样处理感情。她却始终觉得,就是因为我当初推开了她,才导致了后来的胶着局面。她从不因为自己脚踏两只船而觉得理亏,更认识不到纠结于此的愚蠢。现在,她像是故意要将我们的关系搞砸似的,步步紧逼,不可理喻。最终,我决定闭嘴。憋了一肚子的火,也不敢再撒给她。末了,她用极快的速度穿好衣服,摔上门,自行离开了。

我独自留在房内,心生不祥预感。

# 10

伍凯佑如期把一万块钱打入我的账户,他找到一个在酒店工作的女朋友,两人商量好了,今后合作卖房。虽然要跟女朋友平分利润,但在她的帮忙下,伍凯佑不仅结识了更多客人,更提高了订房的速度和效率。以前,他要亲自跑去开房,现在,只需要跟她打电话说声就行了。远程操作,省时省力,这样一来,每天的订单量翻了好几倍,月利润达到两万多块。

然而伍凯佑并没有因此而开心。

伍凯佑的女朋友叫周琦,是他常去那家酒店的行政酒廊经理,跟伍凯佑一样年纪，年轻有为，精明强干，立志在上海买房买车，靠自己的能力留下来。两人在还没有成为男女朋友之前，伍凯佑每做成一单买卖，就会顺道去酒廊享受免费的餐点和饮料酒水，更主要的是为了跟周琦说说话、套套近乎。他最初的目的当然是笼络酒店内部的工作人员，方便自己的生意。可渐渐地，两人的交往密切起来，由酒店内延伸到酒店外。

周琦在一次吃饭时说，她非常喜欢伍凯佑，觉得他为人靠谱，有上进心。可伍凯佑告诉我，他认为周琦更喜欢的是自己的上海户口。伍凯佑虽然工资不算高，可有了户口，以后分房买车就方便多了，所以那次，伍凯佑对周琦明确的表白视而不见，还是像对待生意伙伴那样对待她，客气又恭敬。

周琦不傻，她早就知道伍凯佑在倒卖酒店房源，虽然集团对此明令禁止。她不仅对伍凯佑睁一只眼闭一只眼，还帮他打掩护，告诉他应该注意些什么，以及如何用会员资格榨取更多的酒店服务。她取得了伍凯佑的信任，和他走得更近了。有天，伍凯佑开房后，周琦说想趁着客人还没到的间隙，去房间里坐会儿，和他一起看看江景。两人就这样好上了，也正式确立了关系。不久，周琦就提出，以后由她来帮伍凯佑订房和开房，她会将过去积累的客源全部介绍给他，不过利润必须平分。伍凯佑只得答应，他知道自己的生意命脉已经被周琦牢牢控制了，周琦只要打个电话就能举报他，账号若上了黑名单，不但房子卖不下去，连以后自己入住酒店都很麻烦。

从一开始，伍凯佑就不怎么喜欢周琦。她姿色平平，人市侩，在钱上精打细算，斤斤计较。我认为这并不能算是缺点，只是不那么招人喜爱罢了。伍凯佑说，只有当周琦穿上酒店制服时，他才勉强有些欲望。虽然在高级场所工作，周琦各方面的品位也没得到根本性的提升。平时不上班，她总爱穿花花绿绿五颜六色的衣服，打扮得十分艳俗。另外，周琦对吃的和用的也很不讲究，能凑合就凑合。伍凯佑偏偏是个讲究的人，也不好多说什么，只能暗暗憋着。后来，他觉得，毕竟周琦已经是自己的女朋友了，他有义务帮她提高提高生活品质和审美水平。于是他用整整一个月的卖房收入为周琦买了两件漂亮的衣服，都是好牌子，也都不便宜。结果这两件衣服遭到了周琦的嫌弃，她要求伍凯佑把它们退了，再把退回来的钱直接转给她。周末，周琦用她一贯的审美眼光，花掉这笔钱的三分之一，重新买了四件衣服。剩下的三分之二理所当然地进了她自己的银行账户中。

我告诉伍凯佑，跟不喜欢的女孩儿在一起肯定没好事。他说自己是骑虎难下，但别无他法，只能先这么着，毕竟钱还是不少挣的，怪只怪自己一时的冲动。我为他捏把汗——碰上周琦这种女人，想要息事宁人可不那么容易。

叶浮和顾莱宜开房了。他们拉着手聊了一整夜，清晨时分才相拥而眠。

"以后不乱搞了，没意思。"叶浮说，"你说得没错，既没感情也没契合度的，搞了还不如不搞。"

"怎么连你也变成这样了？"我难以置信。

"我怎么样了？这样不好吗？"

"你自己觉得好就行。"我说，"以后也用不着给我灌你那些大道理了。"

"唉，妈的，我觉得我真有点儿喜欢上顾莱宜了。"他抓耳挠腮，一副身不由己的样子,"前阵子,她去日本旅游,回来时我去机场接她。她从箱子里拿出好一大袋子东西,零食啊手办啊什么的,专程给我买的。东西都是小东西,也不值什么钱,但她有这个心意,对吧?最关键的是,那天她狠狠戳了我一下,突然我就有种死心塌地的感觉。"

"她怎么戳你了?"我问。

"她在机场取袋子给我的时候,就像个山里来的、带着土特产的小姑娘。那么漂亮一女孩儿,也不顾周围人多,直接把箱子摊到地上,蹲在那儿翻行李,热情极了。头上汗津津的,用胳膊一抹,把袋子递到我面前,又满足又开心,还有点儿害羞,然后一直观察着我的反应——比她平常那个雍容华贵的样子动人多了,特淳朴。真可怕,就'那一下子',戳心!"

"早就提醒过你的。这下好了,栽了吧。"

"是啊,妈的……"叶浮痛陈道。

从此之后,叶浮跟我之间的话题只剩下顾莱宜,他跟我再也不聊别的女孩儿,也没了多余的理论。他经常叫我好好骂骂他,好将他骂醒——动情对他来说意味着陷入麻烦和危险之中。不过,在我看来,也许他根本就不愿意醒。

# 11

程夏冬在离开北京前召见了我,距上次闹翻仅隔了两天,这让我喜出望外,原先我预计她怎么也得从美国回来以后才再次与我联络的。我已经习惯了她的置之不理,但我仍然憎恨她的反复无常。

我应该离她远远的,这样对她对我都好。我应该辞职、搬家、删掉她的所有联系方式,去另外一个城市生活,彻底消失。我们门不当户不对,性格上天差地别,生活内容也从来就没重合过。可每当程夏冬不在我身边时,我总会不自觉地念着她的好,期盼着尽快再见她。现在的我想要的她,是二十四小时的她,是一周七天的她,是十二个月三百六十五天都属于我的她。我再也不会犯过去那种愚蠢的错误了,一种更强大的更无形的力量控制着我,我也心甘情愿被它控制。

"一会儿我们上哪儿?"程夏冬一开口就用那种例行公事的语气问我。

"他还在三亚?"

"嗯,他明天飞成都。"

"你也是明天回去?"

"对。"

"去你家吧。"不知是出于嫉妒还是报复心理,我冒出这么一句。

然而话一出口我马上就后悔了——真要去了他们家,躺在她跟小张云雨过的那张床上,翻江倒海胡思乱想的只能是我,报复的明明是自己。

"你想得美!"她说,"保姆还在呢。"

后来,我们去了嘉里大酒店。在她全程紧闭的双眼前,在她新买的我不习惯的香水味里,我几乎是独自完成了任务。是,我们契合得很好,随随便便就超过了所有人的那种好,但我仍感到忧伤,因为这并不是我们之间一如既往的那种好。我不该要求太多,可如果程夏冬跟我只剩下"性",我由衷地希望她能从我身上获得别人那里得不到的满足,也只有这样,我们之间唯一的纽带才牢靠。

想到明天她就要回成都了,一走就是将近一个月,我的心情很不好,就像即将被抛弃了似的。记得当初她刚告诉我这个消息时我还挺高兴,因为它打破了我们持续多时的僵局。没想到,悲伤在不远处的这一刻等着我。现在,我只想跟她尽可能多待一会儿,我只想珍惜我们在一起的每一分钟,哪怕这一分钟是在争吵里度过的。

"今天晚上你不用回家了吧?"我问。

"要回的,保姆是他请的,我回没回家、几点回的家,保姆都知道,他都要过问。"

"他怎么这样呢?监视你?"

"爱我呗。"她信口说,"怎么?想我留下来陪你?"

"嗯。"

"你知道吗?来北京后不止一个人追我。"程夏冬直接岔开了话题,像我过去常干的那样。

"他们不知道你有男朋友了?"

"知道啊。"

"这群人是怎么想的?要干吗呀他们?"我愤怒起来。

"跟你一样吧,净想着勾搭女孩呗。哦对了,前天你还没回答我呢,到底多少个嘛?"

我没有接话茬,等了好久,凑过去亲她。

"哎呀,好了。"她推开我。

"怎么了?"

"够了。"

这是她第一次在床上拒绝我,我不知道该怎样收场,脸上的表情一定突兀极了。

"你不想知道那几个人怎么追的我吗?"她推推我脑袋,动作粗鲁。

我凑过去,抱紧她的腰肢,像只可笑的树懒。

"刘尔悠生日那个男孩儿你见过了。还有两个呢,其他聚会认识的。一个跟我一边大,还是一个星座的,另一个比我大了七岁,他们俩都……"

"别再跟我讲了!"我打断她,挺身坐起。

"怎么了你?"她似笑非笑地看着我,好像我小题大做,"以前都是你跟我讲啊,现在倒不许我讲了?"

"我知道你还为那些事儿耿耿于怀,我能感觉到你恨我、提防我、不信任我、努力跟我保持距离。我并不是一个很有耐心的人,说实话,我也很烦你现在这个样子,处处忍让你。但我一看见你身上那只皮皮虾,我就觉得你是在挣扎、在矛盾。我知道你还爱我,你根本忘不掉我,你也不想忘掉我,否则你压根就不会来北京,也不会把我随口说的东西文在身上。"我顿了顿说,"无论如何我都不会再像之前那样了。"

我不想她再跟我纠缠过去那些乱七八糟的事了,我只想把最核心的问题拿出来说清楚,趁着今天,一次性说清楚。程夏冬若有所思,终于收起了所有的戏谑表情。

我说:"没有你在,我过得再怎么轻松自由,也像走上了一条不知道通向什么地方的岔路。我已经屈服了,我一直在琢磨让我屈服的到底是什么。以前我以为只有性,排他的性。之后有了想念,有了渴望。现在还有嫉妒、贱，甚至还带着点儿受虐心理和自我毁灭倾向，就好像身处楼顶的人不由自主想要往下跳一样。我始终不想承认这是爱，可现在，摆在我们面前的不是爱又能是什么呢？"

"我一直以来挺自以为是的，"我观察着程夏冬的表情，"以为什么都是能想明白、说清楚的，以为写作的重要性远胜过其他事情，以为只上床不恋爱就能万事大吉，以为清晰的计划加上高效的行动可以解决所有难题。"我说，"现在我不这么以为了。现在，我只想要你。"

程夏冬还是一动不动，她并没有显示出被打动的迹象，一点儿都没有。

我叹口气道："我不是求你回心转意像以前一样爱我，我本身就不能算是一个特别正常的人，缺陷和局限都很明显。我不是谁，我有自己的一套，现在也不奢望你能理解我，咱们搁置争议，求同存异。我只想让大家开心一点，再怎么样也不该是现在这个样子。真的别再闹了，这样下去我害怕极了……"

"我有个疼我爱我的男朋友，我过着衣食无忧的生活，我终于拿得起也放得下了。尤其是，现在你害怕了，没有安全感了，也得求着我了，不是吗？"程夏冬说，"如果你认为我不开心，你就错了。"

这番话听起来如此冰冷和逼真，我整个人僵住了。程夏冬开始穿衣服，就像我不存在似的。这回，她已看穿了我的底牌，势在必得。

"我还是找个女朋友吧，像你一样，把感情转移走，这样我也能举重若轻了。不然每天一想起你，想起你跟他生活在一起，想起你早晚要离开我，我他妈就难受得要命。"

"找吧，找到了我们就分手。"她穿上高跟鞋站起来，拎着包朝门口走去,"我以为你有那么多人可以搞,根本没心思难受的。"

"那都是过去的事儿了!"

我冲到门口,拦腰抱住程夏冬,把她抡回到床上。她尖叫了一声,敌视着我。我扑上去,不顾一切地寻觅,渴望从这片废墟里拾回往昔的某些刹那。慢慢地,好像时间倒流了似的,那种命定的和谐伴随着一股股暖流重现。程夏冬不再抗拒,眼神里某种紧绷着的东西也断了线。我有了信心,仿佛冲破了重重阻碍,终于触到了深藏于面具之后的真正的她。

"你感觉不到吗?"我抱着程夏冬,"我早就不是过去的我了,我为了你变成另外一个人了。"

"我也早就不是我了,全乱套了。"她说,"我恨自己……恨自己把皮皮虾文在身上;恨自己非要来北京;恨自己明明下定决心再不纠缠,却还是没忍住又和你缠在了一起;我恨自己这么久了还没跟你坦白……"

"坦白什么?我知道你对我又爱又恨,可你想想我真的有错吗?你干吗非要折磨我呢?"我停下来问她。

"没想折磨你,现在我进也不是退也不是,又纠结又矛盾,根本就控制不住——我完全不知道该怎样应对这个局面。我是生你的气,我是讨厌你、烦你。可我也在生自己的气,我真恨死我自己了!你说得一点儿没错,很多事情比我想的复杂多了。有时候我恨不得马上离开你,可见不到你时我又难受得要死……"

"过去是有点儿复杂,可现在明明很简单。"我从她身上爬起来,"跟他分手不就完了,既然你离不开我。"

"你说得倒是轻松!我不能再那么任性了,我不想再惹爸爸发火,他对我那么好，上次闹得他心脏病都犯了……"她的语气却十分肯定，"这次没法说分就分的。"

上次？上次是哪次呢？我这才意识到有很多事情我根本不知道。

"那我退一步——你跟他结不结婚、分不分手都无所谓，只要我们好好的就行。"我拉住了她的手。

"如果没有你，也许我和他真的能过得不错……之前我已经很对不起他了，我不能再这样了，我不敢再爱你，不敢再陷进去了，这样下去根本就收不住的。只要你还在，我哪能甘心跟他结婚呢？即便是结了婚也过不上太平日子的，说不定到时候还得离。"

"那就别废话了赶紧跟我在一起吧！"我斩钉截铁，"还矛盾什么啊？纠结什么啊？"

"你不会反悔吗？你不会厌倦吗？你以后再也不会爱上别人吗？我怕离你太近，我怕你再次推开我、伤害我。"程夏冬沉吟片刻，注视着我，慢慢变了样子，变得像那天在车里时一样，柔情而绝望，"而且，我们两家都是有头有脸的人，订了婚，再想反悔就不那么简单了。这次我真的没退路了……"

"别说得那么身不由己，你要真想谁能拦得住你啊！"我做梦也想不到程夏冬会对我说出这样的话，我睁大眼睛逼视她，她不敢看我。

"我不像你那么潇洒，我也不像你那么自由，我……我……"

"原来你要坦白的是这个，还说什么见不到我就难受得要死——不就是想了断嘛，那就彻底断了吧！上次我推开你，这次你推开我，正好两不相欠，以后我再也不会骚扰你了。早说啊，折磨我这么久，我他妈也受够

182

了，趁你去美国咱们赶紧分了吧……也好，也好，就像我说的，没有爱的婚姻才幸福美满，你们俩的感情既不锋利也不烫手，过日子再合适不过了，去吧！"

"我……我不想再伤爸爸妈妈的心了，我更不能让家里人难堪……唉，我终究是个女人，我，我真的不能再这样了……"她有些语无伦次，"这样下去，我们会毁了对方的！"

我又一次感到了造化弄人——我们都变了，我简单了，她却复杂了，我感性了，她倒是理性了。我本想继续激她、说服她和我在一起，可我开不了口，我不愿使她为难。这一刻，出于那种一直控制着我的力量，我隐约地感到，应该有所克制、有所牺牲，像班琪那样，纯粹和无私一点儿。她短暂的冒险该结束了，我有义务让她回到平坦又安全的康庄大道上去。

我穿上衣服，坐在床边。程夏冬钻进被子里，靠在床头。我们沉默了许久。

"对不起，我不该那么说。"我茫然地盯着地面，"其实离开这个旋涡对大家都好，我明白。我早就有不好的预感，一直在等，已经等了好久了，现在它来了我也就踏实了。"

程夏冬低下头，没说话。

"确实，再这样耗下去我们早晚会毁了对方的，我也需要尽快正常起来，先把小说写完，再重新找个女朋友什么的。你放心，我找女孩儿向来很快，"我故作轻松，"说不定再过两年我也结婚了。你有爸爸妈妈，我有奶奶爷爷，他们天天盼着抱重孙四世同堂呢。以后再也不搞什么幺蛾子了，太累太麻烦了，我肯定会珍惜她的。"

程夏冬转过脸去,她哭了,身子一抖一抖的。我多想抱着她让她永远留下啊,多想让她开开心心如释重负地离开啊。可我不敢靠近她,我怕自己一旦碰到她就再也撑不住了。

"别这样,夏冬,没必要。我呢,你也知道,一直以来挺自私的。大家好过一场,我不希望你因为那些不愉快的事儿记恨我,都过去了。但你要是一直忘不掉也没什么,她们都说我挺不一样的,不止你一个女孩儿忘不掉我,哈哈。"我离她远远的,努力控制着眼泪,这太费力气了,几乎让我精疲力竭,我的笑容一定丑陋极了,"谁离开谁还活不了啊?我跟初恋分手时可比这难受多了,现在不照样好好的吗?不又遇见你了吗?一会儿等我走了,咱们把对方的联系方式都删掉,无论……"

"够了,别说了!"程夏冬抹掉眼泪,"跟我继续吧,我们沉沦到底吧,不管了!"

"咱俩的事儿从一开始就是个死局,早晚还会断的,我可不想再来一次。"

"别说得那么严重,你我可以不动感情的,我们再试一次,最后一次!"

"不要骗自己了,你不行的,从来都不行。"我摇头。其实,现在是我不行了。

"我保证这是最后一次,"程夏冬爬过来拉住我的手,"我保证……"

"我们到此为止吧!"逼着自己将这几个字说出口,一阵尖锐的嗡鸣声从头颅中央四散开来,"继续纠缠真的没有任何意义了,你我一起难受,所有人都不开心。"我面无表情,心里开始阵痛。

房间里安静得可怕。

"好了,我走了。"我捏捏她的手,起身就走。

临走前,回头望了程夏冬一眼,她一把捂住了脸,失声痛哭。我不再犹豫,低下头,赶紧退了出去。刚关上门,浑身就一点儿力气也没有了。我咬着牙,用最快的速度离开了嘉里大酒店。手机响了,是程夏冬,直接挂掉。马上她又打来,我再次挂掉。为了让自己下定决心,我将她的电话号码和微信全部拉入了黑名单。

这次,不再是我因为一己之私推开了她,更像是我为她驱逐了自己。我们闹了那么久,没想到分手却分得如此平静和畅快,这成了今天唯一令我欣慰的事。

驱车回家的路上,我无须继续掩饰,眼泪横流。太久没有流过眼泪,上一次是什么时候都记不清了,只觉得自己的感情从来没有如此充沛过。我开始呻吟,开始吼叫,像一头发狂的野兽。我深踩油门,恨不得撞上什么立即死掉……

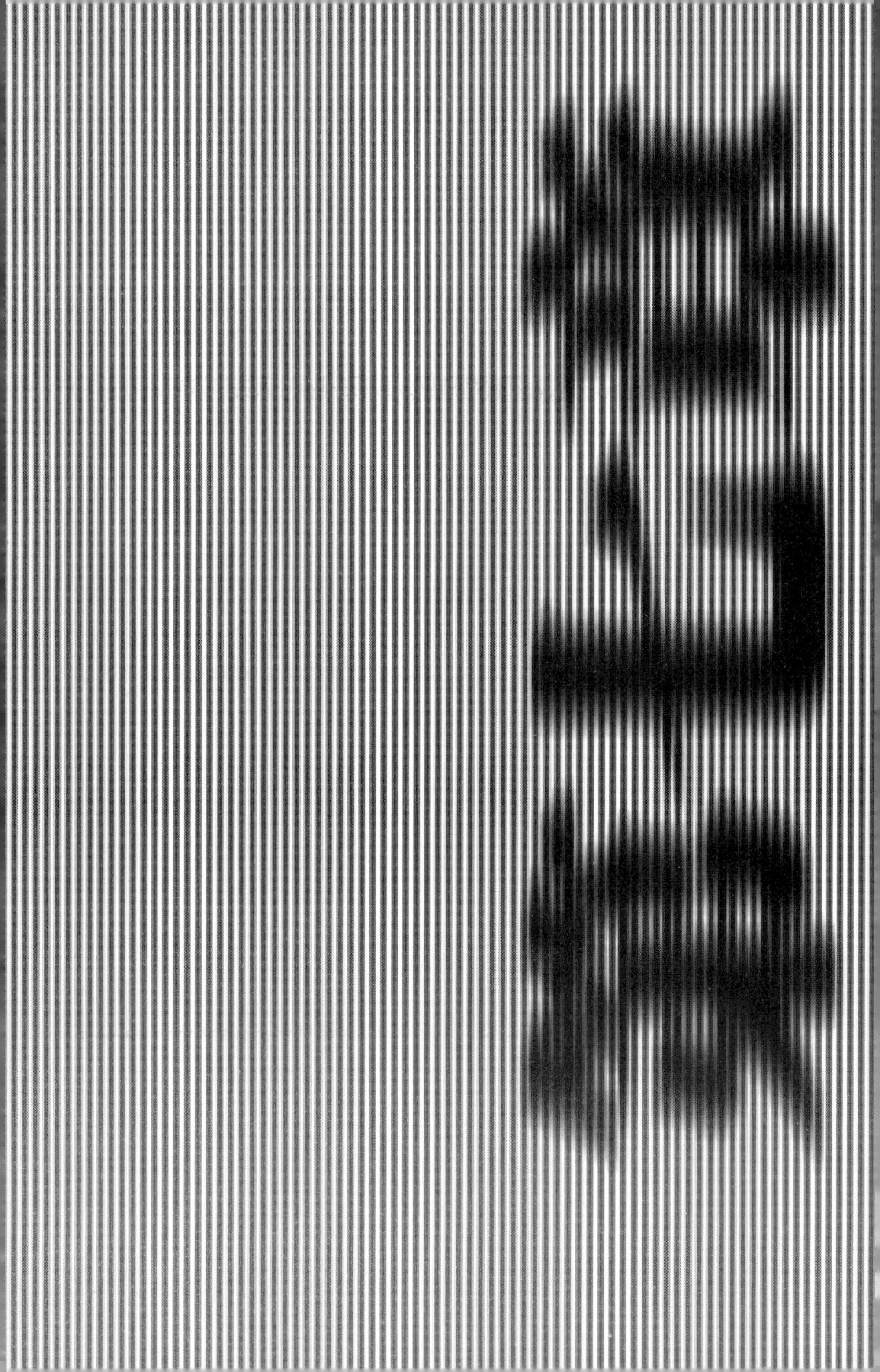

# 1

跟程夏冬分手后的头两天，我停止了写作。第三天，逼着自己写，状态仍然很差，脑中杂念丛生，平时不那么费力的三千字如今写得我汗流浃背、脑仁发疼。降低了速度，每天够两千字就停笔。然而几天后我发现，字数虽然达标，质量却出现了明显的问题：文脉不通，语序混乱，描写、叙述、对白都糟糕得一塌糊涂。

叶浮建议我增加运动，说运动有助于排空杂念，只要恢复了专注，写作会逐步好转的。所以，除了中午，每天下班后我也要运动，而且是大负荷运动：跑步十公里，跳绳两千下，接着练器械。过程里，喝掉五大瓶饮料，内外的衣物全都被汗水浸透，才肯洗澡更衣。到家往往已经十点多，刷完牙，倒在床上，什么力气都没了，两腿一蹬，倒头就睡。

入睡虽然快，质量却不怎么好。我睡得很浅，接连不断地做噩梦。我不怕噩梦，无非是一身冷汗罢了，惊醒之后对程夏冬无法摆脱的想念才是我真正的噩梦。我在床头抽烟、哽咽、暗自神伤，然后接着睡，哪怕将再次回到噩梦里，哪怕将再次醒来。

每天早上，面对文档，我昏暗又失落，颇感力不从心和前路渺茫。往日的避难所不再欢迎我，还让我受到了难以言表的煎熬。尽管放弃的念头时常闪现，我仍是扛住了，用最后一丝残存的毅力坚持着。在目前的情况下，完成就是胜利，写得好还是坏一点儿都不重要。

然而写作仍是无可避免地中断了。

一天晚上，领导从我这儿要份剧本，十分着急。那时外面正好下起了暴雨，我在健身房刚跑完步，浑身湿透了，也没带伞。淋着大雨奔回公司，将文件传送妥当，再返回健身房，又练了将近一小时。

第二天，身体一会儿冷一会儿热，嗓子里像卡了一块烧红的烙铁。借来温度计一量，发烧了。下午请假回家，服了退烧药，上床休息。

早上是咳醒的，胸口一阵阵刺痛。体温三十九度四，比昨天还高。上了一趟厕所，回来继续睡。中途睁开眼，肌肉痉挛，浑身酸胀，被窝全湿透了。想倒口水喝，身子刚立起来便两眼一黑，失去知觉。再度醒来时天色至暗，拿起手机一看，已是凌晨三点，还收到一条信息：

"沉午，你这些天在北京吗？"

我想都没想就回复道："我高烧，难受得不行，快来。"

服下了最后几片药，瘫在床上。冥冥中，看到了程夏冬和那个男人排队办理美国签证的情景：他们双双通过审核，手拉着手，来到机场，坐上了头等舱……这亦真亦幻的一幕让我难过得哀号起来，我希望温度再高一些，最好烧到一百度！

不知过去了多久，我被一阵急促的敲门声吵醒。那时一点儿力气也没了，甚至有些呼吸困难，稍微一动，胸腔就传来奇怪声响。缓缓起身，先看了眼手机,有几十个未接电话。一定是程夏冬打给我的,我想,一定是她得知我病了就回来了!摸摸自己的额头,虽然还是很烫,可心里高兴极了。

打开门,外面站着的不是程夏冬,而是班琪。我疑惑又错愕,怎么是班琪呢?含含糊糊说了一堆自己也没听明白的字句,这才想起来,先前跟我发信息的本来就是班琪,若非时空错乱,此时门口站着的也只能是班琪。

我已经烧得失去意识了。

# 2

很不幸,我被诊断为肺炎。由于耽误了几天,X光片显示,胸部已经生出一大片阴影,需要立即住院治疗。吊了两瓶药水,高烧得以控制,我终于吃下些东西,精神了许多。班琪坐在床边,戴着口罩,安静地看书。病房里另外一张床上躺着个男孩儿,满脸愁容,鼻子上连着氧气管,身边挂个盛满黄色液体的透明医用袋子,看样子比我严重。

"又麻烦你了。"我有气无力。

"没事。"班琪摘下口罩。

"烧得昏天暗地……"

"现在感觉怎么样?"她合上书。

"好些了。"我心存感激,"不知该怎么说好,总之谢谢你。"

她没说什么,抚了抚我的手。

"联系我时你人在北京?"我想起那条短信。

"发信息时人在广州,正好要路过北京,就想见见你。"班琪看着我,面带沉静微笑。我心里泛起暖意。

"我其实一直很想跟你联系的……但最近不太顺,发生了许多事,实在有些猝不及防。"

"没关系的。"班琪低下头,摩挲着书的封面。

"没耽误你的事吧?"我问。

"没有,比原计划早来了几天,什么也不耽误的。"她抬起头,恢复了笑容。

"要去哪儿?"想起她刚刚说是"路过北京"。

"嗯……要去趟韩国,可能这两个月会经常去。"她说。

"跟韩国人复合了?"

"不是,"班琪的嘴唇微微发颤,憋了许久,她开口了,"他得了胰腺癌,可能撑不了太久了。"

"多久了?"

"两个月前发现的。"

"之前没有征兆吗?"

"之前他身体一直还可以,除了糖尿病,没什么其他问题。"

"目前什么情况?"

"不乐观。"她说,"我问了一个医生朋友,她说胰腺癌是癌症里最难诊断也是最难治疗的,只要是发现了基本就是晚期。"

"现在技术这么发达,一定能控制住的。"

"但他现在真的不太好。他犹豫了很久,忍到现在才告诉我,说想最后见见我,只见一面。我说要一直陪着他,不管结果是好是坏,都要像当初他陪着我那样陪着他。他拒绝了,说那样太残忍,不想我承受这些,目睹一个和自己有过亲密关系的人在痛苦中死去,即便是最坚强的人也不一定受得了。他说如果我因此又抑郁了,他是无法原谅自己的。他都这样了还在为我着想,我只觉得过去我好对不起他,他那么好,我该好好爱他的,我不该让他走……"眼泪溢出,顺着班琪的脸颊滑落,没有声响。

她马上擦了擦泪说:"你生病了,我说这些干吗呢。"

"哭出来舒服一些的话,就好好哭一场……你没有对不起他,不要自责……爱不爱他这件事,跟他值不值得爱没有太大关系。这么说是很无情,但在这件事上我们真是一点儿办法也没有,不是对与错,应该和不该,付出就有收获那么简单……有什么难受的,你都可以跟我说。就像如果我遇到了这种事,也会找你。"我胸闷,调整了好几次呼吸才说完。

"嗯。"她抽泣着,努力止住眼泪。

"你说这几个月会经常去韩国,意思是,决定了陪他到最后吗?不是只见一面?"

"对。之前计划去韩国直接待上两个月的,可他家人对我一向很照顾,肯定不会让我住在酒店里的。叔叔阿姨和弟弟轮番照看他已经很不容易了,我语言不通,不想再给他们一家人添麻烦。所以想了想,还是决定住在北京,多飞几趟就是了。"

"在北京住哪里?"

"还是我朋友家,上次那个。"

"你要是愿意,随时可以来我家。"我说。

"嗯。"

一对中年夫妇走进病房,坐到那个男孩儿床边。爸爸一言不发,观察着儿子,妈妈低声询问儿子的情况,一会儿给他掩掩被子,一会儿看看他床边那个盛满黄色液体的袋子,一脸揪心。

班琪坐到我床上来,为他们腾出一些地方,一家三口向我们点头致谢。妈妈说,几个月前儿子体检时还一切正常,上个月开始呼吸不畅,不住地咳嗽,拍了片子才发现肺部出现了大量积液,病因到现在还未查明。原来床边袋子里的黄色液体是他的肺部积液啊,我心想。问男孩儿积液是怎么排出体外的,他掀开病服,一根钢针赫然插在他的肋骨间。又问他钢针有多长,他比画了一下,差不多二十厘米。这时护士进来了,见我望着那钢针,跟我说,明天我也要做肺部穿刺活检,跟他一样,用钢针扎进去,取出一些组织,查明是什么细菌或病毒引起的肺炎才好治疗。我听到这个消息,脸变得煞白。

"钢针扎进去很疼吗?"我看着那个男孩儿。

他用气声说了两句,我没听清,他妈妈就说:"是很疼,但没事儿,很快。"

"别怕,就那么一下。"班琪安慰我。

"唉,就怕'那么一下',"我想起叶浮描述自己爱上顾莱宜的瞬间,用的也是这个字眼,"但总会有人给你'那么一下'。"

"在说她吗?"班琪听出来了。

我点点头。

"前阵子的不顺跟她有关?"

"嗯……"我咳嗽起来,班琪递给我一杯水,我小口啜饮着,"她年底就要跟别人结婚了。"

"如果还惦记她就去找她吧,不愿恋爱就找别的方式相处。"班琪说,"记得你上次说,对她有点儿挥之不去。"

"找过——前阵子碰到她了,几经纠葛,到底还是断了。"我说。

"这次彻底结束了吗?"

"不知道,应该吧。"

"有没有松了一口气的感觉?"

"没有,堵得慌——觉得感情异常充沛,却在身体里走不动、流不通,特憋。"

"所以可能还没有彻底结束。"班琪说。

"也许没有彻底结束对我们来说并不是什么好事,我不知道,我现在什么都不知道了……"

"不谈感情也不行?"

"不行,两个人都动感情了。"我说。

"一定很痛苦吧?兜兜转转还是没能在一起。"

"是啊,"我叹道,"筋疲力尽了。"

"趁着生病好好休息下。小说放一放,先把身心调节好再说。没有什么比身体更重要,千万千万要保重身体!"

我点点头,缩进被子里。望着班琪,回想起那两个奇妙的夜晚。

"等一切尘埃落定,我需要一个新的开始。"我注视着她。

"嗯,其实我最近朦朦胧胧有个打算。"班琪也注视着我,若有所思。

"你说。"

"可能还没到合适的时候。"她说。

"那就等合适时再说,不着急。"

"嗯,不着急。"

## 3

班琪连着来了四天,每天早上十点左右到医院,晚上九点左右离开。这些天,我的午饭全是她亲自做的,放在一个小小的保温饭盒里,有汤有饭,十分清淡。下午我们各自看书,她每隔一会儿就给我剥只橘子,或者削个苹果。最后一天,我突然很想吃黄桃罐头,趁着下楼散步买来一罐。我们在医院的小花园里找到了一个开阔、安静、和煦的角落,那儿有一张灰白色的石凳,还有阳光烘烤过的青草的芳香。

拧开盖子,里面的黄桃个个金黄细腻,完美无瑕。我叉起一块黏稠糖水包裹着的黄桃送到班琪面前,班琪咬住它轻轻一吸,含入口中咀嚼起来。夕阳穿过大松树的针叶照在了她脸上,让她看起来迷醉动人。

晚上,我们在小花园里一圈一圈地散步,迟迟没有回到病房。班琪说她即将出发去韩国,所以从明天起我就暂时见不到她了。返程机票还没买,要根据具体情况而定。想起这些天的恬静和愉快,我非常不舍。起风时,班琪突然拉起了我的手。她目视前方,什么多余的也没说。

走进花园,我们坐在早先吃黄桃的那张石凳上,依然手拉着手。虽然我和班琪像是已经认识多年的老朋友了，可她的过去、她的家庭、她的成长经历我知之甚少，似乎手里拉着的这个女生是凭空出现的、半透明的。仔细一想，班琪跟我的相识和深入交往都十分偶然又颇具巧合意味，我们对彼此没有强求之心，更没有互相占有的欲望。那么，也许当偶然和巧合不再光顾时，我们的渐行渐远才是必然。想到这里，我不禁悲哀起来。

"如果以后有机会，想让你把从小到大的所有事都讲给我听。"我对班琪说。

"嗯，你也一样，我不想跟你只停留在这里。"她看着我，"我们说过的、聊过的，大多都是逻辑和理性的东西，但人的感情、灵感、思绪、直觉等等，那些更微妙、更深层、更有决定性的东西，往往是毫无逻辑跟道理可寻的。"

"我的朋友很少，我以为离开学校了就再不会交到什么朋友了，没想到遇见了你，不过话说回来，你对我的意义远不只朋友那么简单，你知道的。"

"当然。你我之间绝不是'朋友'二字可以涵盖的。"班琪说完，攥起我的手，放在口鼻之间，像在取暖。

"但也不是暧昧。"

"对，不是。不那么世俗，不是以满足情欲或者性欲为目的的。"她补充道。

"我对程夏冬，就是那个女孩儿，是很狭隘、很世俗的爱。"我说，"对你却是另外一种感情，是我从来没有经历过的。"

"我明白，我跟你的感觉一模一样，每次都一样。"

"算是多情吗？我？"

"算。"她和蔼一笑，"敏感多思的人都多情，我也同样如此，只是我狭隘世俗的部分自从受伤之后还没找到合适的展开对象吧。"

"那个摄影师还在追你？"

"我告诉过他，说我觉得现在也许不是合适的时候。不想耽误他，让人家白白耗着，"她说，"不过他还没放弃。"

"可能他愿意这么耗着，认准你了。"

"他很有才华，人也特别好，"班琪说，"知道我抑郁过，所以一直跟我保持着联系，时不时问问我的状况……他说他愿意等我处理好所有的事再来找我。"

"其实你不是不喜欢他，对吧？"

班琪没有回答，她低下头沉默了许久，然后转过来看着我。

"我想问你几个问题，"她轻声说，"你不用考虑太多，用直觉作答就好。"

"好的。"

"如果我们真的在一起了，我是说像其他人那样在一起，你觉得我们会得到我们都想要的吗？"

"会的。"我说。

"会一直如此吗？"

"不确定。"

"你会永远对我坦诚吗？即使那坦诚可能会伤害我？"

"看情况。"

"嗯。"班琪点点头。

又是一阵沉默，或者说下意识的拖延，任由某种错觉从这些来意不明的问题里萌发。班琪望向远处的天空，不知在想些什么。我突然有些乏力，浑身软绵绵的，却感到呼吸渐强，心跳也越来越快。半晌，我看向班琪，她也看向了我。

在一种无法言说的默契中，班琪松开我的手，捧住我的脸，倾过来。我也不由自主地搂住了她，缓缓闭上眼睛。我这才意识到，我们至今没有吻过。哪怕是躺在一张床上、抱在一起时，也从未想过亲吻对方。不过，这一刻还是来了，我很平静，甚至任何感觉都没有。

就在即将触碰时，班琪猛地停下了。

"沉午，我有些怕。"班琪戚戚然道，"我知道该来的总会来，想要的，不想要的，都会来——我不知道自己能否应付得了，我还怕我们之间发生意料之外的变化。"

"嗯，"我点点头，"我明白，我也有类似的顾虑。"

"但还是想吻你。"班琪抚着我的脸说，"哪怕仅这么一次……"

"我会一直在。"我注视着她，十分笃定。

"真的？"

"真的。"

"答应我，吻我的时候只想着我，好吗？"班琪一字一句地说，"如果没办法做到，就什么也别想。"

"好。"

这次，我们一气呵成地贴近，在同一个瞬间闭眼，而后吻了起来。那一刻，我什么都没想，没想班琪，甚至没有想程夏冬。那感觉就像，一根触角伸进了我的意识里,在那些肮脏的、乌黑的、令人不快的杂质上轻轻一点,它们就逐一消散,不知瓦解到什么地方去了。

吻忽而停止了,它持续时间不长,几乎可以称得上是短暂,却有一种延绵不绝的力量。我睁开眼睛,发现班琪已经热泪盈眶,她眼神里的喜悦和激动是我从来没有见到过的,然而她却满脸尽是哀容。她伸出手来,擦擦我脸上留下的她的泪水,这才开心地笑了。我再次抱住她,抱了很久很久。

以前以为,关睿之后,我已经什么都给不了别人了:给不了人安全感、给不了人安宁、给不了人温暖、给不了人关照、给不了人无法终结的爱……从来都是交换,拿自己富余的东西从别人那儿换取我需要的东西。面对给予,我总是十分警惕,因为我从未见过不是以"索取更多"为目的的给予,连程夏冬也不例外。直到碰上班琪,才知道人和人之间有另外的可能性,也知道我是有能力给别人带来些真正的好东西的。

晚上,班琪走了。她说她有一个朦胧的打算,那会是一个跟我有关的打算吗?

关上灯,回想着那个吻,我沉沉睡去。

# 4

一周后我出院了,公司发生了不小的变化。我们部门的直属领导魏副总辞职了,跳槽去了另一家公司。顾莱宜也辞职了,没人知道她去了哪儿。有的同事说她去上海了,她老公那儿;还有的同事说她回家带孩子了,仍然留在北京。

叶浮每天都一副心事重重的样子,我问过他一次,他不愿说,只是叹气。那几天,我尚未恢复写作,叶浮则无心上班,部门的新领导还没到岗,也就没人盯着我们。我们俩同病相怜,没事便跑到楼下瞎转。瞎转时,我和他不怎么说话,即便是说话,也都聊些别的话题,有一搭没一搭的。

我们再也不聊女孩儿了,仿佛永远地失去了乱搞的兴趣,仿佛那种低端冲动已被特定的女人抹杀,仿佛从今往后,一切必须以爱情为前提……

叶浮恢复了运动,一个劲儿地跑步:在健身房跑、在足球场上跑、在北京的雾霾里跑。他要把为顾莱宜增加的脂肪全都甩掉。我呢,我的身子还有些虚弱,没法剧烈运动,只能冲澡。我一动不动地站在健身房的淋浴室里,让热水灌到头顶,再流向全身。

"她男人知道了。"一天,在楼下瞎转时,叶浮突然开口了。

"怎么知道的?"

"手机。"

"你们都聊些什么?"

"情情爱爱的,倒也没什么。"

"你们之前讨论过这种情况吗?"我问。

"讨论过,她说会如实跟他坦白,然后就离婚,跟我在一起。"叶浮说。

"孩子呢?"

"肯定跟她,她男人很少管孩子。"

"你跟她一起把孩子养大?"

"当时是这么说的,"叶浮叹口气,"可现在她不是没离吗?"

"那男的不介意?"

"她应该只承认了跟我在搞暧昧——我觉得她只想跟我玩玩,之前是我想多了。"

"嗯。"我说,"你知道就好。"

"而且我也养不起人家,没那个财力。"

"还联系吗你们?"

"联系,但不像原来那么频繁了,偷偷摸摸的。"叶浮一脚踢开个瓶盖,"她搬去上海了,等于是向他投诚了。"

"你没跟她好好谈谈?"

"没什么好谈的,她已经选了她男人了。"

"什么都明白就别理她了。"我搭在他背上,以示安慰。

"是她非要找我说话,还表现得很痛苦。"

"以后她还会跟别人好的。"

"她说她不会再爱上别人了。"叶浮十分肯定。

"信你就傻 × 了。"我看向他。

"可每当读到她的信息,看到她发的那些明显在暗示着我们美好过去的朋友圈,我立刻变得好像能无条件信任她似的。她把我套牢了,像最开始那样。可怕吗?"

"这种事她停不下来的,正常婚姻没法满足她,环境越危险她就越刺激、越有满足感,你清醒一点儿吧。"

"你别跟我说这些,我已经进去了,这么说只会让我难受。"叶浮无奈,"你怎么样啊?"

"就那样,没什么好说的。"

没多久,新领导到岗,我和叶浮也就没机会瞎转了。新领导是一位中年女性,喜欢热闹,做事抓表面,谁在她面前积极热情,听话嘴甜,她就认为谁干得好。反而是我这样能真正做成项目的,因为跟她争辩过几次,遭到了非难——我每一笔报销和每一次请假的审核都变得极其烦琐,以前一分钟就搞定的事,现在要半小时,我要反复向她说明、解释,才能最终得到批准。

叶浮看出了我的不快,他了解我的脾气,请我暂时先别辞职。我答应了他。

穷极无聊,时间还没来得及用就流失了。什么具体的也没干,什么有印象的事也未发生。每天反复阅读和修改着已经写好的小说的前半部分,却没有继续写完的力气和决心。当我坐在电脑前时,好像神游于自身之外,观察着一个陌生又可怜的背影面对着屏幕发呆。两个月就这么过去了,我是说,我已经整整两个月没有写作了。

完全的空虚,完全的空白。

# 5

六月下旬,我收到了一条短信。

那时天气转暖,我和叶浮坐在街边,吃烤肉、喝啤酒。叶浮说,他再也不想要自由自在的生活了，太空虚，太寂寞，没有一点儿着落，简直无所事事。他现在就想让顾莱宜管着，把他管得严严实实密不透风，一天到晚都跟着他监视他，不许他对其他女生动任何念头。

叶浮已经喝空了七瓶啤酒，他满口酒气，嚷嚷着要去上海，揪着她老公的耳朵告诉他：你们的婚姻已经名存实亡，顾莱宜最爱的人是我！最后，他反复劝我不要重蹈他的覆辙：先是让我不要轻易爱上一个人，又是叫我不要像他之前一样乱搞，再是叮嘱我爱上一个人之前定要好好搞个痛快……我一向无法容忍任何人醉酒之后跟我颠三倒四，叶浮也不行，换作往常，我会骂他个狗血喷头，然而那天我宽厚极了，配合着他说车轱辘话，耐心而体贴。

"你还在北京吗？"手机响了，收到一条信息，"我是关睿，好久不见。抱歉这么突然，有些事一定要和你聊聊。"

"关睿"，我盯着这两个字，好半天才回过神来。最先想起的是恋情的终结，是我决定放手的那一刻。那一刻，我灰心、失望、愤怒，当时我那么恨她，恨到我余生不愿再跟她有任何的联系。当这个名字再次出现时，逝去的感情是那么的离奇而陌生。五年，我们分手五年了，加上在一起的那五年，已经整整十年过去。我像是打了一个整整十年的盹，如梦初醒。奇怪的是，我们之间难忘的回忆仍然像刚刚发生时那样热烫逼人，十年里的一个又一个瞬间，混杂着种种情绪，在我面前形成了一个巨大而交错的立体景观。我皱起了眉头，迷惘又困惑。

"我在北京，什么事？"面对未知，有些抗拒。

"还是见面聊吧，不知道你明天晚饭方不方便？"

# 6

为了不把气氛搞得过于郑重,我选了一家饭菜可口、装修朴实的小餐厅,做的是贵州菜,招牌是酸汤鱼。我早早来到这里,坐在一个能够看见正门的位置上,面前放着一本书。正值饭点,不断有人进入,我无法集中注意力,反复阅读着同一页。

关睿进来时,我一眼就认出了她。她变化不小,可她毕竟还是她,穿着一套紧身运动服,背着一个双肩包,剪了那种对于一个女孩儿来说有些过分的短发。她扫了一眼就看到我,快速走来坐在我对面,卸下双肩包放在一旁的椅子上。我注视着她的一举一动,合上书,微微有些紧张。

"我点了酸汤鱼,剩下的你点吧。"简单寒暄之后,递了菜单给她。

"谢谢。"

关睿的目光落在菜单上,我才有机会大胆地看看她。总的来说,除了发型以外,其余的部分也跟我印象里大相径庭。十几岁少女的圆润隐去了,取而代之的是古典雕塑般有力的轮廓。尤其是她的鼻子,比以前更直挺。翻阅菜单时,关睿举手投足间满是干练,眼神更是全然陌生,好像躯体里面的那个人,我从来就不曾认识。她不再是过去那个整天大大咧咧,却又时常犹豫不决、困惑诸多的女孩儿。

关睿叫来服务员,点过菜,两手交叠放在桌面上,看向我。

"你壮了不少。"她说,"其他呢,跟以前几乎一模一样。"

"是吗?"我笑了,"你瘦了,头发剪这么短,在街上碰到绝对认不出来了。"

关睿招呼服务员过来，要了两杯水。

"多久没见了？"她喝口水，不经意地问我。

"五年。"

"还真是！都这么久了，讲出来吓人一跳。"

"你怎么样？"

"就那样。"我从她的语气中找到了一丝熟悉感。

"工作了？还是还在上学？"

"刚毕业，要实习了。"

"在哪儿实习？"

"纽约一家新闻机构。"她说。

"去美国了。"

"对，香港本科毕业就去美国念研究生了。"

"香港大学是念三年？我记得你说过。"

"对，"她说，"研究生两年，这不就毕业了嘛，整好五年。"

"这次是回西安？"

"嗯，看看我妈，特意在北京转机，待两天。"

我想起关睿在短信里说，有些事"一定"要和我聊聊。过去的事早就过去了，我们还能有什么非聊不可的呢？

服务员将一口大铜锅放在桌子中间，鲜香的酸味扑面而来。

"哇，好香！"

我给关睿夹了一块鱼，又盛上一勺酸汤浇在她的蘸料中："拌一下，蘸着吃。"

"谢谢。"她吃了一小口，连连称赞。

"阿姨怎么样？"

"她呀，第二春了都。我大姨说她找了个男朋友，两个人整天开着车游山玩水。"

关睿很小的时候，她爸爸就跟她妈妈离婚了，法院把她判给她妈妈抚养。她爸爸回到湖南老家后，就没再跟母女俩见过面，也鲜少联系。关睿妈妈为了让女儿过上好生活，辞职下海，去蛇口做生意了。关睿先是在姥爷家住了几年，又因为姥爷的身体出了问题，经常住院，搬去了大姨家。直到小学毕业，关睿妈妈才从蛇口回来，那时，她无论在金钱还是经验上都已有了丰厚的积累，回到西安便开了一家制药厂。我们初二刚认识的时候，她妈妈整天为制药厂的事忙得焦头烂额，无暇顾及其他。等我们高二了，制药厂才算上了正轨，规模虽然不大，却也让二人过上了相对富足的生活。

"她公司还好吧？"

"另外一个大药厂要收购他们了，正在谈。她也累了，公司一卖，套了现，就可以退休了。"

我点点头。

"你呢？你怎么样？"她问。

"挺好的。后来写了小说，卖得不错。"

"叔叔也是作家吧？你还送过我一本他的诗集呢。"

"对，你还记着呢？"

"当然。"她笑笑，"那时你总笑话他矫情，说他明明写的是'诗'，却非要称作是'分行'。"

已经快要接近那些关键性的问题了，可我只想放慢脚步，再兜兜圈子。

"以后要留在美国？"我问。

"看能否拿到工作签证。"

"难吗？"

"不容易。"关睿悻悻地说。

"做新闻对语言要求高不高？"

"肯定高啊，但我不是记者，我主要是处理和编辑素材，剪辑什么的。"

"明白了。"我喝了一口水，不知还能问什么，低下头吃鱼。

服务员将剩下的几盘菜端上桌，夹菜时，我发现关睿扫了我一眼。

"你现在有女朋友吗？"终于要来了，那些"一定"要聊的事。

"现在？"我稍顿，"现在没有。"

低头沉吟片刻，看了关睿一眼，问道："你跟他怎么样？还在一起吗？"尽管我极力维持着刚才的随意，可脸有些发僵。

"谁？"关睿好像全忘了，"哦哦，林伽南啊？"

"嗯。"

关睿看着桌上的菜，笑了起来，但马上叹口气：

"你当时一定很难过，这事我一直挺过意不去的。"

"过意不去？对你来说只是过意不去？"我清了清嗓子，"我当时觉得天都塌了，怎么也想不明白为什么你能那么轻松地抛弃我。记得你那个电话打过来时，我刚刚攒够去香港的钱，通行证也办了，想着国庆节去看你。你却告诉我，你跟林伽南一起去了趟新加坡，住在一起了，你要跟他好了，我……我……"

拿着筷子的手抖动起来，我放下筷子，看着眼前的水杯说："我当时站在楼梯口，脑袋忽地一蒙，身上的衣服被撕裂了——要不是伍凯佑拉了我一把，我就已经跌下去了。整整一个学期，都不知道是怎么过来的。那会儿刚入学，别人兴高采烈地过他们的大学生活，谈恋爱的谈恋爱，学习的学习，搞活动的搞活动，玩的玩。我呢？我什么也干不了，真的，什么都干不了，像个哑巴似的，每天呆坐在宿舍里，脑子里一片沉寂，所有声音进入耳朵就消失了，还连着挂了好几科，差点儿退学。"

关睿一句话没说，看着我，表情严肃。

"伍凯佑一有空就骑车子带着我去香山，他说爬爬山肯定就没事了。"我想起当时的情景，惨淡地笑了，"去香山的路是个大上坡啊，十几公里的大上坡。他骑得汗流浃背，一边骑一边骂我，骂我沉，骂我不争气，骂我连个女人都放不下。爬到山顶，我看着脚下的北京城，越看越觉得像片苦海。我们坐在一块大石头上，渴了就喝水，饿了就喝更多的水，从上午坐到下午，从下午坐到晚上，从晚上坐到管理员赶我们下山。返回时轻松多了，顺着坡往下溜。中途遇见了小商店，买两根煮玉米，在路边吃完，继续溜。就这样爬了十几回，爬腻了也就慢慢想明白了。虽然不再像个哑巴，可话依然很少，但总归可以正常地行为与生活。其实那会儿还是没完全过去，你要是我你就知道，没那么容易过去，不是所有人都能过去。毕竟那是整整五年，毕竟那人是我曾经最喜欢、投入最多的女孩儿。后来就开始写小说，拼命地写，没日没夜地写，你知道我一直想写长篇的——高中时每次写到五六万字就写不下去了——那次真的是，把全身的力量都使上了，只想快点逃离,用另一件事把这件事盖过去。"

"你总能把全身的力量都使上,咱们在一起时你也这样。"关睿说。

"是啊,现在回想起来,也挺难为你的。大学快毕业时我谈了一场恋爱,和你一样,不喜欢对方,也最终伤害了对方。后来我完全理解了你那时的感受,完全理解了,我也终于知道为什么你有时候对我那么不耐烦了。只可惜当时完全意识不到,反倒觉得自己特悲壮。说实话,我恨过你,但现在没有了。"

关睿仍然看着我,没有点头,也没有表示,好像是在给我机会说出一直未能跟当事人诉说的话,又好像在酝酿,酝酿着说些什么。

"伍凯佑觉得我变了,"见她没有开口,我继续,"他说我自私得直截了当,还有点儿麻木不仁。是啊,跟我无关的人和事我一概漠不关心,别人怎么看我我也不在乎了,现在,我只考虑自己,也只按照自己内心真正的想法去行动。可以说,我完全地接受自己和真正地了解自己,正是从你我分手那天开始的。以前,咱们在一起的时候,我对你鞍前马后,有求必应,我把自己卑微的、软弱的、虚伪的、肮脏的一面统统压抑起来,藏得深深的,我在努力经营一个靠谱、体贴、周到、阳光的完美形象。因为那时你总让我很没安全感,所以我拼命地'付出',想让你更喜欢我。可我为你做得越多,你反而越不高兴,你越不高兴,我做得越多,完全是适得其反。那会儿,你对我发过无数次火,每次我都委屈得不行:记得有天晚上我想送你回家,你觉得我烦人,整天黏着你,可我哪敢让你一个人走夜路啊,偷偷跟着你,看你进了小区大门才放心,结果第二天跟你讲了这事,你非但没有感动,还说我'令人窒息'……"

停下看看她:"说了这么多,你明白我在说什么吗?我是说,其实我根本就没有变,我一直以来都很自私,过去、现在都一样自私。那会儿,我始终想利用那种'付出'从你身上得到我想要的。我想要什么呢?我想要你也用同样的方式对我:爱我、黏着我、关心我、在乎我,渴望跟我接吻,渴望跟我做爱,渴望跟我永远在一起……只有这样我才会感到满足。我觉得,对你来说,被爱就跟被绑架了似的,而我就是那个恐怖分子,现在想起来我还挺内疚的,想跟你道个歉。"

关睿讶异地看着我,缓缓摇了摇头。

我说:"别,我是真想跟你道个歉——这几年反复回想,我发现我似乎完全不知道你想要的是什么,我也没那根弦去了解你,这是一直以来我觉得最失落的地方。毕竟,没有人比我更想靠近你,没有人比我更想和你亲密无间,可到头来我好像根本不在意你到底在想什么,我连你喜不喜欢我都不在意,脑子里只有自己,千方百计地讨好你都是为了满足我自己。我太强烈、太盲目了,也丝毫意识不到自己的自私,还愚蠢地以为这就是谈恋爱、这就是爱呢。唉,死用力,用蛮力,简单粗暴得厉害。那会儿真是什么都不懂,空凭一身荷尔蒙去搏命,虽然到目前为止我似乎也没能弄懂什么,但我十分肯定这不是你一个人的问题,希望你不要怪我。"

关睿思考了一会儿,揉揉眼眶说:"我怎么会怪你呢?即使要说抱歉,也应该是我说才对。"

"事情过去了这么久,只想你跟我坦诚地聊一聊。"我对关睿笑笑,终于感觉放松了,"为什么我们就那么难呢?你真就一点儿也不喜欢我吗?"

"我们之间的误会不是一句两句能说清的——其实我很喜欢你,我也花了好长时间才完全放下你。"关睿坐直身子，身体稍稍前倾，眼睛看向桌面，"不过有一点你说对了，你真的不太了解我。"

"我真的不太了解你。"

"嗯，你真的不太了解我。"关睿说，"其实我跟林伽南什么都没有，我们是一起去了新加坡，但我跟他只是好朋友，仅此而已。"

"那你为什么……"

"为什么跟你分手是吗？为什么我以前好像不怎么喜欢你，对我们的关系既犹豫又困惑，还总是对你不耐烦和发脾气，是吗？"

我盯住她，等待她的回答。

"其实你不了解我并不是你的问题，是我没办法真正打开自己……我很羡慕你能自由大胆地表达感情，我就不行，我只能一直憋着。你可能觉得是因为父母离异或者我妈一直没在我身边才导致我这样的，我过去也从来都是这么跟你解释的。实际上，"关睿直视我，"我还有一个当时完全无法面对的原因……"

"无法面对的原因？"

"希望一会儿我说的时候，你别太惊讶，别急于下结论，更别指责我，只好好听我说就行。"关睿依然直视我，冷静而忧郁，"也许你听完这件事，之前的一切就顺了，也更好理解了。"

我点头答应她。

"跟你在一起之前，我喜欢上一个不该喜欢的人。我以为那是偶然，以为是我妈从小不在我身边，缺爱。"关睿说，"后来我才发现自己跟普通女孩儿不太一样。"

"你是说你……"我一下子全明白了。

"对。"

"我一点儿不惊讶,这很正常。"我说,"只要感情是真的,没有什么不妥。爱一个人只跟那个人有关,性别什么的无所谓。"我想起班琪曾经说过的话。

"但那人是我表姐。"她说。

我有些错愕,我确认自己没听错。

关睿观察了一下我的脸。"从我姥爷家搬去我大姨家之后,我跟她住了七年,同一个房间里,同一张床上,直到小学毕业。连我都不清楚它是怎么发生的。"

"是互相的吗?还是你单方面的?"我小心翼翼地问。

"我觉得是相互的,但她一直不承认。一开始我们都以为是亲情。到我五六年级时,终于明显地感觉到,我们之间的那种感情和日渐频繁的亲密行为已越过了亲情的界限。后来,也许是为我好,她突然就警惕了,认为这是不对的,开始回避我,说我们是偶然,是日久生情,还说我们早晚都要跟男孩子谈恋爱结婚的。我不愿意,死抓着她不放,她就警告我说再往后就是家族丑闻了——其实我们真的没做什么,但她是立了了断的决心,所以渲染得特别严重。我有一段时间都快难受死了,每天一见到她就提心吊胆坐立不安,稍稍跟她亲近一点儿就有种强烈的负罪感。小学毕业后,我妈回西安来了,我搬回去跟她住,表姐去了外地上大学,我们到现在都没再见过面。她一直躲着我,回家也很少,根本联系不上,只能从我姨那儿了解她的近况。"

"我竟然什么都不知道,为什么不告诉我呢?"

"我没法告诉任何人。这不是什么光彩的事。本身喜欢女生这事就已经足够困扰我了,那个人偏偏还是我的亲人。"她说,"我也没有办法,我们在西安这种很传统的地方长大,过去网络也不普及,人又不开化……我是去了美国以后才知道这种事是很常见的。但即便如此,跟表姐肯定还是不行的。"

"但你们也没做什么啊。"我说。

"确实没做什么过火的,"关睿说,"可总有种负罪感,以至于后来咱们学《雷雨》的时候,一听到老师说'有违人伦',我就心惊肉跳,晕得不行。"

"你应该早点儿告诉我的,我肯定不会是老师和家长那个样子。"

"表姐这件事我从来没有对任何人讲过。"她说,"今天能说出来,能告诉你,我都觉得特不容易。"

关睿额头上出了一层细汗,她拿餐巾纸抹了抹,喝完杯子里的水。在服务员前来倒水的过程中,我们沉默不语。

"这事对我后来几年影响蛮大的,我想摆脱她,摆脱那种负罪感。她走了之后我就开始刻意跟其他女孩子保持距离,用尽全力压抑自己,逼着自己跟男生们混在一起。"

"所以,那会儿我追你的时候,其实你没什么感觉对吧?就想赶紧找个男朋友?"我说,"你看你要是直接拒绝我多好。"

"你追得那么猛,根本拒绝不了好吧?"关睿笑了。

"不少男生喜欢你,也不少人追你——你当时跟许多男生都打成一片——为什么倒霉的是我?"我也笑了。

"我还奇怪为什么你会喜欢我呢。你学习好，体育好，人也好，不管是老师还是同学，所有人都对你赞不绝口。"她说，"我呢，我从来不是大家都会喜欢的那种主流的女孩子。"

"你长得好看，聪明灵光，不像其他女生那样扭扭捏捏的，还有种她们身上没有的气息。"我说，"所以那时你常常跟男生在一起，是想试着扭转那种倾向？看自己能不能喜欢上男生？"

"嗯。"她点头。

"还是不行，对吧？"

"喜欢行。"关睿说，"但爱，但那种女孩儿能给我的吸引，达不到。这也是我后来才意识到的。当时不懂，只是觉得男孩儿们总是傻乎乎的，很脏，很臭。女孩儿们呢，就都很美，很香，很干净，对她们有天然的亲近渴望。"

"然后偏偏遇上了我，两个拧巴的人拧巴在一起，就全错了。"

"不能说是错，只是个极大的误会罢了——我还是喜欢你的。"关睿说。

"你说的这种喜欢，就像我对伍凯佑的那种喜欢？纯哥们儿的那种？"

"类似吧，但不完全一样。并不是说我对你毫无男女之情，有的，毕竟你对我真的很好，要不我也不可能在这种情况下跟你好了五年之久。我的第一次是跟你，一点儿也不后悔。那次对我有着重大的意义，虽然这么说有些对不住你，可从那以后，我明确地知道，自己真正想要的是女孩的身体。"

"我成了试金石了……所以这才是后来一直都不愿再跟我上床的原因？"

"对。"关睿说，"直到去了香港，认识了林伽南，我才对这回事有了概念。他早早就公开了，我呢，也是受了他的影响。"

"公开了？你意思，他喜欢的是男生？"我太惊讶了，这完全不在我的想象范围内。

"是的。"

"所以你就下决心，用最惨烈最决绝的方式跟我分手了？"

"我不得不这样做。"关睿说，"我必须让你彻底死心，这样下去对你、对我都不公平。那年我姥爷去世了，你记得吧？这对我触动也挺大的，我觉得在死亡面前，什么都不再重要了，我没有办法不诚实面对这件事，我也没有办法不忠于自己。已经傻了那么多年，也耽误了你这么多年，我只能百分百地和你斩断，哪怕连朋友都做不了。"

"你诚实告诉我，我未必不能接受。"

"那不够彻底，不够直接。我想你即使知道了真相，也不可能马上抽离，毕竟我能感觉到你对我有多深。之前跟你分过好几次，你不还是把我追回来了吗？我不想继续浪费时间了，多一天的纠葛，就是多一天的损耗。"关睿说，"其实一直都是我的问题，全部都是我的问题，是我对不起你。我不知道你当时那么痛苦，我以为你到了新环境，认识了新的人，很快就过去了。当时我也很乱、很矛盾，我不想伤害你，可却连自己都应付不了了，只能不得已而为之，没想到我的困扰给你带来了那么多的痛苦。"

"唉，别这么说。"我说，"刚才我说的爬香山难受什么的，没有怪你的意思，你不要往心里去。我明白你的处境，你要解决的问题比我多太多了，你的成长问题、家庭问题、感情问题……每一个都比我的难，现在我更不能怪你了。"

"我说很喜欢你，花了很长时间才放下你，也是真的。也许不比你容易。"

我抬手止住她。"这种话你可别说，论放下这事，我肯定比你难，难很多。好了，你继续吧。"

"后来到了美国，更自由也更开放了。我陆续谈了几个女朋友，但总是处不长，我们之间的感情比你们的更纯粹，也就更难，分分合合是很常见的。我忘不了你是怎么对我的，我总会想起你，我们的五年并不只是你单方面付出，我也同样付出了感情，要不当年也不会一次次答应跟你复合——你一痛苦，一求我，我就心软了。我对后来的每个女朋友都说起过你，还有人吃你的醋，我告诉她们我对你同样是认真过的，我没必要因为跟她们在一起就忘掉你，也没必要因为自己喜欢的是女孩就否定对你的感情，你明白吗？"

"我明白，很多事也都清楚了。"虽然晚了这么多年。

我们不约而同地拿起了筷子。

"说了这么多，其实都不是我真正要聊的。"关睿说，"这次专程来找你，是要聊聊隋凉。"

"隋凉？"我的嗓子干涩起来。刚才关睿说自己在纽约实习，我早该想起来隋凉去念的正是纽约大学。

"对，世界真小。大家通过奇特的方式连接在一起了。"关睿说。

"她怎么样？"

"不太好。她退学了。"关睿说完，我的心一下子沉了。

"什么时候的事？"

"前不久。"关睿说，"她刺伤了她的一个同学，叫陈川遒，你应该也认识。"

"啊?怎么会弄成这样……"

"具体的情况我也不清楚,陈川遒总来找她,我想那次他肯定是做了什么刺激到隋凉的事。总之,隋凉来美国之后,对所有男生都有些仇视。"

"唉,是因为我……"

"我知道,但我不清楚你们之间到底发生了什么。我想知道。"

我看着关睿,脑中立刻浮现出一个让我目瞪口呆的猜测。

"你们俩在一起了?"我问。

"也不能说是在一起,毕竟她不是真的拉拉,她只是讨厌男人。"

"那你们?"

"我们试着交往过。"关睿说,"每年,新的留学生来,我们都要组织个纽约地区的聚会,大家相互认识一下,能有个照应。那天有个男的,高中就来了美国,有几个钱,特不是东西。他喝多了,看隋凉漂亮,缠着隋凉,还摸了她一下。隋凉当场就炸了,反应很大。那个男的和他哥们儿觉得隋凉小题大做,骂了她几句,把她骂哭了。其他人都想息事宁人,一个劲儿劝和,我看这么多人欺负一小姑娘,也没人替她说话,立马冲上去骂了他们,安抚隋凉。"

"就这么开始了?"

"对。她那阵儿很阴郁,不太愿意谈过去的事。我也没跟她说过我大学之前的事情,所以我们就这样把你给回避开了,很长一段时间里,我们都不知道跟同一个人相处过,只是冥冥中有种莫名其妙的熟悉感。那次之后,我们很快就住在一块儿了。"

"她纯粹因为讨厌男人才这样?"

"我觉得是。她跟我说过,在酒吧里碰到女的来示爱,一点儿都不觉得龌龊,女生既干净又漂亮,方式也很温柔,很容易就被吸引了;而男的就很恶心,他们说些下流话,碰碰你摸摸你,让人觉得龌龊到不行。她总觉得男人很脏、很恶心、不受控制,说男人跟牲口没什么两样。唉,只要说起男人,隋凉的情绪就很容易变得不好。我当时就觉得她一定是过去被什么伤害过,所以我们只着眼于我们的关系,着眼于当下。"

"你喜欢她吗?"

"嗯,喜欢。"关睿说,"还从来没有那么喜欢一个人过,很强烈,有想要永远保护她的念头。不知道为什么,可能是因为那种熟悉感,也可能是因为她若即若离的态度吧。"

"原来你也这样——喜欢把握不住的。"

"我和她在一起时总能想起你。我想,你当年苦恋我时一定也是这种感觉,唯一的区别在于,你从头到尾蒙在鼓里,我从见到她的第一眼就明白。"

"明白你还上?飞蛾扑火。"

"一开始没想,我可没有你那么猛——处着处着,稀里糊涂就好了,陷进去了,实际上还是她主动的呢。"

"我的前女友跟我的另外一位前女友在一起了……我现在感觉太奇怪了。"

"能不能别打岔?"

"好,好。"我往前坐了坐,"你们处得怎么样?"

"开始还好,中途变味了。"关睿说,"我太在乎她了,她着实伤过我几次。试着交往没多久,隋凉好像就不那么认真了,一副玩玩的样子。除了跟我，还跟其他的女孩儿走得很近。她说她不想把鸡蛋放在同一个篮子里，这样即使遭到背叛也不会伤得很重。我说我不会背叛她，然后可能把她看得有点儿严吧，她就很反感，总说跟我在一起窒息什么的，就和我当年对你的方式一模一样。我们频繁吵架，虽然没提分手，可越来越貌合神离，她高兴时就到处玩到处睡，家也不回，低落时便悄悄回到家，钻到我被子里求我原谅她。"

"知道我当初有多苦了吧？"我假装幸灾乐祸，"我苦恋你，你苦恋她，她苦恋我……像个古希腊悲剧一样，怎么我的人生一下子充满了宿命感？"

"你可别说风凉话了。"关睿剜了我一眼。

"后来呢？"

"后来经过了许多波折：开心的、不开心的，痛苦、争吵、和好……总算是慢慢稳定了。"

"结果到头来是因为我分开的？"

"对。"

"怎么聊到我的？"我问她。

"起初我们都不提过去，那天很开心，就敞开说了。"

"什么时候？"

"今年四月份。"关睿说，"我们一开始没提你名字，但说着说着就越来越不对劲，最后发现竟然是同一个人，当时我俩都傻了。"

"其实没什么的，对吧？"

"对我是没什么，可隋凉就不一样了。那天之后她就又不好了，执意要搬走。"

"搬走之后呢?"

"搬走之后没两个礼拜,我就听到她刺伤人的消息,后来听说她被退学了。"

"现在她在国内?"

"我不清楚,我想也许你知道她在哪里。"

我摇头。

"你应该认识知道她住在哪里的人,你们共同的朋友。"

"你还是别找她了。她看见你,就会想起我,这会让她不好。"

"可我必须找到她……"

# 7

这顿饭剩下的时间,我向关睿讲了我和隋凉的事。关睿从头到尾没有指责我,听完以后,她问了许多跟隋凉有关的问题,我都一一做了回答。现在,我和隋凉之间的事已经扩大为我们三个人之间的事,大家在爱情世界里相互波及,彼此作用。在隋凉和关睿的关系里,隋凉成了主导者,这和当年伍凯佑预测的一样。

即便如此,想到隋凉现在的处境,想到去年十二月份她在越洋电话里的哭声,我仍感到罪孽深重,她一定还在什么地方默默地舔舐自己的伤口。她执意要离开关睿,说明她还在记恨我,还没有彻底放下。我以为,离开我之后,隋凉就已经熬过了生活里最大的苦难,可没想到她仍然沉浸在过去的残留物里,始终没有摆脱早该摆脱的悲情结局。

可我能为她做什么呢?我想我只能离她远远的,也最好离她远远的……

关睿从包里拿出一个旧本子,那是我曾经为她准备的生日礼物——我把那年里与她相关的所有点滴全部记录下来,每天都记,有事记事,没事就记录我对她的胡思乱想,三百六十五天无一遗漏。

"还认得吗?"她问。

"当然。"

我接过本子,打开,蓝黑色的墨水和发黄的纸张散发出一种独特的香味。扉页写着:"严禁闲杂人等偷看",后面还跟了三个夸张的感叹号。随意翻了翻,全都是小事,记述详细,有趣极了。那时的我可以说是傻得真挚、傻得可爱。绝大部分内容我完全不记得了,像是另一个人写的,上辈子写的。

"能还给我吗?"我爱不释手,"一流的素材。"

"当然不行。"关睿说,"这是我的生日礼物,我可是当宝贝——去香港、美国我都带着呢。"

"你说你,当年放着好好的真人不珍惜,如今却把一个破本子当宝贝。"

关睿一笑,问道:"你为什么不找女朋友呢?"

"说来话长。"

"也没有喜欢的人?"

"有的。"

"那怎么没在一起?"

"错过了,"我说,"来不及了。"

"哪有什么来不及的?"关睿说,"女孩子哄哄不就回来了,把你当初求我复合的劲头拿出来啊。"

我向关睿谈起了和程夏冬的纠葛。

"我觉得你最开始追求的,都是些不可能的、根本不存在的东西,"关睿听完后如此评价道,"是那种理想的、完美的两性关系。"

"是啊,我想纯粹一点儿,如果我给不了她们炽热的、专一的爱,那就只谈需求好了,至少能避免互相伤害。"

"为什么给不了?"她问。

"我克服不了男人那种动物本能,我不相信从一而终。"我说,"说难听点儿,我觉得我挺贱的,轻而易举得到的不知道珍惜。追你那会儿就是因为总也得不到,所以才足够持久吧。"

"谁都贱,这是人之常情。"

"而且跟你分手后,我总有种后劲不足的感觉,对隋凉尤其明显。我想爱她,想好好对她,可就是使不上力,没有那种强烈的、死心塌地的感觉。"

"跟程夏冬呢?"关睿问,"对她不是挺强烈、挺死心塌地的吗?"

"那是因为我已经失去她了——人之常情嘛。"

"如果你们还能在一起呢?你会为她改变吗?"

"我当然想改变,只不过这不是我自个儿说了算的。"想到这里,我有些气馁,"爱恨情仇、悲欢离合——起初觉得这些玩意儿消耗时间,浪费精力,让人目光短浅、狭隘,还使生活缺乏全局感,简直蠢得要命——现在呢,我又无法摆脱它们,这不就是生活的主要内容吗?离开这些我根本无处可去。"

"既然无处可去,还是给自己最后一个机会吧,在你最终失去她之前再试一次。都自私那么多回了,也不差这一回。"关睿笑说,"这些年我最大的感受是,所有事情的最终结果都是糟糕的。眼下的生活并不能算是真正的生活,而更像是某种后果,既然每个人最终的后果都是死亡,那么,个人得失也就无所谓了,对你、对她都如此。"

出了饭馆,想开车送关睿,她说不需要,于是我陪她去了地铁站。我们走得很慢,未来能不能再见无法知晓,踏在地上的每一步都满含留恋。关睿说,能把和表姐的事说出来,对她是莫大的解脱。我告诉她,我也像卸掉了什么重负似的,大大地松了一口气。

我仍然建议关睿不要去找隋凉,不过,她到最后也没有明确告诉我她俩的事要怎么收尾。来到地铁站的入口,关睿说就到这里吧。我还是买了票,送她下去了。上车前,我和关睿拥抱了对方。依稀记得当初她身上是什么味道,如今已是完全不同了。抱着这具曾经无数次拥抱过的身体,我终于感到了从容。

地铁进站了,关睿久久不愿松开。我也一样,仿佛一松手,那份遥远的、被误解了这么多年的情谊就再也无法重拾。这回,我们终于是真正地近了。

"快去吧。"列车发出了嘟嘟的关门声时,我拍拍她。

"嗯。"她点点头,转身上了车。

列车离去时,我手举得很高,向她挥舞。驶离保护门的地铁车窗上光影交错，关睿的脸在闪动的间隙里远去。即将消失时她笑了，笑得特别开朗。

独自一人回家，孤独和悲哀从四面八方逼近我。我明确地感到，生命中的某个部分平息了、结束了。灯火在我面前展开，后移，看着街上每一个走动着的人，听到空气中混杂着的各种声音，我似乎觉得，交相辉映着的每一个元素都充满了特殊的意义，然而究竟是什么呢？我一点儿头绪也没有。

扶着方向盘，以为这样就能掌控自己的方向，然而，这些年来所有事情加起来的总和，给了我一个印象——这个无法参透的熙熙攘攘的世界是假的，所谓的方向根本不存在，事情的运行总跟我们想象的不同，事情和事情之间的联系也并非那么牢固，一切都那么难以捉摸，经验和道理都是扯淡，从来就没有所谓的规律可言……每个人的生活都在这假象里蔓延，彼此交织重叠，每个人都拼命想要抓住些什么。可是，最终我们能抓住些什么呢？

别人我不知道，我想我只能依靠直觉生活，我也只能凭借当下的心情或即兴的猜测做出决断，这根本就不是一个秘密，只是过去的我不愿承认罢了。既然如此，也就没必要再进行蹩脚的思考了。我停好车，拿出手机，从黑名单里调出了程夏冬的电话号码。

也许现在说这些已经太迟，但我真的很想你，比以往任何时候都要想你。尽管我依然困惑、纠结、有无法破除的局限；尽管现在的举动违背了我当初的决定，扰乱了你平静安宁的生活；尽管我可能再次伤害你，置你于水火之中，可我真的管不了那么多了。

  我真真切切感觉到你离开之后的那种痛、那种乏味、那种不真实。你可以没完没了地跟我吵架闹别扭，你可以尽情虐待我惩罚我。我心甘情愿做你的狗、你的泄欲工具，和你的撒气包。

  我已经准备好把最坚实的盔甲卸掉，干干净净地、毫无防备地迎接你。你是我感情的唯一出口，我的沼泽和海，我的毒药和解药，我的歧途和正道，我的感官，我的欲望，是我心之所向。

  我再也不想要什么狗屁理想爱情了，我只要庸常的、堕落的、转瞬即逝的爱。

  你的爱。

  为了防止自己后悔或者像以往那样，把写好的内容全数删掉，我没有在意细节，甚至没有重读，径直摁下了"发送"键，关机，将手机塞进副驾前方的手套箱中。我刨出里面的卫生纸、行驶证等杂物，全部压在手机上，像埋藏一颗危险的炸弹一样将它埋在深处。

  坐在车里，怅然了很久。待我恢复意识，才转动钥匙熄了火。我知道，不久后，在一场盛大的婚礼上，程夏冬即将身着白色婚纱和另外一个男人交换戒指、宣读誓言……想到这里，我一拳打歪了后视镜，趴在方向盘上，长声喟叹。

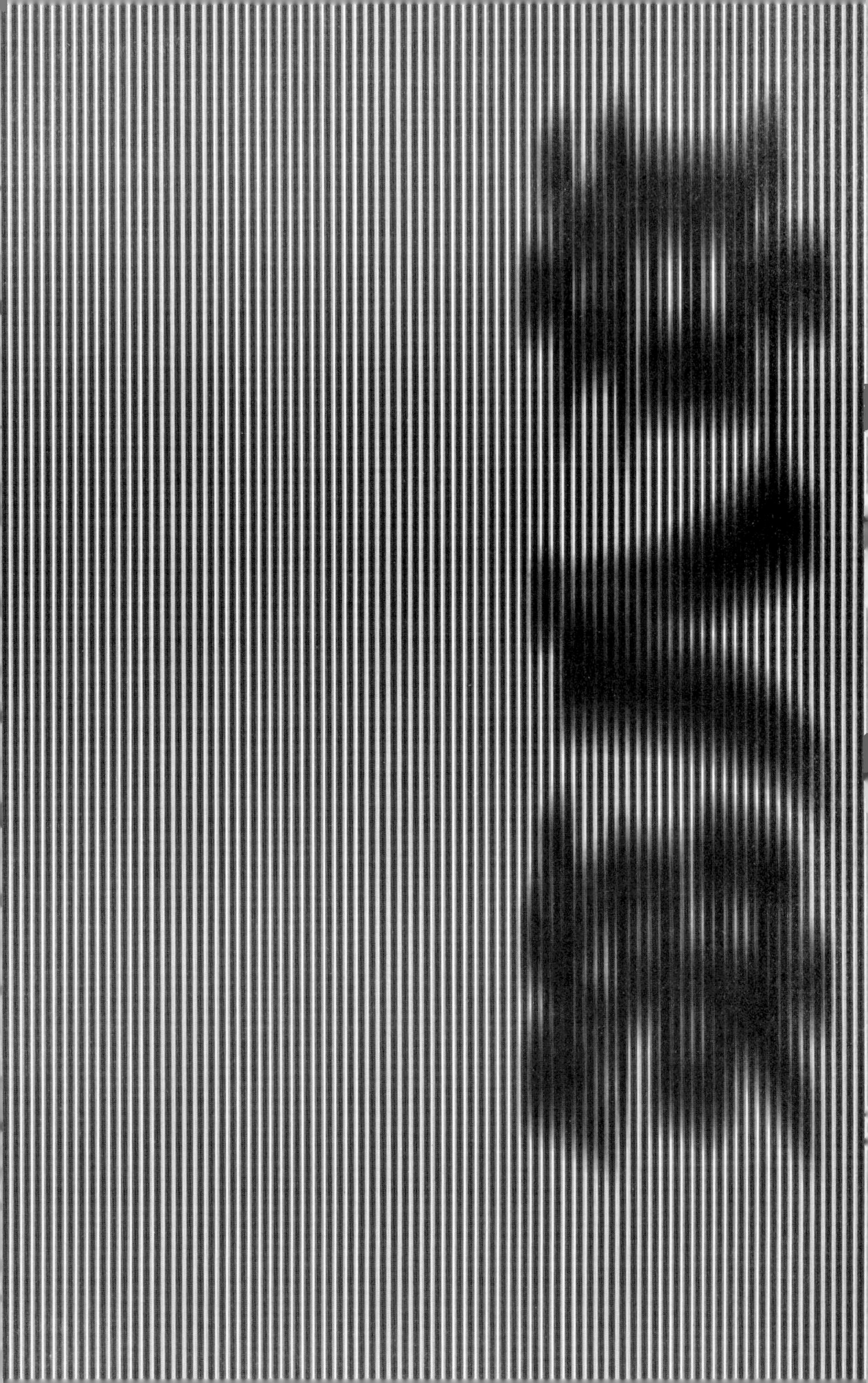

# 1

得知韩国人去世的消息，我在略感悲伤的同时，竟有些羡慕。他终于可以安息了，不用再忍受病痛的折磨，永远获得了安宁。我想，如果自己在这个年纪就死去会是怎样的心情，平静而满足还是遗憾而愤恨呢？

那天是个星期二，班琪发来微信说，他走了。面对这短短的三个字，我不知道该怎么安慰她，只询问了她的状况。她说，两个月里，该难受的全都难受了一遍，精疲力竭，他走了反倒觉得欣慰和轻松了。我问她什么时候回来，她说葬礼结束就回北京。班琪还说，她非常想念我，只想尽快见到我。

我呢，我还想着程夏冬。这么久了，她没有回信，没有打电话，也没有来找我。

伍凯佑和周琦的卖房生意迅速拓展起来，在周琦的帮助下，伍凯佑手头的客户越来越多，全靠他一个人已经做不过来了，于是他着手将客户的订房需求转卖给其他的会员，这样一来，他只需要打打电话，安排妥当，就可以从中抽成了。以前，生意只限于上海。现在，因为做了上家不需要亲自跑腿，也就没有了地理位置和酒店品牌的限制，伍凯佑立即决定把生意从上海拓展到全国，从一家酒店拓展到所有高档连锁品牌。他们单位的事情本就不多，但凡有点儿事，伍凯佑都会推给实习生。周琦也没闲着，帮他一起卖房，两人一周忙七天，一天忙十几个小时，几乎投入了所有的时间和精力，一个月的利润已达到七万块左右，即使是平分，也比工资高好几倍。

原先的骑虎难下变成了现在的你情我愿，伍凯佑开始发觉周琦身上的优点。自打两人住在一起后，他不止一次告诉我，周琦是个肯吃苦耐劳的女孩儿，她对待客户比伍凯佑还上心，睡得更晚起得更早不说，还承担了所有的家务。周琦还有个显著的优点是孝顺——她攒下的钱虽然很少用在自己和伍凯佑身上，但每个月至少会寄一万元回家。她总跟伍凯佑说心疼爸爸妈妈，如果以后买了房子，一定会把爸妈从小城接来上海居住，好好孝敬他们。这些都让伍凯佑对周琦另眼相看，对她越来越有好感。

生意蒸蒸日上，伍凯佑的生活却变得节俭了。我猜他是受到了周琦的影响，不再整天想着消费和享受。这样，挣的钱越来越多，他也就真正有能力过上想要的那种生活。

我由衷替他感到高兴。

叶浮依然是老样子，除了工作日，连周末也会跟我待在一起。时间对于我们来说多得有些过头了，在他看来，这段时间被定义为"两个志趣相投的朋友共同度过的具有闲情逸致的夏日时光"，他从不直面其中的悲情成分。

我们用以对抗颓丧的活动多种多样：有时我跟他一起去踢球，虽然我踢得不好,他也总是传球给我,愿意照应我,跟我打配合;有时我们去游戏厅打电玩,一人买上三百块的币,在小朋友的羡慕和赞叹里挥霍殆尽;有时我们在繁华的地方瞎转悠,饿了就随便吃点东西,渴了就喝啤酒;书店去得最多,也只有在书店里,我们待上一整天都不觉得无聊。

  我的生活从来没有如此放松和随意过,没有目标,没有计划,想干什么就干什么,想去哪儿就去哪儿。我不再活得那么刻意和用力了,整个人离地两尺,双臂张开向后一划,就能飘出去好远。我很喜欢这种感觉。只是,日子一天天过得飞快,每天的内容都相差无几,似乎有许多事还没干,可又想不起来那些事确切是什么。

  有天我们打车回家,叶浮看着窗外,手突然搭上我肩膀:

"还得回家,妈的。"

"得睡觉啊,明天还上班呢。"我说。

"不想睡觉。"

"我是想睡睡不着。"

"我也睡不着,他妈的孤枕难眠。"

"行了,老想别人的女人干吗?"我骂他。

叶浮扭过头,看我的眼神冷酷起来。半响,他又望向窗外。

"我有点儿想去上海。"他轻描淡写。

"你可别贱。"

"不是为了她。"

"还能为了什么?"

叶浮想了想说:"北京太干了,我南方人,受不了。"

"去你妈的。"

"嗨——我就是说说。"他摇晃我的肩膀,又凑近看看我,"我可舍不得你。"

"如果你真的走了,我在北京就一个朋友也没有了。"

## 2

不久后的一个早上,班琪打来电话,说她昨晚刚回北京,想约我去户外走走。

颐和园门口人很多,班琪先看见我了,踮起脚尖挥挥手。我朝她走了过去,顿觉眼前一亮:她穿着纯白色的T恤和一条很短的黑裙子,脚上是白球鞋,肩膀上背着米色布包。如此简单,却如此奏效。

"人有点儿多。"我说,"不过热热闹闹也挺好。"

班琪将门票递给我。

"你还好吧?"虽然她的脸上已经看不出荫翳了,可我还是有些担心。

"很好,昨天晚上睡得特别沉,好像从来没有睡得这么沉过。"她说。

"我喜欢你今天的样子,很漂亮,真的很漂亮。"

"谢谢。"她轻声说,"不用担心我。"

我们一齐进入北宫门,关于韩国人的事,我没有主动问。

"你以前来过颐和园吗?"班琪问。

"来过,离我们学校很近,上大学时来过几次。"

"我是第一次来。"她说,"比想象中好。"

"我还挺喜欢这儿的,有山有水。风和日丽的时候,金色琉璃瓦配上湛蓝色的天,还挺美的。"

"水呢?是不是叫昆明湖?记得小学课文里学过。"

"对,湖上可以划船。想划吗?"

"想。"她点点头。

班琪不像刚才那么沉静了,她的步伐变得十分轻快,如同一个睡得迷迷糊糊的人彻底清醒了过来。我们很快登上了位于万寿山最高处的佛香阁,巨大的湖面显现在眼前。靠在围栏边望着昆明湖,我们沉默不语。我看了看班琪,光线让她后颈上的绒毛丝丝可见。

"累吗?"我问。

"还好,"班琪说,"只是好久都没有一下爬这么多台阶了。"

"如果有什么能把城市挡住就好了。"放眼望去,颐和园被城市包围着,宫墙之外的北京城突兀、灰蒙、毫无美感。

"保护膜一样的东西?"

"对,保护膜。"

"我在韩国的时候常想,如果他周身也有一层保护膜就好了,所有的病毒和癌细胞都被那层膜挡在体外,再也进不来。"一阵风吹过,班琪闭上了眼睛,发丝飘了起来。

"看到他时,无论如何也不能相信那人是他,几乎完全认不出来了。"许久,班琪睁开眼,"整个人像一段枯木,很瘦很小。皮肤是蜡黄的,变成了薄薄一层,布满皱纹。眼睛特别浑浊,头发也掉得差不多了。叔叔说他已经瘦了三十斤，根本吃不了东西，连喝水都很困难。我刚去韩国那会儿是他最痛苦的时候，那么坚强的一个人，经常痛得大声叫喊，医生只能给他打吗啡，大部分时候他都处在半昏迷状态。我坐在他床边，不知道要怎么办才好，只能拉着他的手，不停地掉眼泪……一共去了六次，他一次比一次严重……每次飞行途中，我都企盼着飞机坠毁。"

"坠毁？"

"是啊，或早或晚，一切终将化为乌有，没有一件事情能够真正如我们所愿。日复一日，年复一年，不过是在受活罢了。飞机起飞之后，城市变小了，云层之上再看我们生活着的地方，跟蚂蚁的巢穴没什么两样，人们忙忙碌碌不知所终。飞行时，发动机的巨大嗡鸣声让脑袋进入混沌，像被一个奇怪的磁场包围了——不愿落地，想跟同机的陌生人飘在地球上空，永远跟地面切断联系。一想到几小时之后又要重返蚁穴，继续那种无意义的生活，目睹那种生不如死的痛苦，就期盼着飞机赶紧坠毁。在巨大冲击力之下，死亡应该是一瞬间的事情。脑子还没反应过来，身体已经瓦解了，一定去得快极了。"

我叹气。

"跟他担心的一样，我又开始抑郁了。他一天天地恶化，我也一天天跟着下沉，真的，找不到任何活着的意义和希望。"班琪看了看天空说，"最后一天，我在他耳边说，求求你快点走吧，不忍心让你再受苦了，我很爱你，非常非常爱你，爱情一点儿也不像你说得那么难，我们会永远在一起，我一定会过去陪你的，马上就过去……说完之后没多久，他从昏迷中醒了过来，想吃东西，说感觉不那么难受了。阿姨把榨好的果汁喂给他，他竟

234

全喝了。我有了不好的预感,赶紧告诉了阿姨,请她叫叔叔和弟弟尽快来医院。"

"回光返照。"

"对。"班琪说,"阿姨出去打电话时,他拉住我的手说:你要坚强,要好好活。他已经几乎说不出话了,每个单词都说得很费力。阿姨刚打完电话回来,他又昏了过去,没多久,他剧烈挣扎起来,喉咙里发出'咝咝'的响声……弟弟和叔叔还没来得及赶到,他就走了。"

班琪回身,走入佛香阁。阁里很昏暗,一座巨大的千手观音像立在中央,庄严又慈祥。

"葬礼前,我一个人去了趟济州岛。完全不知道我是怎么买了机票,怎么上了飞机,又是怎么走上那座悬崖的。我站在那儿,看着下面的浪,心里漆黑一片。跳下去摔死是一瞬间的事情,不会有什么痛苦,我比他幸福多了。想到这里,我突然轻松了起来,抬起一只脚往前迈。"班琪转向我,"闭上眼睛时,特别奇妙,尽管马上就要粉身碎骨,可我觉得好像从来都没有那么愉快过,愉快到让我情不自禁地想起了一些开心的事——"

班琪看着那座观音像,稀疏的光线让空气里的青烟时隐时现,有种古老而神秘的东方色彩。

"黄桃罐头、荒郊的太阳、被子里的拥抱、医院小花园里的吻……每一件开心的事都跟你有关,每一个温暖的瞬间都历历在目。"班琪说,"接着,他临走前说的那句话像咒语一样出现在我耳边:'你要坚强,要好好活''你要坚强,要好好活'……我想,在这个世界上,无论如何我还有你,不管怎样我至少还有你,我们之间的那种超过友情和爱情的存在不正是我留下的意义吗？我颤颤巍巍地收回了迈出悬崖的那只脚，一步一步退后，这才觉得浮出水面，喘过气来。两腿一软瘫倒在地上，触摸着粗糙冰凉的岩石，呼吸着新鲜湿润的空气，求死的念头被一种浩渺的力量剥夺，我仔仔细细搜寻了几遍，发现它已经无影无踪了。"

我毕竟只是一介凡人，没有任何能够改变什么的力量，听完班琪的话，我愣在那里。

"回首尔之后，就发微信给你了。我真的很想你，也很想见你。"班琪说，"葬礼上，我想起许多过去的事：小时候的经历、广州的男生、我爸和我妈的事……我觉得有些东西困了我太久，我不能再被困下去了，我要咬着牙往前走。只要有你在，心里就很踏实。"

"我会一直在，像以前一样。"

"嗯，像以前一样。"班琪重复着我的话，神情里有种琢磨不出的意味，她看向昆明湖，"我们去划船吧。"

## 3

来到湖边时，太阳已经快落山，阳光的角度很低，从湖面上反射过来，让人几乎睁不开眼。上了一艘双人电动游船，我踩下油门，扶着船舵，朝着湖心驶去。班琪有些出神，不知道在想什么。

"其实我以前很讨厌坐船，那时候小，五六岁左右，有点儿怕水，我妈每次带我去公园玩，偏偏把我一个人扔在船上，好无聊的。"班琪说。

"啊？她自己不坐？"

"她从来不坐，把我放船上就自己玩去了。"

"不怕你掉水里？"

"我们那个不能算是湖，顶多是个小池塘，水很浅。"

"她真是自己玩去了？"我问。

"我一直是这么以为的。"

"不是吗？"

"不是，"班琪说，"她跟一个男的幽会去了，那人家在公园旁边。我也是长大以后才知道的。"

"你妈妈还挺自我的，"我说，"那个年代没多少人敢。"

"她一直很自我，有那种能量，我在你身上也看到过的那种能量。"

"你跟她关系好吗？"

"怎么说呢，她好像没有把我当作一个女儿来对待，而是当作一个朋友，或者说当作一个没有血缘关系的孩子来对待。"

"理解和交流多过母爱？"

"嗯。"班琪说，"我从小住在姥姥家，姥姥去世了我才搬回去的。"

"爸爸是什么样的？"我问。

"我爸呀，我爸是公务员，脾气有点儿奇怪，比较阴郁。我想我性格里容易抑郁和钻牛角尖的部分也许跟他有关，遗传。"

"跟他好吗？"

"挺好的。不过他对我更像是义务，我能明显感觉到他更爱我妈。他们是大学同学，我爸上大学就开始追我妈了。我妈有一次跟我说，她从来都不怎么喜欢我爸。"

"为什么后来结婚了呢?"

"那会儿她本来有个男朋友的,我姥爷不同意,觉得对方家里条件不行,硬是不准,拆散了他们。后来我妈赌了气,故意找了个家庭条件更不行的混混。正巧那年,姥爷被查出了肝癌,我妈心软了,跟混混分手了。我爸那会儿依然在追她,她想赶紧满足老人的心愿,终于接受了。带我爸见姥爷时,姥爷很满意,他们很快结了婚。没多久,姥爷就去世了。"

"阿姨幽会的就是她最初的男朋友?"

"是的。"

"你爸爸没管?"

"我爸以为他们早就断了,好久以后才知道他们私底下还好着,断断续续好了二十多年。"班琪说,"我爸知道以后受不了,也想不开,整天跟我妈吵架,恨那个男的。有一次开车时又跟我妈吵起来,一怒之下撞上桥墩,把自己撞死了。"

班琪的叙述十分平静,我震惊得说不出话来。

"速度很快,他自己没系安全带,胸口被方向盘挤扁了,救护车到的时候人已经断气了。我妈虽然系着安全带,但也伤得很重,养了一年多才能正常走路。事发的时候正值我跟广州的前男友分手,打击真的蛮大的……"

我抚了抚班琪的肩膀。

"没事了,都过去了,我也挺过来了。"她笑笑。

"嗯。"

湖面突然刮来一阵大风,游船顶棚开始滴答作响,然而头顶的阳光依然灿烂。

"太阳雨。"说着,班琪走到顶棚遮罩之外的船头坐下。我起身过去,坐在她旁边。班琪挪了挪,跟我挤在一起。雨水淋在我们身上,顺着我的额头、脖子和胳膊往下流,痒痒的。

"在想什么?"班琪问。

"想跳进湖里去,痛痛快快把自己弄湿。"

"嫌雨不够大?"

"嗯,大暴雨才好呢。"我说。

"淋在里面一定痛快极了。"她双脚在船沿上来回荡动。

"你能开心起来我特别欣慰。"

"从济州岛回来之后就不那么难受了,一天比一天好。"班琪微笑着,"今天早上起来,想起昨晚睡了个好觉,就很满足。出门时穿上晾好的干净衣服,闻着衣服上香喷喷的味道,简直想蹦起来欢呼。"

"那就好。"

"见到你就更不用说了,"班琪说,"真的挺开心的。"

"我看你起初面无表情,以为你还在那种情绪里。"

"那倒不是,我在韩国决定了一些事情,见到你后又有些犹豫了。"

"决定了什么?"

班琪看着我,稍显失落:"我想你应该知道的。"

"你觉得我们应该……再进一步?"我问道。

"我不确定,"班琪顺了顺头发,"但我想试试。"

我点点头。

过了一会儿,她说:"我不是说我们要像其他人那样谈恋爱,我们跟他们不一样,我只是想试试看我们之间有没有可能用一种新的关系相处,那种十分紧密同时又很开放的关系。我不知道它具体是什么样,我只知道我要咬着牙往前走。我太需要一个真正喜欢的人在身边了,我能够触摸到他,我能够时不时见到他……我是真的不想错过你……唉,只可惜我太笨拙了,也许这些从来都不该说出口,而应该用其他更为灵活和自然的方式来代替。"

"你应该说出来,一直以来你都太过于压抑和克制了,但这也是我们的关系如此美妙的原因之一。我曾经下定决心要珍惜你,现在、以后都一样,我们从来就没有错过对方,我会一直在你身边。"我慎之又慎,没有直接答应她的请求。

"抱着我好吗?"班琪说。

我抱住了她。

"今天我不想再压抑和克制自己了,让我放任一天可以吗?就一天?"

我没有回答,班琪抱得更紧了。这时,我才点点头,一下下叩在她的肩膀上。雨水和阳光洒落在我们身上,游船不疾不徐地悠悠晃动,竟有了一种实实在在的幸福感。

"沉午,今天我说什么、做什么都别太惊讶——"班琪在我耳边说,"我终究也只是个普普通通的女孩。"

"好。"

"如果你不喜欢,一定要告诉我。"

"放心。"

"其实我已经想过很多次了……"说罢，班琪跟我并排紧坐，挽起我的胳膊。"我想……我想要你……要你主动一些、坚定一些，甚至粗鲁一些。我一直都特别渴望接近你最原始、最具动物性、最生理的那部分。那部分并不可耻。我们，或者说我自己，不该对这种渴望视而不见。也许在我们不同寻常的关系里，那件事是有利于你我的。嗯。"班琪望着远山，用一种四平八稳的语气叙述着，"我希望你牢牢地盯着我的眼睛，用那种最最迫切的眼神盯紧我，一刻也不能放松。我想在一个炙热的、桑拿房一样的环境里跟你做那件事。周围太热了，热得叫人发疯，我们殷切地探寻着彼此，浑身上下除了汗水之外什么都没有。我要跟你一起，把身体里所有过去的记忆、所有不好的东西都蒸腾出来，排泄出来。当一切完成时，你我都是干净的、崭新的，也没有任何牵绊了……"

一阵沉默后，她问我："你觉得怎么样？"

"很好，很理想。"我已经被淋透了，但阳光的照耀让我一点儿也不觉得冷。

"我表述得太差劲了，总是这样……"班琪摇摇头，"为什么一到这方面我就那么吃力呢？为什么我不能像别人一样游刃有余呢？"

"你是独一无二的，我很喜欢你的表述，也很喜欢你本身的样子。"

"真的？"

"真的。"

"哎呀，忘了！"班琪忽然站起来拉我，"快进棚里来，你之前得了肺炎，不能淋雨着凉啊。咱们赶紧上岸，回家换身衣服去。"

# 4

回到家,我把班琪之前穿过的睡衣给她,要她先去洗。她坚持让我先洗。进入浴室,脱掉衣服,将淋浴调在了稍高的温度,我钻进水帘中,浑身暖和起来。在一片氤氲中,我感到陶醉,还有些意乱神迷,不知不觉间,已置身于那个热得让人发疯的环境里……

睁开眼,控制住自己。尽管班琪已经说得很明白,可我不能再像之前那样乱来了。我关掉龙头,披上了浴巾。

就在这时,浴室的门打开,班琪一丝不挂地进来了。

"沉午,"她小心翼翼地朝我走来,"也许我们只差最后这一步了……你也不要想太多好吗?"

我没有想太多,我知道一旦跨过去,我们肯定会相处得不错,一如过去那样,踏实、简单、美妙。但现在,我觉得还不能和班琪开始,至少不能在这个时候如此草率地开始。毕竟,程夏冬还在我心里,过去的惯性让我没法停下来就这么安顿了。而且,但凡想到她,我便不能心无旁骛地和其他女孩子做任何事。

班琪在我面前停下,面对着矗立不动的我,眼神逐渐悲伤。

"班琪,对不起,我……"

"不,你没有任何对不起我的地方。"

"嗯。"

"没事的,之前也说了,如果你不喜欢,就告诉我。"

"好的……"

"真的不想吗?"她问我。

"当然想过。"我说,"但是,我觉得,也许还需要些时间。"

"因为她?"

我没有回答,只是看着她,心脏剧烈地搏动。

"没关系的,我都明白。"班琪说,"如果你能处理好,能放下她,就来找我,我们一起往前迈一步试试。我会等你。你知道我不愿勉强你,我理解你,我们之间完全是开放和坦诚的,哪怕你最后没来,跟她、跟别人在一起了也无所谓,因为即便不向前迈步,我们的关系也会保持原样,我仍然会珍惜你,我想要你清楚这点。"

还没来得及放任,班琪就又变得通情达理了,她不想让我有任何被勉强的感觉,这是她一贯的做法。看着她,我十分难过。我伸出手,轻抚她的肩膀,将她拥进怀里。班琪柔软极了,她暖烘烘的身体紧贴着我,几乎和我融为一体。闭上眼,听到了我们各自的心跳,想象着鲜红的血液从心脏里奔涌而出,流遍全身。渐渐地,两种截然不同的律动竟合二为一了,那强有力的共振一下下敲击着我,像某种催促,或是最后的倒计时。然而,就在我准备回应时,那共振忽地消失了。班琪礼貌地推开我,转身离去。

吃过饭,班琪说她要回朋友那里收拾下东西,乘明天的飞机回广州。我几度欲言又止,到头来也没有任何表示。送她回去的路上,我总感到意犹未尽、悬而未决,像是萌生了疑问,却搞不清那疑问究竟是什么。

"记不记得我说过朦朦胧胧有个打算?"班琪问我。

"记得,当时你说还没到合适的时候。"

"我打算环游世界。"

"环游世界?"

"对,我们一起。我是说,如果你来找我的话。"班琪微笑着,"五大洲,每个洲转两个月,总共只需要差不多一年的时间。我这些年攒了些钱,足够去玩上一年了。到时候请个长假,或者直接辞职。"

"休息、调整一下。"

"嗯。经历了这么多事,想放松放松。等回来时,搬到另外一个城市生活——出生、上学、工作,前二十多年的人生都在广州,到处都是过去的影子,太沉重太压抑了。"班琪说,"要去个新的地方,过随遇而安的生活,让自己开心点儿。"

"比如呢?"

"比如啊,挑一个世外桃源,留在那里当农民,自己耕地,种蔬菜和水果。不远处是海,捕来的鱼呢,就地生火烤着吃。每天游泳、晒太阳、唱歌、盖房子,早晨听着鸟叫声起床,夜晚在山风里入睡……在世界各地流浪也很棒啊,生活不那么稳定,但什么都是新的,边打工边旅行,一直在路上,绕着地球走上它几圈。真想现在就出发,什么也不管了,跟谁都不说,换个手机号码,直接消失!"

兴起时,班琪立即意识到了什么,沉静下来,若无其事地望向了窗外。

到达目的地,班琪跟我怡然一笑,好像今天什么都没有发生。临走前她说:"沉午,谢谢你。一个人在北京要照顾好自己,不管有没有事都可以联系我,说什么都行,任何时候都可以。"

下了车,她挥挥手,转身向小区走去。我望着班琪远去的背影,竟有些不知所措……

返回的路上，脑海里满是和班琪一同旅行的想象，轻松之中带着几分惆怅。回想起今天的一幕幕，我真切地感受到了一种平和的喜悦。可随之而来的也有迷乱、困惑和伤感——当她说要向前进一步、一起去周游世界、换个城市生活时，我又何尝不想立刻就答应她呢？

对程夏冬是着魔，是迷恋，是先天的，暗中刻在骨头上的；对班琪则是信赖，是依恋，是后天的，一板一眼有迹可循的。前者是世俗的，后者是理想的。程夏冬是滔天巨浪，班琪是潺潺清泉。程夏冬若不再搭理我，自然而然地，我的感情会转移到班琪身上；程夏冬若是回来了，对，我会毫不犹豫地跟她在一起，可之后，我甘心放弃理想一辈子投入世俗中吗？我要将班琪的那份理解、那份温柔、那份前所未有的感情置于何处呢？

我太自以为是了，我不该胡思乱想。

## 5

八月到来，我像是得了嗜睡症，早上起不来，上班时无精打采。部门新领导对我颇有微词，说我上个月提交的迟到和事假申请过多，如果以后没有提前报备，她不会再批了。听她这么说，我萌生了去意，要不是叶浮，我一天都不想多待。

百无聊赖中，我和班琪的联络密切了起来。我们用文字沟通，从不打电话。早上，趴在桌前，把想对班琪说的话写好，用微信发过去，有时几句话,有时成百上千字,都是些日常的见闻和感想。

最近的一次,我告诉她很想辞职:公司换了一个差劲的部门领导,工作也变得混乱,想回家待着,一个人封闭起来,逼自己把小说完成。班琪回复道:在这种情况下中断与外界的联系,恐怕会对你的精神不利——你最近的状态并不好,让我想起了我走下坡路的时候,封闭可能会加重这种倾向。在公司工作,能让你处在社群关系里,不管是和叶浮"相依为命",还是跟不同的人群打交道,哪怕是做一些事务性的工作,都可以让你不至于陷入一片漆黑中。至于小说,等真正有了动笔的意愿,接着写也不迟。如果强迫自己,很可能再次中断,那时候就是"再而衰三而竭"了,下次一旦起笔,最好是一鼓作气写完为妙。


叶浮跟顾莱宜仍然继续着,风头过去,他们俩又可以见面了。叶浮每逢周末都要去上海找她,一个月仅是往返京沪的交通费就要花去四千多块。他总叫我一起去,陪他熬过和顾莱宜见面之外的时间。我没什么事,想着正好见见伍凯佑,便应了。

"能不能把手机静音了,好好聊上半小时?"趁着叶浮正忙,我和伍凯佑在行政酒廊里碰了面。

"唉,出了点儿问题,我们一个兄弟刚被酒店经理查了,现在客户人已经到了,要找其他人赶紧给客户另开一间。马上,马上就好!"说完,他继续打字。

看了会儿窗外的江景,伍凯佑终于抬起头,手机调成静音扣在桌上。

"好了好了。"他开了一瓶可乐灌下去,"理解一下,实在是身不由己,现在有一票人靠着我吃饭呢。"

"这个月挣了多少钱?"

"上个月是九万,这个月目前已经六万了,月底十万应该没问题。"

"十万,"我赞叹着,"真不少。"

"嗯,月底买块江诗丹顿奖励一下自己。妈的死贵,最便宜的款都得八九万。"

"这下满足了吧?"

"欸,你可不知道,快把我俩累死了,觉都睡不安稳。很多人晚上入住,大半夜的一堆事儿。"伍凯佑说。

"你们俩现在挺好的吧?"我问。

"可不,周琦都嘟囔着要结婚了。"

"你们这种最适合结婚,有共同的经济利益可比因为爱情结合牢靠多了。"

"是啊,一起挣钱过日子,本质上就是合作伙伴。"伍凯佑吞下一个冰块,嚼得嘎嘣响,"也挺好,等结了婚,单位就给落户分房子了,再干干,买辆好车,金盆洗手。"

"恐怕到时候手不是那么好洗的。"

"就看我想不想洗了。"他说,"你怎么样?小说写完了没?"

"别问我,也别提小说——我现在是顺流而下。"

"不怕,以后没落了我养活你。"

我笑了,端起杯子喝茶。

"你有没有同时爱上两个人过?"我问他。

"有啊,经常啊,还爱过更多人呢。"

"然后呢?"

"哪有什么然后。明面上留下一个,其他的记在心里呗。身边的那个人恰好是心里唯一的那一个,这种情况只出现在童话故事里。"他看看我说,"一辈子能遇到多少人啊?数都数不过来。感情本来就复杂,头脑单一的那是草履虫。"

# 6

我最终还是辞了职,跟叶浮前后脚。那天早上,叶浮叫我下楼陪他转转。

"要去上海工作了我。"叶浮说,"找了家电视剧制作公司,今天辞职,下周就走。"

我就知道。

"老这么北京上海两地跑也不是办法,是吧?"他说。

"是啊,挺好。一会儿我也辞。"

叶浮并不惊讶,他面无表情地看着我。

"怎么了?"我问他。

"没怎么,觉得挺对不住你,把你一个人扔在北京。"

"没事儿,你我是一个情况,懂。"

我们一起回了公司,先后提交了辞职报告。部门领导问,你们俩是商量好的吗?是不是对我有什么意见?我说,是商量好的,但不是对您有意见,都是个人原因。她点点头说,挺可惜的,有个项目特适合你,还想让你当编剧呢。我说，项目合作吧。她说，成，有空常回家看看。

去上海之前，叶浮和我在三里屯吃了道别饭，那顿饭的气氛并无不寻常之处，甚至毫不悲伤，我们没有喝酒也没有抽烟，吃得很少，话也不多。吃完饭，一起坐在广场的公共座椅上望风。

忽然意识到，自己已经毕业一年多了。这一年里，我开心过、激动过、失落过、痛苦过，我上了班，跟女孩子们乱搞，断断续续写了半本小说，混混沌沌苟且度日……

时间就这么过去了？一天、一周、一个月、一年，就这么倏忽而逝。我想我不该过分苛求，毕竟这泥沙俱下的一年里，洋洋洒洒地发生了那么多故事，这对于一个以讲故事为生的人来说并不算一无所获。可为什么我的生活变得如此广阔却又怪异呢？好像流落到了一个从未期许过的地方，已经无从知晓周围的一切对我来说到底意味着什么了。

看着眼前来来回回、穿着入时的年轻男女，我羡慕他们成群结伴，羡慕他们没有烦恼——想起大学时，我也曾那么志得意满。那会儿，我以为自己打开了局面，掌握了无限的可能——而现在，我能做的就是让自己变得像他们一样浅显而宽容，以便应付即将到来的深刻的苦闷。

叶浮走后的日子里，我每天除了看电影就是瞎逛，切身体会到了金钱给人带来的短暂却有效的麻醉作用：我购买世界各国的零食饮料，购买高级超市里的漂亮水果，购买稀奇古怪的电子产品，购买昂贵好看的鞋和衣服，还花了两万多块买了辆纯黑色的自行车。那辆自行车很轻，轻到可以用一根指头拎起来，样子很酷，像是未来的产物。我常骑着它兜风，在烈日下汗流浃背，袖子里外晒得黑白分明。这让我想起年幼午间，骑着爷爷的自行车满院子瞎晃荡的情景,那时,所有人都在午睡,院子里空无一人,耀眼的日光和起伏的蝉鸣催眠了我,让我感到无边的自由和无限的空虚。

给班琪写信的字数和次数都增加了,因为近来工作繁忙,她的回复通常十分简短。我曾想去广州看看她,可念起程夏冬便放弃了。不管怎样,我还在等待着程夏冬,对她仍抱有希望,我知道她看见那条信息以后不会无动于衷的。

事实证明,我的预感一点儿也没错。

# 7

那天,我骑车来到书店,转来转去,没挑出一本。严肃文学还是算了吧,没那个心力,最近只想读些轻松愉快的。不知怎么,我突然想起了《哈利·波特》,记得程夏冬第一次见我时说,《哈利·波特》是她最喜欢的书。好,就它了。

结完账,出了书店大门,我的黑色自行车不见了。停车的电线杆光秃秃的,锁和车子全都不见了踪影,我左右望了望,拿出手机报案。派出所那边说,这附近大学多,偷车贼猖獗,车子能找回来的概率很小,认倒霉吧。

一路步行回家,薄薄的塑料袋装着七本沉甸甸的书,随着我的步伐上下跳动,像疯了似的。我为塑料袋的结实程度感到担忧,我为那辆自行车感到遗憾,我还十分口渴,想尽早回家,躺在沙发里喝一瓶冰镇啤酒。

出了电梯,左转,远远地看到有一堆东西放在我家门口。不对,除了一堆东西以外,还有个人站在那里。我的心开始怦怦跳,忘记了走路要领,每一步都走得十分别扭。虽然还没看清,但我的直觉先于视觉认出了她。

程夏冬站在阴影之中,一大一小两个行李箱摆在她面前。她穿了一条我没见过的连衣裙,扎着头发,脸颊不如之前饱满,锁骨凸显出来,脖子也更细了,虽然没有化妆,可依然美丽动人。

还没等她开口,我就上前抱住了她,那个薄薄的塑料袋终于破了,七本书"哗啦"一下全部散落在地上。我闭着眼睛,体会着那种失而复得的激动。我想,即使站在我面前的她毁容了,缺条胳膊少条腿,即使她变成个八十岁的满脸皱纹的老太婆,我对她的感情也不会少一分一毫,我甚至可以为怀里的这个人随时赴死。

"你瘦了。"我说。

"你怎么每次见面都说我瘦了?"程夏冬不满,"上次去机场接我也是,真笨。不知道我想听什么啊?"

"想听的都写给你了。"

"花言巧语,不知道骗过多少女孩子了,哼!"

"毕生绝学,把你骗到手就收山。"

"那恭喜你啊,终于收山啦。"

"幸福来得太他妈突然了,让我缓缓。"我将她抱得更紧了,我再也不会松开了。

"写的都是真的?"她问。

"嗯。"

"以后甘愿当我的狗、我的泄欲工具和我的撒气包?"

"嗯。"

"真有那么爱我?"

"嗯。"我使劲点点头,还亲了她的脖子。

"嗯嗯嗯嗯嗯!就知道嗯!"程夏冬咯咯笑了,那份可爱如期而至,亲切又熟悉。

看着那两个行李箱,我猜想她该会在我这儿住一段时间,至于到底住多久我也不清楚。这几个月发生了什么,我打定主意,如果她不说我也不问,总之一定比我想象的棘手得多。不管怎样,她终于回来了,她总算回到我身边了。我的汗毛一阵阵耸动,我感到了许多力量在身体里复苏。我们曾经复杂过、矛盾过、纠缠过、死去活来过,如今我只想简单一点儿、平淡一点儿、轻松一点儿。我已经准备好了,要和程夏冬稳扎稳打地爱上一场。

"等我多久了?"我跟她分开,"赶紧进屋吧。"

"不要嘛,再抱会儿。"她看了眼地下四散的书,"《哈利·波特》啊?给我买的?"

"是啊,我刚才想你了,又想起咱们的第一次见面,就买了。"

"这还差不多。"程夏冬亲了我,"等了半小时不到你就回来了。"

"怎么不事先说一声,到了给我打个电话也行啊,万一我去外地了怎么办?"

"我偏要突然袭击——如果看见你跟别的女生在一起,我扭头就走,咱们一刀两断,这辈子都别见了。"

"还一刀两断呢,都断了多少回了这不又碰头了吗?要懂得服从老天爷的安排。"我恢复了必要的幽默感,焦虑、悲伤、虚无全都一扫而空。

我们开始接吻,不慌不忙地接吻。所谓爱情究竟是什么味道,今天总算是知晓了。过道里走来一个人,我们继续吻着,找不到停止的空隙也根本不把他放在眼里。我能想象到那个人此刻心中的鄙夷,但凯旋的人本就可以为所欲为,况且,我们不过是想铸就一个彼此都无法忘怀的永恒瞬间罢了。

"这次不是住三五天了吧?"进了家门,我问她。

"看你表现。"她说。

"我要把你锁起来,囚禁了!"

"那我就翻窗子逃跑。"

"逃得了吗你!"

我抱她上床,反复摩挲着那只皮皮虾。家里闷热,可我们实在等不及了,空调都没开便直入主题。后来,床单被汗水浸透,我和程夏冬手拉着手,并排躺着。

"我先不跟他结婚了。"她一边喘气一边说,轻描淡写。

我扭过头看她,琢磨着她的措辞——什么叫"先"不跟他结婚了……

"你怎么不说点儿什么?"程夏冬问我。

"大快人心!"

"浑蛋。"

"喜出望外!"

"掐你了啊。"程夏冬揪起我的脸蛋,"好好说。"

"都不容易,以后咱们俩一定好好的。"

"'都'什么'都',你有什么不容易的?不是这句!"

"我再也不会推开你了——"我嗫嚅道,"是这句吗?"

"也不是!"

"我爱你。"

"你同时爱很多人!"

"我只爱你。"

"加上期限!像周星驰那样!"

"我永远永远只爱你。"

程夏冬喜笑颜开,跳起来骑到我身上,抱着我的脑袋亲了一大口,亲得极为响亮。

"你跟小张没后文了吧?"我想起刚才的疑问,装作不经意地问道,"不会像上次似的,一通折磨、一通坦白,然后再次离开我了吧?"

"我可告诉你,人家小张对我可是一往情深,他说了,我随时回去随时跟他重新来过。"程夏冬白了我一眼,"别高兴太早,你的考查期还没过呢!"

"无法无天,便宜都让你占尽了。"我也白了她一眼。

"哼,你倒还蹬鼻子上脸了。这是最后一次机会,你可得把握住了。"

"我告诉你,我还是那个我。就算考查不合格,你也不许回去!"

## 8

吃完饭,七点半了,天还很亮,程夏冬说想去我们学校转一转。这是我毕业后头一次回到学校，正值暑假，校园里的人不多。我带着程夏冬看了我的宿舍、我们系的教学楼，参观了几座标志性建筑。

"我对学校没什么感情，不像有些同学，母校情结很重，"我说，"特矫情。"

"那当然，你只许对我有感情！"

程夏冬问我和大学时的女朋友是怎么分手的，我一五一十讲了。

"隋凉一定难受死了，我都能想象得来。"她带着同情的语气说。

"我挺对不起她的。"

"她啊，要么立刻就死心了，要么就是很长时间都走不出来。"

"是啊。"又想起她退学的事，我低下了头。

"还有联系吗？"

"早没了。"

"你还爱她吗？"

"不爱了，转瞬即逝，只剩下无限的愧疚。"很残酷，但这是事实。

"你说咱们俩会不会转瞬即逝？"程夏冬眨巴着眼睛。

"不会。"我没有迟疑。

"哼！骗人！之前你明明说过，只要女孩子到手了你就会厌倦的，半年就会厌倦。你想，要是我整天跟你待在一起，你受得了吗？"

"受得了，"我搂住她，"必须受得了。"

"屁！你肯定受不了，"她说，"也许连我自己都受不了呢。没事儿，你半年的话我就三个月。等我厌倦了，咱们俩也'白开水'了，我就在外面包几个小白脸，对，再不济还有小张呢。"

我没说话。程夏冬好像变了，变得像过去的我一样。而我呢？我听她这么说，竟难过起来。

经过篮球场时，我去了趟洗手间，回来时发现有个男孩正跟她搭讪。

"干吗呢？"我上前，手搭在程夏冬肩膀上。

"这位同学问我是哪个院的，想认识一下。"她给我使了个眼色，偷偷笑。

"她不是这儿的。"

"不好意思啊，打扰了。"他很客气，转身走了。

"妈的，傻屌。"

"这么凶干吗？人家也没恶意。"程夏冬十分满足。

"我说你今天怎么穿得这么暴露——原来是到学校里钓凯子、物色小白脸来了！"我揪着她的耳朵，"从今天起，要是再有男的勾搭你，你必须立即拒绝，听到没？还有，以后出门把毛衣毛裤都给我套上！"

"遵命！"程夏冬跳起来亲了我一口。

走在林荫道上，我搂紧她的肩膀，一副了无自信生怕她跑掉的样子。想起了过去的自己，难以理解——那会儿我怎会一心想着"只上床不恋爱"呢？怎会动跟其他女孩儿乱搞的念头呢？现在，我甚至觉得，没有什么比得上死心塌地守着程夏冬的感觉，连那种强烈的嫉妒心和占有欲都使我激动不已。

回到家楼下，程夏冬接到一个电话。她扭过身子查看了号码，让我在原地等会儿，自己跑到远处的路灯下接听。她来回走动，听不清在说什么，但能从肢体语言看出有些不耐烦。程夏冬全程没看我,这让我多了几分不安。她的回避说明,有很多事她是不想让我知道的。也许一切并非我想的那么美好,也许我们之间还有我不知道的阻力。可我不想打探也不愿了解,因为那多半不会是什么好消息。

一进家门我就把刚才的不安抛在了脑后。脱掉上衣,去了趟洗手间,回来时,只见程夏冬的连衣裙扔在沙发上,浑身上下只剩一条黑色三角裤,在窗帘大开的客厅走来走去。

"你说你给对面的人窥见了怎么办?"我冲过去拉上了窗帘。

"哼!看见了更好,也馋馋他们。"她双手背后,挺直了胸膛。

"疯了吧你。"

"就喜欢显摆。"

"有什么可显摆的?"我一把将她拉进怀里。

"般配的小夫妻!完美的生活!怎么,这还不够吗?"

我们抱着,跳舞似的缓慢地转圈。两分钟不到,每个人都冒出一身大汗,程夏冬从我身上溜了下来,打开空调,将温度调到最低。被凉风这么一吹,我咳嗽起来,止也止不住。

"你怎么啦?"她拿来我的T恤,"快穿上。"

"前阵得了肺炎。"我说。

"啊?什么时候的事啊?"程夏冬关了空调。

"你跟你们家'爱的小张'去美国拍婚纱照的时候。"

"不许你提他。"她指着我,"报应!"

"还不明白吗?我是不想你难做,不想让你卡在中间,而且那阵儿你整天寻衅滋事，明显就是为了逼我先你一步弃牌，真气死我了。"

"哼，你每次都有理由。"她说，"其实我不只跟你闹啦，你是不知道，后来，我跟他、跟家里闹得更凶……哎呀，不说这些啦，反正以后再也不跟你找事了，谁都难受。"

没了冷气，屋里再度闷热起来。

"如果嫌热就开空调，我穿上衣服就没事了。"

"不要不要，现在挺好，让我想起小时候的暑假。"她说，"那时候，躺在凉席上，吹着电风扇，一边看《新白娘子传奇》一边吃冰棍，哎哟，从来就没有那么开心过。"

"小时候是最开心的时候。"

"现在也是，不比小时候差。"

"小时候也容易开心，随便怎么都能开心。长大了可就难咯，现在，要想开心和快乐，就得干点儿道德沦丧的事儿——哎，咱俩不就是这么'沦丧'过来的吗？你瞧，多么开心，多么刺激啊！"

"你这人，狗嘴里吐不出象牙，怎么说得那么难听啊。"程夏冬轻拍我的嘴。

洗漱后，躺上床，我们许久没说话。有些困意时，我看了看程夏冬，她还没睡，正呆望着天花板。

"你说开心的日子能持续多久呢？真的只有半年？"程夏冬问我。

"说不定可以一直开心下去。"

"别骗自己了，过一天就少一天。"她低声说。

"呸！"

"本来就是嘛——每次跟你特开心的时候就默默倒计时,好像在等着不好的事来临似的。"

"你没瞒着我什么吧?"

"没啊。"程夏冬伸出一条腿搭在我肚子上,"这次就想跟你争分夺秒,爱情一变味儿就离开,永远不再回来。"

"怎么了到底?"我突然想起她在楼下接的那个电话。是啊,一个大箱子和一个小箱子能装下多少东西呢?我太天真了……

"我跟你说过,我向你要的从来都是过程,不是结果。我可以问其他人要结果,但那跟爱情一点儿关系都没有。"

"玩够了就走啊?回到你前男友那儿,跟他复合,什么也不损失?"我有些恐慌,激她。

"我永远地失去了你、失去了爱。这还不够吗?"

"我觉得你是故意说给我听的,做出若即若离的样子,以为这样就能让我对你久一点儿。"我像是在给自己壮胆,"你不会失去我的,能有结果你当然不会不要,只怕到时候你想要更多。"

"你真的误会我了,我没想要那么多。至少这次没想。"她从容一笑。

"行了,别说了,别再跟我提什么'失去'、什么'离开'了,好吗?"我紧紧抱住程夏冬,"千万千万别再离开我了。"

"睡吧。"

"不要,怕醒来你又不见了。"

"那就永远也别醒。"

# 1

那天起,我和程夏冬进入了前所未有的状态,那种她随时会离开的危机感让我对程夏冬的感情有了些许隽永意味,我们急于把最好的一切都给对方。

我和她每天的正事就是在一起腻着,除此之外什么也不干。两个待业人员并非游手好闲,谈恋爱就是我们的工作,争分夺秒就是我们的口号。程夏冬不会主动提起让我不开心的事情,即使说到了过去,也只是揶揄一番,不会死揪着不放了。过去的不开心就让它过去好了,她说,只要现在好好的比什么都强。我呢,我也已经全身心依顺于她,把叶浮、伍凯佑甚至班琪都抛到了脑后。

唯一让我感到威胁的是,程夏冬几乎每天都要接上一个电话,打来的时间不定:上午、下午、傍晚甚至深夜。她无一例外地回避了我,大部分时候去门外的走廊接听,不方便出门的话就去厕所。通话结束后,程夏冬不自觉流露出的轻微的焦躁我是能够察觉的,之前早打算好对此不闻不问,但也难免杯弓蛇影,心情多少都会受到猜忌心理的影响。可每当她说"不要瞎想也不要担心,真的没事"时,我立刻就能得到安慰,对她深信不疑。

早上醒来的那一刻最为情意缱绻,睁开眼看到的第一个人是彼此,第一句话也是讲给对方听的。

通常,我先醒来,扑到程夏冬身上迷迷糊糊地吻她,她也就醒了,奶声奶气地打着哈欠,发出些不成词句的声气。等她赖够了床,睁开眼睛眨一眨,我便跃至窗边,像升旗那样抛开窗帘。那些天,天气格外好,云朵又大又低,天空深邃而湛蓝,每当站在窗前,沐浴在金黄的阳光里时,我觉得自己简直成了命运的宠儿,甚至有了神明一般操纵万物的能力。

有天清晨,窗帘没拉严,一道细长的金光从缝隙里射出来照在我脸上,我提早醒了。程夏冬在旁边睡得正酣,那张完全失去了意识的婴儿般的面孔正对着我,被几缕发丝缠绕,散发出一股成熟的杏子香。那光如同金色丝带一般,落在程夏冬裸露的背上,我顺着那金丝带往下望:微微翘起的肩胛骨,骤然内凹的腰肢……这景象隐秘又颇具诱惑力,让我叹为观止,萌生了"初见"般的激动。我想,程夏冬一定是上天给我的礼物,不然怎么会被那条金色的丝带系好了摆在我面前呢?我想去触摸那身体,完全占有那身体,可不知为什么自惭形秽得厉害,下不去手——愿我从未有过去,从未与任何人近,这样才好面对她,用一片空白与程夏冬此时的圣洁呼应。

这个神启般的早上,程夏冬什么也没说,什么也没做,只是熟睡着,就让我深深陷了进去,让我对她、对她的身体产生了无以复加的迷恋之情,如此容易,极其简单。我一遍一遍地问自己:到底是什么力量把我们一次又一次拉近、拆开、再拉近的?以后,如果我再一次失去了她,我又该怎么生活？

她醒来以后，一定不知道今天早晨我看见了怎样的景象，产生了怎样的想法。

白天，我和她四处游玩，当然，最主要还是逛街。带程夏冬去别处，走上一个小时她就没力气了，还不断地抱怨，问我这些破建筑、破古董有什么好看。我不厌其烦地为她讲解分析，可她就是打不起精神。而一到商场，程夏冬和我就互换了角色：她两眼放光，神采奕奕；我无精打采，垂头丧气。我饿了，她就说不是才吃过吗怎么又饿了；我想上厕所，她就说我是懒驴上磨屎尿多；我想找个地方坐着歇会儿让她自己转，她要求我必须在她的视线范围内活动，一分一秒都不能离开。

"这算什么呀？我在成都经常不喝水、不吃饭、不休息连逛一整天呢。体力不好可做不了我男人。"我只要一抱怨，她就这么说。

"可我夜里体力好啊。"

"白天夜里都得好！"

她跟过去一样调皮，尤其喜欢在公共场合跟我过分地亲昵，把招来的让我不舒服的眼神当作是游戏的奖赏。起初我没在意，觉得她天真烂漫，不但没有批评反而赞扬了她，毕竟，亲昵的初衷是为了表达感情。如此，她也就有恃无恐，更加肆无忌惮起来。

有次我们乘地铁出行，上了车，有座位不坐，她将我推向车厢一角，压住我、亲我，手也没闲着，伸进我衣服里一通乱摸。她旁若无人，像个得了多动症的烦人孩子。

"干吗呢?女流氓!"即使身处角落也有不少人盯着我们,我很不自在。

"闭嘴,再动把你裤子扒了!"

还有次去游泳,程夏冬非要让我背着她游,说什么都不肯下来。两个人叠在一起很重,我拼命踩水也避免不了下沉,没游几米就呛了水。岸上的安全员朝我们吹哨子,警告我们注意安全。

"哼!吹牛!你水性一点儿也不好。"她没有理会教练,仍挂在我背上。

"你快下来,自己好好游几圈。"

"不要!"

"哎呀快下来吧宝贝儿,要不我也没法游了。"

"不嘛,就喜欢跟你亲密接触。"说着,她的手又不老实了。

"干吗干吗!"我紧张地环顾四周。

"你说干吗?"她娇嗔道。

"在这儿啊?"

"对啊,悄悄地,神不知鬼不觉地。"

"去那边吧,那边人少。"

"疯了吧?逗你呢!真不害臊!"她哈哈大笑着,扑向水里,在我肚子上轻轻一蹬,游远了。

我不堪戏弄,跟她说了无数次,回家怎么着都行,大庭广众之下一定要注意文明,可她从来不听,越是人多热闹、正经严肃的地方越来劲。最夸张的一次是在使馆区。岗哨上,武警战士的眼神如老鹰一般锐利,匀速地左右巡视着。程夏冬见状,悄悄戳了我一下。

"哇，防备森严哪，你看大哥连眼睛都不带眨的。"她说。

"感觉挺辛苦的。"

"那咱们给他放松放松吧。"

还没反应过来，程夏冬已经贴上来吻我了。我被她牢牢抱住，推也推不开。

"哎呀别……"刚移开脸说了半句，她就用吻堵住。

"哨兵神圣不可……"我再躲，她就再堵。

来来回回好几次，我束手无策，她咯咯笑个不停。慌乱之中，我瞄见了岗亭里武警战士警惕的双眼，真怕他从腰间拔出一支枪来把我们这对狗男女给枪毙了。

游玩逛街时，程夏冬只要看到漂亮的女孩就要指给我看。

"刚那女孩儿怎么样？"

"还行吧。"我从眼神到语气都表现得很不以为意。

"骗人！"她诡笑，"你刚才看了她好几眼，眼睛都直了。"

被抓了个现行，我脸涨得通红。

"我好看还是她好看？"她又问。

"当然是你啊，比那些庸脂俗粉强太多了。"

"呸，难看你也不敢说。"

后来我发现，程夏冬并不十分在意我看其他女孩儿的事，和在公共场合亲昵一样，只是想捉弄捉弄我罢了。她承认喜欢看我面红耳赤的窘迫样子，觉得十分有趣。

其实程夏冬回来后,我的全部注意力都放到她身上了,再美的姑娘也只是看看,半点儿邪念没有。相反,我对程夏冬看其他男人的行为很敏感,还为此吃醋过。

有天吃饭,她的目光忽地一紧,飘到我身后去了。我回头,见一群年轻英俊的小伙子从门口进来,领头那个正跟她对视呢。程夏冬总在看他们,我妒火中烧,但没作声,继续吃饭。当她又一次看向他们时,我大喝服务员过来买单,程夏冬这才如梦初醒,注意到了我的不快。

"我来买单吧!"

"别别别,我来,你该看谁看你的。"我跟她客气地笑笑。

回家路上她变着法子哄我,一进家门就把我摁到床上,使劲咯吱。

"我们小安子也有吃醋的时候啊?"

"你是不是喜欢最高的那个?"我拍开她的手。

"谁喜欢他呀!"她抱住我,"我心里只有你。"

"那你看什么看?"

"又高又帅还不能看了?你不也经常看美女吗?"

"我们男的看女的是纯生理反应,你们女的看男的能看出爱情来——你不就是看我照片喜欢上我的吗?"

"两码事,看他怎么能跟看你相提并论呢?他们那是人多势众引人注目,我心里可半点儿波澜都没有。哪像你啊,一眼就把我魂勾走了。"

晚饭后,我们去超市采购食物、水果和生活必需品,接着是运动。我们有时跳绳,有时跑步,不过最多的还是"斗舞"。

写东西坐久了,我的腰椎通常十分疼痛,这时,我会打开音响,随着音乐蹦跶上半小时,既能放松大脑,还能消解腰痛,美其名曰"独舞"。"独舞"的动作幅度很大,也十分无厘头,我将瑜伽、体操、武术、街舞等各路动作融为一体,尽情挥洒,不拘一格。

第一次给程夏冬表演"独舞"时,她笑得前仰后合,说我像个磕了药的神经病,但她很快就加入了。开始时放不太开,总笑,顾及自己的形象,跳得十分拘谨,与我形成了强烈的反差,如同美女与野兽。后来,也许是我的激情感染了她,她的舞姿逐渐向我靠拢,慢慢就放开了也不在乎形象了,甚至比我更疯狂、更夸张。两个人一起跳,谁也不服谁,便是"斗舞"。"斗舞"十分激烈,我们不是闪了脖子扭了腰,就是碰了胳膊磕了脑袋,从头到尾大笑大闹,乐得合不拢嘴,三首歌下来就能累得满头大汗,双双倒在沙发上。

据我观察,程夏冬的运动量并不大。她运动并非自发,主要是为了陪我。然而她的饭量一点儿也不小,跟我几乎相差无几。很早我就注意到,程夏冬身体很瓷实,皮肤紧致,满是肌肉,那时我以为她私下很注意饮食并且坚持着一定量的运动。现在,我们天天一起生活,吃一样的食物,做等量的运动。一周过去,我胖了四斤,她却丝毫没变。连我这种不容易发胖的体质都胖了,为什么她总能保持着近乎完美的身材,多余的脂肪一点儿也不长呢?

直到有一次程夏冬给我看了她爸妈的照片,我才明白她的好体质全靠遗传:程夏冬一家三口的体型几乎一致,不胖不瘦,匀称极了,都有着那种健康自然毫不造作的美感。程夏冬的爸爸一看就是领导面相:五官中正严明，身材挺拔而魁梧，没有啤酒肚；妈妈则是标准的美人，尽管上了年纪可依然魅力不减，容光焕发气质出众，在他们那个年代可以称得上惊为天人了。

运动完，我们洗澡、吃水果、在程夏冬的带领下看上几集幼时的国产经典动画片。十一点之后，我常会饿鬼附身，拉上程夏冬到处寻觅夜宵，从街边摊到大酒店都可以见到我们的身影。点单时，我问程夏冬想吃什么，她总说什么也吃不下，让我自己点。上了菜，刚吃两口，程夏冬就馋了，拿起筷子凑过来。

"偷吃鬼！让你点你不点，现在又跟我抢。"

"你又吃不完，不要浪费嘛。"她一边说着一边咀嚼，像个小松鼠似的。

酒足饭饱回了家，躺在床上就又想"运动运动"了。跟之前相比，这一阵儿简直就是纵欲，可我们乐此不疲，热情高涨。在这方面，我们都声称对方是最好的那个，这当然是毫无疑问的，但即便如此，我们也始终没有放弃向体验的更高峰继续攀登的努力。

想要的生活如期而至，所有的欲望都已得到满足，我不知道还能再向程夏冬索求些什么。回想着过去因她而受的种种折磨，再品品眼下的生活，一切都是值得的。

程夏冬偶尔会提起过去痛苦的时候，点到即止，再不责怪我。只言片语中，能明显感觉到，她付出的比我想象的更多。我因而对自己十分失望，告诉她，能给她的实在是太有限了，目前这些还不够，远远不够。程夏冬却说，眼下的生活已经让她很知足，虽说要争分夺秒，可也得省着点儿造，别把开心和快乐一股脑全耗光了。

# 2

  九月下旬，班琪打来一个电话。那天程夏冬非要去雍和宫烧香许愿，打来的时候她正虔诚地跪拜呢。我犹豫了一下，退到稍远的地方接听。

  "最近很忙?"班琪问。

  "对，有点儿忙。"我想亲切一点儿，可就是生硬得很。

  "嗯。好久没有你的消息……"

  "我挺好的，最近确实是忙。"

  "嗯，没事就好，听到你的声音我就安心了。"听班琪这么说，想起她还在等我。不知不觉，眼前浮现出她站在悬崖边的样子……

  远处，程夏冬拜得差不多了，正要起身。

  "班琪，可能这段时间没法和你频繁联系了，不过，答应你的一定做到——我会一直在那儿，像以前一样珍惜你。请你放心。现在我有点儿事，得先挂了，实在抱歉。"

  "没关系，别有负担，我会发信息给你，如果你实在太忙的话，看看就好，不回也可以的。"

  "嗯，我方便时会回的，谢谢你。"

  "谢什么，快挂了去忙吧。"

  挂了电话，手机放进兜里，程夏冬这才转过身。

  "你猜我许的什么愿?"程夏冬兴致勃勃。

  "猜不出来。"

  "哎呀，真没劲，你就猜猜嘛!"

"说出来不就不灵了吗?"我转身往外走。

程夏冬绕到我面前,端详着我。"你怎么了小安子?怎么不高兴了?"

"没事。"

"到底怎么了?不是因为我吧?"

"不是不是,我不喜欢这些迷信的东西,纯粹是骗钱。"

"信则灵嘛,你不喜欢我们就离开这儿。"说着,程夏冬拉着我跑出了宫门。

去孔庙的路上,程夏冬一会儿买个糖葫芦给我吃,一会儿拉我进路边的小商店转转。看着程夏冬活泼可爱的样子,我知道自她回到我身边的那一刻起我就已经没什么可犹豫的了。只是接过电话之后,我有些不安,觉得自己这段时间处事欠妥、顾此失彼,担心起班琪来。她经历了那么多事,安然走到今天十分不易,我曾暗自决定尽自己最大的努力保护她,可我根本没有做到。

从孔庙出来,而后进入国子监,心情依然沉重。辟雍大殿里有一座小小的高台上摆放着龙椅,从前皇帝就坐在那里给殿内的学生们讲课。

"哇!你看,鹿宝宝!可爱死了!"程夏冬指着前方说。

原来那是分立在御书案左右的小鹿标本,它们憨态可掬,完全不像这座雄伟大殿内应有的物件。

"犄角还挺长。"我说。

"这么说圣诞老人应该就在附近吧?"她蹦蹦跳跳的,试图活跃气氛。

"圣诞老人那是驯鹿,这是梅花鹿,不是一个品种。"

"哎呀呀,一点儿幽默感都没有。"

上了车，程夏冬每隔一阵就要观测一次我的表情。为了使我开心，她在车里大声唱起了流行歌。我本可以静一静自己调整好心情的，可程夏冬似乎非要见到我喜笑颜开才肯罢休。现在，她所有企图讨好我的行为都很多余，聒噪只会让我更加心烦意乱。

来到一家专吃水煮鱼的餐厅，我们挑了一个僻静的门廊坐下。门廊内有三张桌子，我们在最里面，最外面是两个男的，一边豪言壮语，一边往肚子里灌啤酒。我和程夏冬点了水煮鱼、小炒猪肝和糯米藕。等菜时，那两个男的酒足饭饱，点上了香烟，一根接一根地抽。没多久，整个门廊飘满了烟气，我咳嗽起来，程夏冬招呼服务员过来。

"你好，请让他们不要吸烟了好吗？这里明明贴着'禁止吸烟'的牌子，你们也不管管。"她对服务员说。

服务员前去制止，他们当即灭了烟，不怀好意地看了我们一眼。服务员一走，他们又点上。程夏冬来气了，我连忙安抚她：

"咱别跟这些人一般见识，不行就换个地方。在外面尽量别跟人冲突，不值。"

"凭什么要我们换啊？你都咳成这样了，别又得肺炎了，这事我管定了。"

程夏冬拍桌子喝道："你好，饭店里禁止吸烟，请你们把烟灭掉，谢谢！"

两个男的没搭理她，程夏冬更气了："喂！我说话你们听见没？"

其中一个男的看了她一眼，随即问我："哥们儿，你抽烟吗？来一根呗！"说完，两个人都笑了。"傻×！"

程夏冬已经站起来了，我一把拉住她。

"别生气，宝贝儿，你坐下，我去理论。"

我走到他们桌前。

"你们在这儿吸烟，本来就不对，现在又骂我女朋友，我肯定不能不管了。道个歉吧，把烟熄了，然后大家继续吃饭，行吗？"

其中一个人站起来："你他妈管得倒挺宽！"

我退后看了看：这人脸很红，脖子上戴着一串金链子，手背上有几个烟疤，典型的混混；另一位坐在他对面，背头，花衬衫，腰上系着一条明显的假爱马仕皮带，一副滑头做派。

估计这两人没有正经职业，也绝非善茬，特地观察了下他们的身材：应该没练过，四肢不粗，个头也都比我矮。

"不爽就滚，少跟这儿逼逼！"刚才那人又开口了。

我有些生气，瞪着他。

"你再瞪一个试试！"烟疤男指着我的鼻子大喝，我捏住他的指头甩到一边去。

"赔礼道歉吧，大家各退一步，今天就都可以相安无事。"我说。

"哎，你他妈什么意思？想动手啊？叫人砍死你信不！"

"行了，别诈唬了，谁又不是没砍过人。"我笑了，"再说一遍，不想惹事，只要你们道个歉，灭了烟，这事就过去了。"

"过你妈啊！"坐着的滑头抄起个酒瓶指着我。

我一口气顶上头刚要动手，程夏冬突然冲到我面前。

"你们想干吗呀？想动他就先动我试试，让你们吃不了兜着走！"她拼命抵着我，将我严严实实地挡在了身后。

我意识到现在不能轻举妄动，一旦发生了激烈的冲突，程夏冬夹在中间肯定会受伤的。哪怕她掉一根毫毛,我也不会原谅自己。于是我拉着她回到座位上。

餐厅经理带来两拨人,一波安抚我们,一波安抚他们。我摘下眼镜,将车钥匙递给程夏冬。

"宝贝儿,这事儿可能还没完,他们俩都喝醉了,一会儿要是有突发状况,你立即撤,发动好汽车,在路边等我。"

"我不!我要留下来保护你。"她说。

"傻瓜,你留下来只会分散我注意力。你上车做好准备,万一真动手了,咱们还能迅速离开现场。"

"你要让他们打了怎么办呀?"

"我小时候很能打的你忘了啊?这方面从没吃过亏,也有经验,一个打四个都没问题。狠角色我见多了,要动手就立刻动手,哪儿像他们,就知道诈唬。况且,他们喝醉了反应慢,根本弄不过我。我不招惹他们,但他们要还是再挑事,那可就不怪我了。"

"早知道就不管他们了,唉……"程夏冬说,"咱别跟这种没素质的人一般见识,他们不道歉就算了,如果让你受伤可就太不值了。"

"你管得没错宝贝儿,这种没素质的傻×要是没人管还得了?我肯定不会受伤的,现在下手也知道分寸了,放心吧。"

"对不起小安子,本来想高高兴兴吃个饭的,没想到会这样……"

"对不起什么,该道歉的是他们呀,你做得一点儿没错。"我说,"就算你做错了,我也会坚定地站在你那边——你杀人,我就毁尸灭迹;你逃跑,我就窝藏包庇。"

"嘻嘻，真的呀？"程夏冬乐了。

"真的。"

水煮鱼端上桌了，我们嘻嘻哈哈，大快朵颐。那两个男的买完单，起身，走过来，在我身后停下。我放下筷子，转身面向他们。烟疤男从兜里掏出一根烟，在我面前点燃。

"老子今天本来高高兴兴的，都他妈让你们扫了兴！"他说着，吸口烟，伸手一掸，让烟灰落在了我们刚吃了没几口的水煮鱼里。

"喂！浑蛋！"程夏冬骂。

给程夏冬使了个眼色，她拿起东西奔向正门。转过身，我一记重拳打在烟疤男下巴上，本想再抡几拳，可惜他如此不堪一击，立刻倒地了。这还没闹出什么动静呢，有位女服务员就在旁边一个劲儿地叫喊：别打了别打了，报警了报警了！其他桌的几个客人出来围观，纷纷掏出了手机，我冲他们吼道：谁敢报警录像我待会儿砍谁！这一吼不但让那个女服务员安静了，还让看热闹录像的人全都收起了手机。

餐厅经理拦住我，让我不要冲动。烟疤男坐了起来，指着我骂，要我别跑，拿出手机想叫人。我甩开经理，照着他脑袋踹了一脚，他又倒下了，手机也飞了。这时，滑头男从身后蹬了我，力气小到一点儿杀伤力都没有。我拍掉鞋印，示意他继续。他又是一脚过来，我趁机掀起了他的腿，掐住他脖子一推，扑通，滑头男仰面摔在了地上。

我并未解气，从不远处的桌上抄起两个空酒瓶，照着两人的脑袋分别敲碎。见没见血不知道，但肯定挺疼的。戴上眼镜，发现程夏冬并没有按计划出门，而是在大堂揪心地看着我。见我没事，这才蹿了出去。

我给了服务员一百块钱，说："这是小炒猪肝和桂花糯米藕的钱，不用找了。水煮鱼要他们付，刚才他们把烟灰弄进去你也看见了吧？"

服务员点点头，面露难色。

回头看看，那两个男的捂着脑袋坐在地上呻吟，应该都无大碍。我摸了摸裤兜，手机钥匙钱包一样不少，快步出门。一上车，程夏冬立即踩油门带我离开了现场。

"你太厉害了！"程夏冬说，"以后你就是我的贴身保镖啦！"

"十几年没打过架了，手都生了。"

"你出拳的时候我心都蹦到嗓子眼了，紧张死我了，但又觉得特刺激、特带劲儿。"

"带劲儿吧？带劲儿的话以后咱俩每周出去打一场。"

我打开音响，调大音量，和程夏冬一起唱歌。不知是转移了注意力还是打架发泄了闷气，我的心情好得出奇，白天的沉重一扫而光。

"刚才你那句'谁敢报警录像我待会儿砍谁'真的太嚣张了，哈哈。"几首歌过去，程夏冬仍然沉浸在刚才的情景之中。

"刚才明明让你上车，你怎么还留在饭店里？"我突然想起这事。

"担心你啊——万一你被打倒了，我还能扑上去帮你挨两下。"

"你就不怕疼，不害怕受伤毁容吗？"

"说实话，我平时胆子很小的。可有你在，别说受伤毁容，我好像连死都不怕了！"

回到家，我们依然亢奋。洗漱完上了床，程夏冬模仿着我的打架动作，把枕头摔来打去，狠狠折磨了一番。最后，她指着枕头说："要是敢报警、敢录像,我待会儿呀,砍死你!"

看着她调皮的样子,想起她在车上说为了我连死都不怕,我心里软透了,扑过去狠狠亲了她一口。程夏冬喜欢这种突然又猛烈的示爱,她在床上翻滚着,烂漫地笑着。因班琪而起的忧虑困扰了我一整天,终于被程夏冬的笑声驱散。现在我彻底释然了,蹭着程夏冬的脸,什么也不愿多想。

# 3

国庆节快到了,我没有忘记过年时答应奶奶的事,准备携程夏冬回西安参加他们二老的八十岁寿宴。

提起这个计划时,程夏冬开心极了——我还从来没有带任何一位女朋友见过家人,隋凉自不必说,连关睿也没有。寿宴上,所有亲戚都会到场,在这样的场合把程夏冬以女友的身份正式介绍给大家,意味是不言而喻的。虽然我们还没计划未来的事,可我想借此让程夏冬明白我的心意。

日子临近,程夏冬天天逛商场,坚持要给爷爷奶奶准备一份大大的寿礼,还要为我爸妈,以及到场的所有亲戚送上一份隆重的见面礼。

"真不用搞这么大阵仗,我家人都是小老百姓,奶奶爷爷一辈子艰苦朴素,我爸我妈特好说话,亲戚们个个淳朴热情……我们陕西人,实在得很,不讲这一套。总之,什么也别买了,寿礼呢,我妈早就备好了,咱们人回去就行。"

"你什么意思啊?我家人也都是普通老百姓啊,而且,我们四川人热情好客是出了名的，你就别拦着我啦。"

后来，程夏冬给奶奶买了玉镯，给爷爷买了海南黄花梨手串，给妈妈买了一套日本进口的美容仪，给爸爸买了一支万宝龙钢笔。在我的强烈要求下，她终于放弃了给每位亲戚都准备礼物的念头。

我问过她玉镯和手串的价格，她遮遮掩掩不告诉我，后来又说其实挺便宜的，是她一点儿小小的心意，叫我不要嫌弃。但我也不傻啊，看成色就知道，那两样东西一定价值不菲，加起来很可能超过了十万元。如果让奶奶爷爷知道了，肯不肯收下都是个问题。即便收了，事后也会让我把钱补给她。

不愿让程夏冬给我乱花钱，差点儿就开口让她退回去了。但见她喜上眉梢，捧着几件礼物看了又看，我想她终归是在乎我才肯这么做，这会让她觉得满足，也许其他事情根本没法给她带来这么大的成就感，我也就没再多说什么。

寿宴既温馨又愉快，我们一大家子加上远近的亲戚来了将近四十人，分五桌坐。我和程夏冬坐在最大桌，离奶奶爷爷最近的位置。程夏冬大方、热情、懂礼貌，仪态举止十分得体，谈吐言辞自然又不失活泼，奶奶爷爷当然开心得合不拢嘴，爸爸妈妈也频频用眼神表示对她的欣赏和满意。开饭前，奶奶特意让我跟程夏冬换了位置，她全程拉着程夏冬的手，从头到尾都几乎只跟她一人说话，喜爱之情溢于言表。

饭后，两人已经十分熟络了，奶奶竟跟程夏冬讲述了自己八岁时被遣去一户富人家里当丫鬟的经历，那是1949年前的事，连我都是头一次听到。

"奶奶，您偏心啊，这一段都没跟我讲过。"我说。

"奶奶见了我开心嘛，是不是啊奶奶？"程夏冬得意地抚着奶奶的手。

奶奶笑着，点着头，马上又露出了忧虑的表情。"沉午啊，你说你这个样儿，人家夏冬是咋看上你的呢？你要是真能娶个这么好的媳妇儿回家，奶奶就是死了也没什么可牵挂的了。你倒是赶紧结婚啊！夏冬比你还长三岁呢，可别让人家等跑了。今年，今年必须结！听见没？"

"呸呸呸，奶奶身体这么好，再活几十年都没问题。"程夏冬说，"奶奶您放心，我可不会跑，就怕安沉午自己跑了呢。"

"他敢！"奶奶用责备的眼神看着我。

"不敢，也跑不了。"我赶紧求饶，跟程夏冬一笑。

"妈，年轻人的事儿让他们自己定，顺其自然。"我爸说。

"就是，别管他，我们多说两句他还嫌烦。"我妈也帮我解围。

"奶奶您就安心颐养天年，吃好睡好比什么都强。"我说，"您不就是想四世同堂吗？这太简单了，我们先给您生个大孙子，日后有机会了再完婚！"

奶奶指着我说："你要是敢欺负人家我可饶不了你！没结婚之前不能同房，知道吗？"她又转向程夏冬，慈眉善目的："夏冬，有什么事就跟奶奶说，我只要还在，他就得听我的。"

一顿饭的工夫，程夏冬就把我全家人搞定了。后来，当她把准备好的寿礼给爷爷奶奶戴上手时，两位老人家高兴得眼泪都快出来了。离开时，奶奶特意送我们到楼下。车子都开了她还在路边站着，望我们，跟我们挥别。

程夏冬和我住在爸妈家。晚上，我爸拿来一本自己的"分行"集，用程夏冬送他的万宝龙钢笔在扉页上题了几行字送给她。妈妈给程夏冬封了一个大红包,又开了一瓶红酒给我们用。

"来,小夏,你们俩都不在父母身边,平时在北京一定要照顾好自己,也照顾好对方,以后有空常来西安玩。"我妈和程夏冬碰了杯。

"放心吧,阿姨。您要是去成都,或者来北京了,也一定提前知会我啊。"

"波兰斯基有部电影,里面一句台词我一直记着,说:每一段恋情,不管看上去如何和谐,都容纳了悲剧或者闹剧的种子。"我爸举起酒杯,"小夏,恋情最后有没有结果倒是其次,衷心希望你们俩在一起的每一天都别让这种子发芽。"

"叔叔说得太好了!"程夏冬把酒干了。我又给她斟上。

"来,小夏!"我学着爸妈的语气,"那个什么,我呢,我犯过很多错误,保不齐以后还会犯,多担待啊。"

"小安子,谢谢你。"睡前,躺在床上时,程夏冬对我说。

"谢什么?"

"所有这些——我知道你为我改变了很多,也付出了很多。"

"你付出的可比我多多了。"

"可我怎么觉得还不够呢?"她看着我,意味深长。

回北京那天夜里,我和程夏冬尽情享受着堕落。后来,我和她面抵着面,紧紧相拥,像一场灾难过后世上仅存的生还者,感到对方千载难逢、无比珍贵。我们抽丝剥茧,细数过去,几乎彻夜未眠。从刚有记忆时的模糊片段聊起，聊各自的成长轨迹，聊经历过的人和事，聊相遇前的悲欢离合，聊她看到我的第一眼，聊我们的几度分分合合，一直聊到现在……那一刻，只觉得未来还远，现在很近。太多的事无从想起，唯有我们之间的一点一滴难以忘记。

"你更爱你的初恋还是更爱我？"程夏冬问道。

"嗯……"

"还敢犹豫？"

"不相上下，不相上下。"我逗她。

"什么？你再说一次！"她睁圆了眼睛怒视我。

"你你你！"

"这还差不多。"

"有没有觉得这一切来得太快也太过偶然？"我说，"跟你聊起来我才觉得后怕。"

"后怕？"

"随便什么就能让咱俩完完整整地错过。"

"都是命。"程夏冬说，"生是命，死是命。你也是命。所以即便是这辈子错过了，下辈子还是会遇到的。"

"咱提前约好啊，下辈子投胎成两只苍蝇，再续前缘。"我说。

"好恶心啊，为什么不投胎成别的什么？"

"人，太复杂，活得太久，一辈子只爱一个人真的太难了。"我停了停说，"苍蝇的寿命只有一个月左右，这么短的时间里爱情肯定是纯粹的，还没来得及变心呢一辈子就到头了。这样一来，承诺和誓言可以顺利兑现，你我就不怕说'永远',也不会说'再见'了。"

"经你这么一说,两只苍蝇的爱情比梁祝还美呢。"程夏冬笑了,"不过只有一个月的话也太短了吧?"

"再短也是一辈子。"

# 4

第二天中午,程夏冬出门打了一个电话,等了一个多小时也没见她回来,我非常担心。出门找她,终于在楼下看到了她的身影。程夏冬转着圈,时不时踢走脚下的小石子,跟之前一样,显得很不耐烦。看见我之后,她没多久便挂了电话。

"我以为你被拐走了呢,到处找你,打电话一直占线。"我一脸焦急。

"这么紧张我呀?"程夏冬笑了,"我要回趟成都。"

"回成都?"

"嗯。"

"回去多久?"我问。

"几天,也许一周。"

程夏冬看起来若无其事,可我总觉得她有事瞒着我,还有种她将一去不返的感觉。想问她为什么突然回去,没开口。

"不高兴啦?"程夏冬看着我。

"没有。"

"放心吧，"她搓搓我的后背，"跑不了嗒。"

机场临别前，程夏冬告诉我，回了成都之后不方便直接跟我通话，但微信和短信都是可以的，让我不要生气也别瞎想。我点点头。她这次回去只带了一个小箱子，另外一个大箱子仍然留在我家，这多少让我感到了几分安心。但她为什么不方便直接跟我通话呢？是因为她的爸爸妈妈，还是因为那个等着跟她重新来过的小张？

"你一个人老老实实的，不许趁我不在就打其他女孩子的主意，听到没？"登了机，程夏冬打电话给我。

"怕我被勾走你就早点儿回来呗。"我预料到在她缺席的这段时间里我将比任何时候都想念她。

"知道啦。"她匆忙说，"不说了，空姐让我们关机了。小安子，解散啦，自由活动去吧。"

飞机着陆后，程夏冬给我来了个电话，语气居然生分了。问她怎么回事，她说旁边都是人，不好意思说肉麻话。聊了没多久，她因为要取行李先挂了。等了一会儿，再打给她，她没接。

"家里人来了，不方便电话。后面几天咱们文字联系。"程夏冬发来一条信息。

"没事宝贝儿，你到了我就放心啦。"文字里透露着愉快，手机这头的我却并非如此。不喜欢偷偷摸摸，更不喜欢这种无法掌控局面的感觉。现在，与我朝夕相处的温润肉体已经远在几千公里之外的土地上了，我很不适应，感到与她失散了，甚至一反常态地憎恨起了独处时的静默。

睡前，我向程夏冬表达了想念，说了很多，还说得很动情，像在求着她、向她争取些什么似的。她只回了句"也想你"便再无下文，怎么看都有些应付。当我还想继续聊下去时，程夏冬说，明天还有一堆事要办，困了，想早点儿睡。我道过晚安放下手机，胸闷不已。

起初是心酸和失望，随后而来的便是愤怒和怀疑。眼前涌现出程夏冬和小张缠绵在一起的景象，是啊，怪不得说要早点儿休息呢，她现在一定把手机调成了静音远远地放在一边，跟他翻云覆雨呢。她一直在愚弄我、欺骗我，她和小张当然没断，要不小张凭什么等她呢？他们好得很、爱得很，说不定这次是回成都跟他领证去了！安沉午，你彻底没戏了！

不，不是这样的，冷静，冷静……

睡不着，完全睡不着。我开始整理纷繁复杂的思绪，琢磨自己为什么无端地敏感了起来。猜想，可能是因为程夏冬的缺席使我的脑子猛地空闲下来，产生了过多的自我意识。加上对程夏冬回家的目的一无所知，又接连遭到冷落，惶恐便昭然若揭。

这两个月，我们之间的一切都美妙得有些荒谬了，像一场海市蜃楼。我提醒自己警惕温柔陷阱，若一直把生活重心放在感情上，过于依赖程夏冬，是极有可能因为关系失衡而遭到伤害甚至遗弃的，当初，我跟隋凉的感情不就是这么终结的吗？

入睡前，我暗暗告诫自己，应尽快找回节奏，重新掌握主动权。

## 5

　　第二天起得早,去书房随手拿起一本书,聚精会神,两个半小时一口气读完了。读完以后虽然不知道要干些什么,但谵妄的症状消失了,信心也有所恢复。

　　吃过早午餐,打扫了卫生,我又从书架上取出两本书,决心一下午读完。特意没有给程夏冬发微信,想测试一下,如果我一整天没有联系她,她会不会主动联系我。为了防止因此分心,我关上手机,坐到桌前。

　　读完已经是晚上七点,心满意足,跑去一家上好的日式铁板烧餐厅吃了顿大餐,散了两个多小时的步,洗洗澡躺上床,满怀期盼地打开手机——微信、短信、电话,什么都没有收到。妈的,程夏冬真的一整天都没有联系我。我扔下书本关上台灯,一边想念她一边责怪她,不久就睡着了。

　　第三天早晨刚醒,便给程夏冬发了微信,汇报了这两天我都是怎么过的。她回复时已经是夜里了,抱怨这两天很累,每天应付爸爸妈妈,另有许多事情要办,说昨天一整天都没闲着所以没有给我发信息,叫我不要生气。我安慰了她,让她处理好自己的事,没有表现出任何不快。

　　"忙吗?"转头给班琪发了信息。

　　"不忙。"班琪很快回复,"你终于闲下来了?"

　　"嗯。最近好吗?"

　　"很好,前段时间去了一趟新西兰。"她说。

　　"去玩?"

　　"去工作,工作的内容是玩。跟新西兰旅游局的人认识,他们请我去做个旅游专题。"

"环游世界的第一站。"

"当热身。"

"风景一定很棒吧?"我问她。

"风景特别壮阔,就是气候不太好。"

"啊?印象中新西兰总是风和日丽,晴空万里的。"

"去了才知道阴雨连绵,狂风呼啸。"班琪说,"方便电话说吗?打字太慢了。"

我们接通了电话。

"嗨。"

"嗨。"

"听到你的声音真好。"

"我也一样……"其实更想对她说声对不起。

"新西兰所有地方都很美,"班琪接着说,"城市跟自然结合得特别好,走两步就是森林、山或海,而且人少,你肯定喜欢。皇后镇最适合你,那儿可以滑雪,还有各种极限运动:蹦极、滑翔伞什么的。动物无处不在,野兔、鸭子和羊驼基本上随处可见,我还见到过很大一只海豹,就躺在岸边睡觉,很可爱。"

想象着远方的美景,心里一盘算,上次出远门还是一年前去广州。

"不管再忙,你都要记得放松放松,有益身心健康的。"班琪说,"哪怕没法花上一年时间环游世界,抽上几天随处玩玩也好啊。"

"没错,感觉你心情特别好。"

"待在自然里怎么都好。"

"也是。"

"你更喜欢自然还是更喜欢城市呢？"班琪问。

"喜欢自然，喜欢壮阔的风景，也喜欢人文的东西，历史遗迹啊、建筑啊、艺术作品什么的。"我说，"城市嘛，尤其是商业化的现代都市，不怎么喜欢，大同小异。"

"我也一样。"班琪说，"你的小说怎么样了？最近是在忙小说的事吧，重新动笔了？"

"小说啊，还没有……"

班琪停顿了一会儿，我以为她要问我到底在忙些什么，可她没有。

"之前写了多少了？"她问了这个。

"一半。"

"我一直等着呢，很期待的，千万不要就此搁置了。"

"我也想过要坚持写完，但你知道，笔一旦放下就很难再提起来。怕隔了这么久接不上，怕笔搁久了手底下生疏……总之，因为很在乎这件事，中断之后反而不敢轻举妄动了。但肯定不会就此搁置的，一直记得你说的，找机会一鼓作气写完它。"

"需要一个契机，或者充分的动力。"

"其实动力已经恢复了，可能真的需要一个契机吧。"

"是的……"班琪透了口气，犹豫片刻说，"最近认识新的女孩啦？"

"没有……"

班琪轻轻"嗯"了一声，有些不自然。

"你呢?"我问她。

"有。"她说,"我需要有人抚慰,需要那种温暖的感觉,但是他们都不行,达不到,远远不够——我需要的是你。"

我接不住话。

"我是不是不应该总那么善解人意,是不是自私一点儿、强势一点儿才能得到我想要的呢……"她说,"很羡慕那些敢于巧取豪夺的女孩子。"

"可我喜欢你温柔和善解人意的那一面。"

"光是喜欢有什么用呢?你已经跟她在一起了对不对?"班琪的语气不像是在生气,也没有责备的意味,只是稍显激动。我想我该告诉她实情,我早该这么做的。

"班琪,我一直不知道怎么跟你说这事,只能一味地拖延和回避。"

"其实我早就感觉到了,一直在犹豫要不要问你——刚才像是某种东西迸裂了似的,想都没想就脱口而出了。"班琪讪讪地说,"不要怪我。"

"怎么会?是我不够坦诚。"

"不是坦诚的问题,而是因为你也很在意我,对吧?"她问。

"我非常非常在意你。"

"可是……唉,我一味地让步、压抑自己、事事为对方考虑,都不奏效,我越是为别人着想,别人越是对我视而不见,一直以来都是如此……你说我是不是该对你发发火,说点儿什么严重的话才能引起你的重视呢?"她问我。

班琪换了种语气:"你不要以为我好说话就会一直等你,你不要以为这世界上值得我等的人只有你一个。"

"班琪……"

"难道我们在一起就不快乐、不幸福吗？我早就为你把心腾干净了，我已经准备好了。我信赖你，理解你，愿意一直等你。我想立即做点儿什么，好让我在你心里变得很沉很沉。虽然我抑郁过、不堪过，虽然我不如她灵动，不如她有吸引力，可我善良、体贴、懂事，和你一样喜欢看书写作，和你一样能把事情做好、做漂亮，我们一起奋斗，一定能过上理想的生活。我长得不难看，身材也不错，有不少人追我。我可以为你煲汤烧饭，我可以打扮成你中意的性感模样。等你厌烦了，我们还能好聚好散，和平分手，分手了依然能做朋友，永远的朋友。"

小小的静默之后，班琪扑哧一声笑了。"第一次说这样的话，你可千万别笑话我。"

"对不起，班琪……全是我的问题。"

"不要说对不起，也别当真，就当是别的女孩说的，也许我的头脑里真的藏着另一个人也说不定……"

我久久不语。

"唉……是不是吓着你了？"她问，"都是我，都是我太笨，真的太笨了，好不容易有点儿勇气都给浪费了。"

"不，"我羞愧难当，心沉了下去，"都是我……"

"现在的状况，我其实早就猜到了，从来不怪你。我明白的。"班琪说，"你只是不得不做出选择罢了，我知道你不想夹在我们俩之间，以后不会了——你选择跟她在一起，我知道了。"她停顿片刻，又用一种近乎恳求的口吻问道："但你也在乎我，也爱我，不管是世俗平凡的爱还是广博无私的爱,你至少是爱过我的,对不对?"

"对。"

"想你亲口说给我听。"

"我很在乎你,也爱你。"

"是真话?不是因为内疚才这么说的?"

"是真话。"

"如果没有她,你会立即跟我在一起?"

"对,毫不犹豫。"

"你喜欢我什么呢?"她问。

"不知道,说不上来具体是什么,我喜欢你整个人给我的感觉,你能冷却我,让我感到踏实和安定,我们的思想能严丝合缝地嵌在一起。除此之外,还有许多细节:我喜欢跟你抱在一起,那处于性和爱之外,那是只有我们才到达过的境地;我喜欢你身上的味道;我喜欢跟你说话、聊天;我甚至喜欢在医院里浑身难受、虚弱不已时,被你照顾着的感觉;我也永远忘不了我们一起吃黄桃罐头的那个下午,还有那个吻,那个吻让我得到了巨大的满足和安慰……太多太多了。"

"什么时候爱上我的?"

"其实我很早就对你有不一样的感觉了。"我说,"我一直不知道,或者说,是我一直在有意识地摆脱这种感觉,不想把它搞俗了,不想让我们的关系沦为平常,但所有那些瞬间累加在一起,尽管我从来都不愿承认,可就像你说的,它的的确确是某一种爱,而且,它会带来我曾经最最渴望的那种理想的两性关系,但我竟对它视而不见,就这么眼睁睁地错过了……"

"可也许只有这样,它才能最大限度地保存下来吧。"她说。

"我很过意不去,现在反倒是你在安慰我,我不知该说些什么好。"

"什么都不用说,咱们总想到一起去。"班琪说,"谢谢你沉午,谢谢你的这番话。我会记住的,我也很感动、很温暖,心里完全踏实了——如果你真的这么觉得的话。"

"当然是真的,千真万确。这个时候我怎么好意思再说假话呢?颐和园那天,送你回去时,我清晰地记得有种意犹未尽、悬而未决的感觉。我想立刻跟你在一起,然后结伴环游世界。非常想,想极了!"

"那天我也意犹未尽——如果还能重来一遍,我真应该放任到底的,哪怕你面露难色,哪怕你拒绝。"

"你不是那种人。而且我怕我的反复会伤害你。"

"其实你的选择是对的,一切并非像我想的那样简单……"班琪黯然道,"也许那天,即使我们迈出了最后一步也不会抵达,事情反而会变得棘手。"

"不,不一定对。我只是越发觉得,自己身上的某些部分是病态的、失调的,而这些部分恰好最具决定性,无论如何也无法扭转和挣脱,哪怕是重头来过。"

"我也一样。所谓命运嘛——每个人的未来看似有无限可能,可实际呢,我们只能活在过去的延长线上,一次又一次印证那种必然。"

"是。"

"但至少现在我没什么遗憾了。"班琪长舒一口气,"沉午,最后答应我一件事好吗?"

"好。"

"即使你跟她在一起了，我们也要像现在一样——没办法进一步，但千万不要退回去，不要因为她就疏远我，我们至少还是非同一般的朋友。永远也别断了联系，也别因为不好意思或愧疚就不敢跟我说话，顾虑这个那个。我不会过多地打扰你，我不会怪你，也不想给你压力，只是千万千万不要跟我淡了、远了、不联系了——就这一件事，能答应我吗？"

"我答应你。"

"希望你跟她在一起能真的开心，不被勉强，也不被压抑。也希望她能像我一样理解你、尊重你，让你保持原原本本的样子。另外，你应该把小说写完，并继续写下去。做你想做的事、该做的事。"班琪忠告道，"我们无法在自然里生活，得不到理想的爱，摆脱不掉野心和欲望，所以，能让我们得到平静、能让我们获得幸福的只剩下'创造'了，它有抵消一切不快和琐碎的力量，不管怎样都不要放弃'创造'，不要浪费了你的才能。"

# 6

放下电话，突然很想跳水，从十米高台自由落体，一头扎入碧蓝的深渊中，从此消失不见，任何人都别再想找到我。北京并没有公共跳台，我最终来到了西边最大的露天游泳场。岸边的水泥地十分扎脚，阳光透射下来，被池水搅得稀碎。

靠在岸边，手在水中来回拨动，感到一种均匀而柔韧的阻力。捞起来，掌心空空如也，一片虚无。观望着水面上漂浮的数只马陆虫尸体，听着远方池水中儿童的嬉戏之声，我差点儿昏睡过去。待了一个多小时，手指已泡出了白色皱纹，才上了岸。

更衣时拿出手机，有十几个未接来电，全是程夏冬打来的。不是说文字联系吗？拨回去。

"说！去哪里鬼混啦？被我抓了个正着吧！"她声音很大，我躲开听筒。

"终于肯给我打电话了。"

"我后天就回去啦。"程夏冬很兴奋。

"还知道回来。"

"怎么？不欢迎啊？"

"欢迎欢迎，热烈欢迎。"我无力一笑。

"你怎么一点儿也不高兴呢？"

"我别提多高兴了！"

"你到底怎么了？"程夏冬说，"我这才走了几天，你是不是又跟谁搞上了？刚才干吗去了？"

"你一回成都就不搭理我了，我能高兴得起来吗？游泳去了。"

"不相信！肯定刚从别人床上下来。"

"瞎扯什么呢？"

"你这什么态度啊？你知道我……"程夏冬突然停住，"哼，不说了！"

"哎呀，对不起嘛，我都没跟你生气你跟我生什么气啊？"

"你对我的态度都变了！"

"我还觉得你变了呢。"我莫名其妙，"刚走那几天过分冷淡，今天又突然热情起来。"

"好啊，喜欢冷淡？简单！我以后不理你就是了。"

"别别别。"我压低嗓门，"宝贝儿你刚要说什么事儿来着？"

"我都说了不说了！"

"什么时候到北京？"我强颜欢笑，"航班号给我呗，我去接你。"

"不回北京了！"程夏冬挂断电话。

我有些恼火，但还是决定马上打回去安慰她，可连着打了十几个电话她都不接。我把手机摔在副驾上，心里觉得很不值——如果换了是班琪，根本不会跟我瞎闹。

到家，程夏冬回了电。我以为她是来跟我道歉的，接起电话，她一句也不说，静静地等着。我只好硬着头皮，一边按捺着随时可能爆发的急脾气，一边忍气吞声极尽谄媚地求她、磨她。四十分钟过去，程夏冬总算被哄开心了，告诉了我航班号，让我后天去接她。

睡前，我看着身边空余的床位，再次想起了班琪。掩了掩被子，终于闻到了那种味道——"荒郊的太阳"。平躺着，怅然了许久，和班琪共同经历的那些微妙细节一遍又一遍地出现在脑海里，我想起了她给我的忠告：

"把小说写完，并继续写下去。"

眼下，程夏冬已经回到我身边了，过去因为她丢下的东西也该一件件捡起来。现在的我精神饱满，心力充沛，感情和生活都相对稳定，就在今天下午，跟班琪的关系也已处理妥当。虽然目前的生活无忧无虑，可我和程夏冬也不能一直无所事事下去啊。她是可以一直问家里要钱，但早晚有一天，我的积蓄也会耗尽。我早该意识到自己已经被感情控制了太久，是时候做点儿正事了。

"把小说写完,并继续写下去。"班琪的话在我耳边回荡着,掷地有声。

我应像大学时那样,把写作放在第一位。性、感情和女孩,一切的一切都应该排在这件事之后。现在,我必须回到正轨上了。

# 7

程夏冬带了两个大箱子回来,这表明她要在我这里长住了。她一反常态地胖了些,看起来容光焕发。

接过箱子那刻,怕她离开的危机感随之被一种如愿以偿的安全感所取代,之前那种隽永意味也就自然地消失了。我不再患得患失,惦念起了独自一人的生活,甚至盼着程夏冬能再多回几趟成都。

"胖了,胳膊肉肉的,摸起来很舒服。"

"啊?胖了呀?"她不高兴了,"在家吃得太多了……是不是变丑了?"

"丑什么?明明更性感了,哪儿哪儿都比以前软。"我笑说。

程夏冬捏捏自己胳膊,又摸摸其他地方。

"你是不是怀孕了啊?"我翻身看她。

"有可能。"她坏笑着,"怎么?怕啦?"

"我有什么可怕的?是我的就认呗。"

"哼!你这话是什么意思,不是你的还能是谁的?"

程夏冬回成都的这些天,我的心态发生了微妙的改变,我找回了自己的节奏，重心放回到工作上。她也变了，和我背道而驰：她再也不会像过去那样刻意背着我接打电话了，这让我心里舒服了许多；她比以前更喜欢说甜言蜜语，却没有像我们刚恋爱时那样精心打扮自己了；她开始大量网购各种各样的生活用品，慢慢改造我家的环境，朝着她喜欢的样式发展；她不再流露出刚来时那种悲观的、若即若离的情绪，而像是遗忘了外面的世界；她比之前更加关注我，只着眼于我，任何跟我有关的风吹草动都想掌握……

有天，我在书房里看书，班琪发来微信，告诉了我她最近在干些什么，看了哪些值得一读的书，有什么新的思考和感受，还询问了我小说的进展。我同样事无巨细地回复了我的生活和感受，没有特意避开程夏冬的部分，有什么说什么。最后，我告诉班琪，只要准备工作完成了，会立刻动笔。

这时，程夏冬端着一盘荔枝进来，我用身子挡住她，按下了"发送"，将手机揣进兜里。

"干什么呢？鬼鬼祟祟的？"

"没干吗啊，发信息。"我说。

"给谁发呢？那么长一串！男的女的？"

"你怎么能偷看我手机呢？"

"我又不是故意看的。"她把盘子往桌上一撂，"真是！还说上我了，心里没鬼怕看吗？"

"你之前躲起来打电话我也没说你心里有鬼啊。"

"我现在都是当着你面打。以后，我跟谁打电话发信息，说了什么内容、发了哪些文字统统可以告诉你。"

"别别，千万别。"我知道她什么企图，"我给你空间，尊重你的隐私，你不想告诉我的我也不会去监听打探，这是最根本的相处之道。有所保留也是为双方好，别弄得跟东厂西厂似的。"

"别害怕，我以后会给你空间，也会尊重你隐私的。"嘲讽过后，程夏冬马上反悔了，"但我觉得没必要啊，既然在一起了，就全盘交给对方，我可不想你有事瞒着我。"

"瞧你说的，我这还没有全盘交给你吗？"

"那你说，刚才到底是给谁发的？"程夏冬噘起嘴巴。

"广州那个编辑。"我实话实说。

"我猜就是女的，叫班琪吧？"

我一惊，程夏冬居然还记得她的名字。

"你别用那种眼神看着我，跟你接触过的女生我可都记着呢。"她捏着我的脸蛋问，"跟她说什么了？嗯？也写了一封长长的情书，要当人家的狗、泄欲工具和撒气包？"

"这你可就太小瞧我了，我写情书怎么也不能重样啊！"

"那我要你三百六十五天每天写一封给我，一个字都不许重！"

"净瞎吃醋！"我笑了，"之前谁说等厌倦了去包几个小白脸的？当初不是挺从容挺看得开嘛。"

"哼！那我去包小白脸了！谁要吃你的醋？"

"那我就联合小张把他们一网打尽，全骗了！"

程夏冬咯咯笑了，不再追究。

# 8

小说重启的预热工作按部就班地进行着,因为中断了太久,我花掉一周时间重读了已经写好的部分。以之前的速度,再有两个月就能完成。

"你应该继续写的,干你自己擅长的事情。"我将写作计划汇报给了程夏冬,她很支持我,这让我挺意外,"有始有终嘛,毕竟我也是因为小说才认识你的。"

"我以为你会不高兴呢。"

"怎么会?我也要找点儿事做的,咱俩肯定不能天天玩呀。"

"做什么?"我问。

"不知道。"她想了想,突然睁大眼睛,"我要去学服装设计!"

"服装设计?去哪里学?"

"不知道,国外吧——有个帕森设计学院你听说过吗?很多设计师都是那儿出来的。"

"去念研究生啊?那你可得加把劲儿:托福、GRE、作品集、推荐信什么的都得准备,需要有相关经验,估计还得面试呢。"

"啊?这么麻烦呀,我英语可不好。要是国内的学校,我爸还可以找找人,国外他肯定不行。唉,我要是像你这样聪明就好了,准备准备一定能考上的。"程夏冬嘟囔着,"算了,我还是学画画吧。"

"也行。画画好办,报个班就行。"我说,"咱俩都有点儿事做也好,我还怕你到时候无聊呢。"

程夏冬猛地抬头看我一眼,好像被什么刺了一下。

"我一般是上午七点到十二点写东西,就这五个小时,让我安安静静写完。下午咱俩该干啥干啥。"我说,"另外,晚上也要早些睡。"

她还是看着我,但忧郁了。幸好我及时发现,马上哄她。

"我只需要咱们的生活规律一些,跟现在没什么区别,别担心好吗?"我拉起她的手,"我发现你变敏感了,从成都回来之后。怎么了到底?"

"你是不是觉得跟我在一起无聊了?"她问道,悲伤中带着点儿恐慌,"你对我厌倦了?"

"怎么可能?"我抱住她,"我可一点儿都没厌倦,干其他事分散一下注意力才更不会厌倦呢。"

"真的吗?真的一点儿都没厌倦吗?"

"真的呀。你知道我喜欢写作,我的目标就是写出更多好小说来,这能让我感到开心、满足,能让我找到存在的意义。最重要的是,我得靠它挣钱啊,我得养你啊,大小姐。"我夸大了钱的部分,想让她放心,"小张能给你买的,我也得给你买,他给你送过马,我至少也得送你只羊驼啊。"

"我才不是什么大小姐呢。"程夏冬垂下脑袋,"我觉得自己一点儿用都没有,什么都不会,要不是爸爸妈妈我早就饿死了。"

"不是有我吗?我能让你饿着?"

"我是说我自己,到现在连自己擅长干什么、喜欢干什么都不清楚……"

"你擅长谈恋爱和折磨人呀,你喜欢干我呀。"我逗她。

"哎呀!"她拍了我一掌,"说正事呢。"

"一事无成也好,碌碌无为也好,清不清楚自己喜欢什么、擅长什么都无所谓,这些没那么重要。要是我能长生不老,根本就不在乎什么存在的意义，体验和经历才是第一位的。就因为人都活不长，又想证明自己存在过，才硬给自己找意义，说到底是用自欺欺人来对抗虚无而已——不知道这么说你能不能明白？"

"我就是突然觉得特别不自信。"程夏冬将脸埋进我胸口。

"生活要发生变化的时候，谁都一样，适应了就好啦。"

"啊？要发生什么变化啊？"她问，"变坏吗？"

"怎么会呢？当然会变好。"

"真的不会变坏吗？"

"真的不会……"

# 9

十月中，我正式恢复了小说的写作。每天早上六点半起床，简单吃点儿东西，连着写五个来小时，十二点前就能完成任务。从书房出来，程夏冬也已做好饭等着我了。吃过午餐，剩下的时间便可以自由安排。

北京城里能玩的地方几乎全玩遍了，我们不再频繁外出。程夏冬报了一个油画班，也在上午，可两次之后就不愿意去了，说教得太基础，不能随心所欲地画。而且她说，没有我作陪，根本就毫无乐趣。除了打扫房间和洗衣做饭，她几乎无事可做，只能看看综艺节目打发时间。

动笔以来，我比较注意程夏冬的情绪，很担心她因为无聊或者我不陪她而不开心。起头的第三天，我写了一会儿，刚进入状态，程夏冬便进了书房,说要拖地。我稍稍皱了下眉头,她就笑了,连忙退出去,边退边说,哎呀呀,你别生气嘛,继续写吧,不打扰你啦。后来的几天她再也没有突然闯入,甚至一丁点儿声音都没弄出来过,十分懂事。

可我欣慰得过早了。

有天下午陪程夏冬逛街,不经意地回头,发现两个女孩在不远处看我,小声议论什么。走着,两位女孩突然绕到我们前面挡住去路。

"不好意思,请问您是安沉午吗?"其中一个问道。

"对,我是。"

她们俩雀跃了一下,看看程夏冬,又看看我。

"请问能和您合个影吗?我们很喜欢您的书。"

我对两个女孩儿笑了笑,看向程夏冬,征求她的意见。她点头示意,松开我的手,站到一旁去了。

"别走呀,一起拍一起拍!"我招呼程夏冬过来。

"哎呀,书又不是我写的,你们拍就好啦。"她有些不好意思。

"快来!"

"真的不用了。"她摆摆手。

两个小女孩围上来,分别站在我两侧。本来是自拍,当我们三个人的脑袋挤在一起时,程夏冬主动上前接过女孩儿的手机:"我帮你们拍。"

"好啊好啊,谢谢!"两个女孩说,"麻烦多拍几张哦。"

拍完,手机还给她们,两人兴奋地翻看着照片,叽叽喳喳,有说有笑。

"可以了吧?"我问。

"可以了可以了!"其中一个女孩儿说,"谢谢安沉午老师!"

"安老师,什么时候出新书啊?"另一个女孩儿问。

"快了。"我说,"对,我想问一下你们是学生吗?"

"是的,我们刚上大二。"

"看过《成倍焦灼》?"

"高三暑假看的。"

"我是大一看的。"

"好的好的,下一本再等等吧,怎么也得明年了。"我说,"到时候会买吧?"

"当然。""肯定会买。"两人齐声说。

"行,那就行,不然白跟你们合影了。"说着,我看了一眼程夏冬,她在一旁坏笑着观察我。

"我发现你还挺会跟小姑娘开玩笑啊。"女孩们走远了,程夏冬说。

"跟读者得互动互动嘛。"

"哼!吃醋了!"

"就喜欢你瞎吃醋、乱吃醋的样子,特好玩。"我搂住她。

"哎,都忘了你是个名人了。"程夏冬说。

"什么名人啊,我们写字的可不比明星,没几个人知道。"

"你要是明星那还得了,我还有机会靠近你吗?"她说,"助理保镖前呼后拥,粉丝崇拜者络绎不绝。"

"其实我长相也说得过去,下本书大火了进军娱乐圈也是有可能的。"我逗她。

"突然好担心呀!"

"瞎担心什么呢你？"

"担心你事业太好的话，我们就越来越远了。"她说，"还担心你到时候跟别人跑了。"

"我能跟谁跑啊？再说，事业起来了我们明明会过得更好啊。"我说，"怎么，你真希望让我当个小白脸被你养着？"

"对啊，这样最好！牢牢地把你握在手心里，严密地监控着，坚决不让别人染指。"

"软禁起来？"

"没错！禁止你抛头露面，禁止你和异性交往，只做我的小白脸。"程夏冬说，"想写东西也可以，只能写给我看，不能发表。不行，软禁都不行，得把你关进地牢里。"

"真变态。你不知道压抑和剥夺一个人的自由会让他心生怨恨吗？"

"哼！我就知道，某些人还说要做我的狗狗、泄欲工具和撒气包呢，原来都是骗人的！"

"那也不能一辈子关起来啊，自愿跟强迫是两码事。"

"谁要关你一辈子了，你只要告诉我你不爱我了，立马放你走。"程夏冬面色变了。

"哎呀，你别生气，我不是这个意思。"我连忙哄她，"你把我做成人彘算了。"

"什么'人质'啊？"

"人彘就是猪猪人，是吕后发明的对付戚夫人的酷刑。把人四肢砍了，眼睛戳瞎，耳朵熏聋，嗓子毒哑，舌头拔掉，毛孔全腐蚀了，做成猪的样子养在厕所里。这样你是不是就满意了?"

"安沉午,你怎么把我想得这么歹毒呢?"

"你刚不是说把我关在地牢里吗?就算是软禁,也是一个性质啊,精神人彘。"

"哼!以后不许你继续写东西了!"

"啊?"我心一凉,"刚才都是跟你开玩笑的!怎么可能大火呢?怎么可能进军娱乐圈呢?"

"怎么不可能?你上一本书不就卖得挺火吗?要不人家怎么能在大街上认出你?这几天你那么早起床,一起床就把自己关进小屋里,我一整个上午也看不到你,大半天不就这么被夺走了?往后,你的写作、你的事业迟早会把你从我身边一点儿一点儿全部夺走的,我……我还不如养一头你说的什么猪猪人呢。"

"夺什么走啊?首先,我这是头一次被人认出来,恰好被你碰上而已。其次,我起那么早就是为了趁你还在睡觉时赶紧写,想着剩下的时间可以多陪陪你……你说你瞎紧张什么?"

"我没有瞎紧张,刚才有一瞬间,危机感特别强烈——女人的直觉和第六感很准的……要不你找个正常工作吧,你看你车子房子都有了,我们平时不需要花太多钱的,对吧?咱们低调一点儿,平平淡淡的不也挺好吗?人一出名都会变的,就算人不变,也没有什么隐私可言了,时间和空间都会被挤压,到时候我们哪儿还能好好在一起啊?"

……

那天我颇费了一番口舌才暂时打消了程夏冬的疑虑和恐慌,说实话,我不希望她把宝都押在我一人身上。

　　第二天一早,正当我起身要去写东西时,程夏冬竟拉着我的手不放。安抚了她半天,待她继续睡了才得以脱身。写作比平时晚了三十分钟,我的心情受到了影响。此外,写作的几小时里,程夏冬不停地进屋,表面上是为我端茶倒水,实际却像在有意打扰我。后来,我跟她说等我写完再进屋,她置若罔闻。于是,程夏冬第六次进来时,我忍不住说了她一句,声音稍微大了些,她就生气了,摔门离开。我当然无心继续写作,跑出去哄她,从白天一直哄到晚上,可她就是不理我。我意识到这是个非常不好的兆头,又想起了以前闹过的种种不愉快——那时确实是我不对,我认了,可如今,我并没有任何过错。真是,还没高兴两天,麻烦就来了!

　　临睡前,我用最后一丝耐心再度哄了哄她,依然没有效果。我想,如果继续由着她,以后她只会变本加厉,再有事儿还指不定闹成什么样儿呢,必须让她悬崖勒马。

　　"你怎么这么自私呢,为这点儿小事跟我闹一天……写作是我的工作,是正事儿啊,你怎么好意思不让我做正事儿呢……之前不是挺好也挺懂事的吗,过去那些个不愉快都能过去,为什么偏偏要为还没发生的事情瞎胡闹……说好的要过程要过程,什么过一天就少一天,要珍惜,要争分夺秒,你这不是南辕北辙是什么?就非得跟我怄气,弄得大家都不开心?"

　　气呼呼地说了一大通,程夏冬躺在床上背对着我,一言不发。

　　"你知不知道这样会让我更恼怒?我最受不了的就是你不理我,跟我玩冷暴力。之前闹,几星期几个月不理我不见我,现在躺在我身边了还是这么闹,就不能换个方式吗?咱俩大吵一架也行啊!行,我玩不过你,我服了你了。你说吧,到底想让我怎么样?你说,你怎么样才能开心?你告诉我,我答应你就是了。不让我写,好,我不写了行了吧,我一会儿就去把电脑砸了!"

她仍然用沉默跟我对抗着。我被逼急了,想都没想,狠话脱口而出:

"你就想让咱们俩都变成废人对吧?!整天就知道花家里的钱,吃喝玩乐,什么也不干——不对,是什么也干不好,什么都坚持不下来!老大不小了一点儿毅力没有,连经济都没法独立,不丢脸吗!自己这样也就罢了,还想把我给拖下水,爱情是他妈空中楼阁?是他妈的童话故事啊?在一起生活不花钱啊?说话啊!"

程夏冬的身体开始抖动,她哭了起来。

我立刻就后悔了,马上抱住她:"对不起对不起,宝贝儿。不应该这么说你,我不是成心的,你一直不理我,我实在是恼火了、冲动了,唉……"

她挣扎着从我身子下面挪出去,挪到角落里,蜷缩成一团,哭得伤心欲绝。我回想着刚才的措辞,心里也痛了起来,不知该怎么安慰她,只能叹气。

过了一会儿,程夏冬转过身子。

"我真的很自私,对不起。"她抽泣着。

"没有没有,我也很自私,是我对不起你。"

"你不要看不起我好吗?是我不对,不该影响你,但我真的很怕那些不好的东西会来。"说到这里,程夏冬又哭了,"我……我……努力不去想,我特别特别……珍惜我们在一起的每一分每一秒,真的……这些天不知道为什么,我又虚弱又敏感,我觉得你开始写东西之后就变得越来越强大、越来越不在意我了,而我却越来越渺小、越来越在意你……我不想跟你闹脾气的,实在控制不住,对不起,小安子。"

"该说对不起的是我,宝贝儿,我就是个浑蛋,太冲动,说秃噜了。"我使劲亲她,揽进怀里。

"可我不是个废人。我承认,别的我确实不行,但爱你这件事我真的尽全力了,也许它是我唯一能干好,又坚持下来的事。"

说完,程夏冬抬起头,委屈地看着我。我既感动又自责,吻了她沾满泪水的眼睛。那里咸咸的、烫烫的,像吻在流血的伤口上。

程夏冬发誓以后再也不会影响我写作,也不会再自私了;我则发誓以后再也不会伤害她,什么都无法把我从她那里夺走,我将一直守在她身边。

可我们谁也没能守住这番誓言。

# 1

"记得许愿啊,以前从不许愿,今年总要为我们许一个吧。"

十月底,天气转凉,我的二十四岁生日到了。又是十二点整,程夏冬像变魔术似的从冰箱里取出一个蛋糕。点燃蜡烛,关上灯。

"生日快乐小安子!我爱你,超级超级爱你。"她的眼眶里映着烛光,一闪一闪的。

"谢谢你宝贝儿。"我说,"我也超级超级爱你。"

双手交叉,许下两个愿望:一是小说能够圆满完成,二是跟程夏冬一直好好的。

"许的什么愿啊?"她追问。

"不告诉你。"

"哎呀我想知道嘛!"程夏冬摇着我的胳膊。

"说出来就不灵了。"

"反正是跟咱俩有关的,对吧?"

"那肯定啊。"

"那就好那就好。"她心满意足,"这个是百香果慕斯蛋糕,你闻闻,可香了!"

我凑近,正陶醉在浓郁的芳香里,脑袋突然被两只手摁进蛋糕。程夏冬大笑着、欢呼着,几秒之后才松手,我直起身子,一脸无辜。

"浪费!"从脸上揩了一块奶油放进嘴里,"嗬,还挺好吃的。"

"哈哈哈,恶心死了,让我也尝尝。"

"恶心还要尝?偏不给你尝……一天到晚就知道捉弄我。"

程夏冬想舔我的脸,我躲开了。她取出手机,示意我看镜头。

"大寿星,快对广大观众朋友说两句。"

"一脸奶油我说个锤子。"

"注意文明用语!"程夏冬憋住笑,对着镜头正经八百地说:"各位观众朋友晚上好,这期美食节目,我将带大家领略人脸味儿百香果蛋糕的风情。"

她举着手机,揽住我,一边亲我一边舔食着我脸上的蛋糕。

"哇!闻着臭吃着香!跟湖南名吃长沙臭豆腐有异曲同工之妙,哈哈哈哈哈。"

"别吃了,脏死了,真恶心。"我躲开,"不理你了啊!"

"请问安师傅多久没洗脸了?酱香味极其浓郁,真可谓酒香不怕巷子深,脸油不怕蛋糕厚。"

"……"

洗净脸回到客厅,程夏冬正襟危坐在桌前,煞有介事地看着我。

"怎么了?"

"我要宣布一件事。"程夏冬将手机放到一边。

"又搞什么花样?"我向后退了一步。

"放心吧,没花样啦。"她招呼我上前,"是个好消息。"

"你说吧,我就站在这儿听。"

"我宣布,我和小张从此再无瓜葛——他不会再等我了,我们两家彻底谈妥了。从此以后,这里就是我的家,你就是我的亲人,我再也不走啦!"

"我以为你们早就谈妥了——回成都那周你就办这事儿去了?"原来如此,我说从成都回来后她怎么有点儿不一样了……

"之前根本就没谈,我跟他们所有人都闹翻了,自己跑北京来找你的,领证和婚礼的安排只能搁置。"程夏冬皱起眉头,"哎,瞧你这话说的,好像退个婚很轻松似的。"

"没有没有,我知道你不容易,也让叔叔阿姨跟着操劳了,我知道的……"说着,额头上冒出了虚汗。可为什么我会冒虚汗,这难道不是个好消息吗?

"喂!你怎么一点儿也不高兴呢?"程夏冬说,"真没良心,我翻来覆去还不都是为了你!"

"我高兴啊,我当然高兴了。"

"本打算早点儿告诉你的,但你那天惹我生气了不是——在游泳池,打了十几个电话不接,后来总算接了,态度却很不好——我就没说。不过,生日当天告诉你不是更有意义嘛……"程夏冬的嘴唇一张一合,后面的话我一句也没听进去。

我幻想过这个时刻,幻想过很多次。我曾以为当她告诉我这个消息时我一定会成为世界上最幸福的人;我曾以为我会激动得泣不成声,抱着她连转三圈；我曾以为我会重新为她拧一只铁丝戒指，径直拉着她去民政局登记。现在，当她真的这么做了，当她抛弃了一切来到我身边时，我没有感到开心反倒有种说不出的拘束：程夏冬用行动证明了她想证明的一切，她的牺牲远大于我，从此，她可以轻而易举地要求我为她做任何事。到了这一步，我不得不与她结婚，我不得不永远地失去自由，她的好、她的坏我不得不照单全收，我的写作、社交、饮食、运动等习惯也不得不接受她的影响和管辖……想到了未来这一系列连锁反应，好像我的某些权利被终身剥夺了似的。

"平复一下激动的心情，整理一下凌乱的发型。小安子，从今往后，你就是朕后宫里唯一的妃子了，朕会好好宠幸你的。"程夏冬伸手在我眼前晃晃，"怎么了你？"

"没怎么……"我如梦初醒。

程夏冬的昂扬霎时全无。

"觉得没劲了是吗？"她说。

"没有没有，你误会我了，我是觉得你这么做有些冒险。"

"我愿意，怎么啦！"

"万一……唉……"话刚起了个头我就后悔了，我他妈说这些干吗呢？

"万一什么啊？今天跟我想象的一点儿都不一样！我以为你会支持我的，我以为你会喜极而泣抱着我再也不放开，我以为这会是个最棒的生日礼物……全都是我以为，是我一厢情愿，为什么每次都是这样？"

"对不起宝贝儿，我不是那个意思……"

"不是那个意思还能是什么意思？"她打断我，将手里的小纸团砸在桌上,"万一你厌倦了、没感觉了、搞上别人了咱就分呗,有什么啊?又不是没分过!"

我哑口无言。

"安沉午,你千万别为我操心,搞得我没人要似的。就算我一事无成、经济不独立,想要娶我、养我、宠我、把我捧在手心里的人也还排着长队呢我告诉你!"

"宝贝儿,是我对自己没信心,怕自己又让你失望了。我真的很想好好跟你在一起,一辈子在一起。"

"行了别找补了,唉,我图什么呢?大好的生活放着不要……"程夏冬瞟我一眼,"有退路算什么纯粹呢?我就想粉身碎骨爱一回试试,就看你敢不敢愿不愿意!"

"我当然敢当然愿意了,"我半蹲着搂住她,"今天是我生日,咱们应该开开心心的呀,宝贝儿,给我个面子,别跟我这种人一般见识好吗?"

许久,她才肯看我,用那种委屈而责备的眼神。

"说!你错了!"

"我错了宝贝儿,都是我不好,我们别吵了好吗?咱们明天就回西安领证去!"

"不要!我都说过了,我不是跟你要一个结果,我就是要跟你燃烧殆尽,哪怕玉石俱焚、鸡飞蛋打,一股脑一口气一下子全烧光了才甘心!"

"宝贝儿,我其实总也弄不清楚你到底想要什么……"

"到时候你就知道了。"程夏冬摸摸我的脑袋,"现在,既然没有退路也回不了头,我们就什么也别管了好吗?把你的看家本领都拿出来,好好爱我吧!"

# 2

早晨一起床我就进了书房,下笔十分顺畅。

"小安子我不是故意要打扰你的,我要出趟门,来跟你说声。"写到一半,程夏冬蹑手蹑脚进来了。

"嗯,去吧!"

"你就不问问我去哪儿、去干什么,不怕我走丢吗?"她趴在我肩膀上。

我不喜欢有人在背后看我写的东西,"啪"地合上了笔记本电脑。

"去哪儿呀宝贝儿?"我问她。

"去市场,买点儿新鲜食材,给你做些好吃的。"

"不出去吃了?"

"你生日啊,我必须亲自下厨。"她揪起我的耳朵,"你在家乖乖写作哦,不许再背着我跟其他人联系了,听到没?"

"遵命。"

独处的机会真是短暂又难得,我起身去客厅转了一圈,家里干净整洁,一尘不染,虽然看起来赏心悦目,可我更偏好过去独居时那种混乱而随意的面貌。舒展了筋骨,在沙发上躺了几分钟,回到书房又写了一小时。规定字数完成了,程夏冬还没有回来。打开手机,收到一条微信,是班琪,她发来很长一条:

沉午,生日快乐!

因为怕你不方便,就没有在零点准时为你送上祝福,以及,请原谅我无法为你准备生日蛋糕了。如果你是一个人，我想我一定会飞到北京陪你好好过上一个生日的。不过，在新西兰出差时，我特意为你买了些当地的物产作为生日礼物，食品、用品一类的，虽然很朴素，但都源于大自然，也都是好东西，我猜你会喜欢。我已经算好时间提前寄出了，包裹该会在今天准时送达。放心拆开就好，里面没有写着肉麻话的小卡片——我准备过一张，但又怕给你和她造成不必要的麻烦，取出来了。也许你再也没机会看到，真遗憾。

想起去年此时，在广州，我们刚刚认识也是第一次见面，我对你的印象很深。说实话，没料到能和你发生这么多故事。即便现在我们没能在一起，可我们珍惜对方，深层次地理解对方，在这个过程里永远地获得了对方，我想，这比所有表面意义上的恋人或朋友关系都更有意义。我很开心，真的。如果上次那个电话有让你不舒服的地方，请千万不要放在心上。

秋天了，北京应该很凉快吧？早就听说北京的秋天最美，真想再和你去一次颐和园，坐船，淋雨，聊各自的往事。广州依然很热，可比夏天时凉爽了不少，晚上开着窗，在夜风里看书、睡觉，十分惬意。

圣诞节过完，我就要辞职去旅行了。最近正在收尾和交接工作，十分繁忙。我打算先去澳洲待一个月，那时南半球正是夏天，比较温暖。二月份去挪威，看到了极光就出北极圈，春天时正好可以游历欧洲。如果你也有意，欢迎你随时加入我，不过一定记得提前办好签证。

想着马上要出发了，心情就很好。只要我们能保持联系，我想我该不会再抑郁了。有你在，我踏实极了。我很想你，可是后会遥遥无期,也不知什么时候才能再见……

怎么说着说着又伤感了,今天可是你的生日呀。二十四年前的今天你出生了,如果没有你,我还不知道在哪里飘荡着,或许已经葬身崖边海底了。谢谢你的爸爸妈妈,也谢谢你的到来。一直记着你过年时发给我的信息:"跟你聊天、睡觉和拥抱,是我过去二十几年里经历过的最为奇妙的事情。你对我来说很特别,我将永远怀念那两个稍纵即逝却平静漫长的夜晚。你值得更好的境遇,我会永远珍惜你,新年快乐。"虽然很短,可回味无穷,我不止一次因为这些文字热泪盈眶,也不止一次从中获得力量。

跟你总有说不完的话,一不小心又写了这么多。马上要去开会了,所以今天就说到这里吧。最后,衷心祝愿你和她在一起能够开心,再次祝你生日快乐!

读罢,心里暖暖的,想象着班琪背着行囊漫步在世界各个角落的情景,我不禁十分羡慕。还没来得及回复,程夏冬就提着大包小包进了门。

"你去客厅歇着吧小安子,别来给我添乱啦。"我要打下手她不让,将我推走。

厨房里动静不小,油香味阵阵而来,我饿了,肠道蠕动起来。一个多小时过去,程夏冬拉我来到桌前。

"清蒸鲈鱼、麻婆豆腐、鱼香肉丝、干煸豆角、凉拌黄瓜、酸汤肥牛、辣子鸡。怎么样?"

"哇!"我端起米饭,狼吞虎咽,"好吃,真好吃,太好吃了!"

说着,门口传来敲门声。一定是班琪的礼物送来了,我放下碗去签收。

"我去!"程夏冬一溜烟跑掉,我心里打起了鼓——她会不会介意呢?

程夏冬拿着一个半大不小的纸盒回来,从中取出一个精致的皮质小箱,摆在桌上,"自己打开吧。"

"你买的?"

"不然呢?"她看着我,满怀期待。

我拉近它,小箱子顶端印着一个金色十字,下面是一长串英文。摁下按钮,打开顶盖,里面放着一块手表:银白的表身闪耀着光泽,黑色皮质表带尽显儒雅,整体细腻圆润,无一丝多余。

"喜欢吗?"

"喜欢!宝贝儿的审美棒极了。多少钱?肯定很贵吧。"

"又提钱,俗不俗呀,"她说,"快带上试试!"

取出时才发现,表的背面更漂亮。透明表壳内,雕着花纹的扇形摆陀轻巧地转动着,始终指向地心。这摆陀应该是表的自动上链装置,只要一直戴着,它就能永远走下去。我调好时间,撕掉薄膜,戴到腕间反复欣赏。

"谢谢宝贝儿!这是我收到过的最高级、最贵重的礼物。又让你破费,搞得我都有点儿不好意思了。"

"有什么不好意思嘛,我一直想送你件有分量的东西作为信物。你每天戴着它,以后就算跟别人在一起了,看见它时也还是会想起我的。等你七老八十,把这块表传给子子孙孙的时候,还能再回顾回顾我们的爱情故事呢,多好!"

"宝贝儿可真有心。"

"小意思啦。"

"什么牌子?"我看了看小皮箱上的英文问。

"江诗丹顿。"她说,"这是我用前几年上班存下的钱买给你的,一分也没问家里要。"

伍凯佑提到过这个牌子,当时他说便宜的款也得八九万……我吻了她,十分感动。

门外又传来了敲门声。

"咦?怎么又来了?"程夏冬前去开门,我回到桌上继续吃饭。

少顷,她抱回一个大箱子,看了看发件人和地址。

"广州,你的班琪寄来的。"程夏冬笑了,"看来不止我一个人给你准备了生日礼物呀。还挺沉,是份厚礼呢。"

"哎呀,都是朋友嘛。"

"连你家地址都知道,肯定不是普通朋友……来过吧?"

"来过什么呀?我给她发的地址。"我尴尬地笑了。

"快拆开看看。"她的意思是要我当面拆。挺好,这样正好可以打消她的疑虑。

"你帮我拆吧,没吃完呢。"

"我不拆,明明是人家送给你的礼物。"

程夏冬回到桌前,半笑不笑地审视了我很久,像在等着我跟她交代什么似的。

我放下碗,拆开箱子。里面有四大罐蜂蜜,几小瓶保健品,一双皮质拖鞋,一双皮毛一体的手套,一条羊绒围巾和一张很大的羊毛毯子。

没有任何值得怀疑的物品，我跟程夏冬说："她去新西兰出差了，说寄些当地物产给我。应该不算生日礼物吧，只是碰巧今天寄到而已。"

"你们平时一直联系？"

"没有一直，偶尔。"

"什么偶尔？前不久才发了信息，那么长一条，被我逮个正着！"她拉出凳子，发出刺耳的噪声。坐下，双手交叉在胸前。

"怎么啦宝贝儿？"我笑了，想上去搂她，却被推开，"我就不能跟其他女性有半点儿来往吗？"

"正常来往当然可以。"她特意强调了"正常"二字。

"嗨，你瞎想什么呀？"我说，"别这样，不喜欢你这样，搞得人很不舒服，猜忌和怀疑只会损害咱们的感情。"

"还上纲上线！"她瞪我一眼，"你怎么不猜忌怀疑我呀？前一阵我跟谁打电话，你连问都没问过，哼！根本就不在乎我。"

"我那是尊重你，不想让你难堪。除了小张，你还能打给谁？我宁愿傻一点儿什么都不知道，也不愿胡思乱想审你一番再生一肚子气。弄成那样谁都难受，还伤感情，根本没必要。"我说，"难得糊涂嘛，只想跟你开开心心的。"

"得了吧，尊重我就不该和任何其他女孩儿有丝毫的暧昧跟瓜葛！真是个好托词啊，那以后是不是谁也不能管谁了？大家都可以撒开乱搞了？这就叫'尊重'？"程夏冬突然把话说得极为难听，"我可不愿意糊里糊涂傻开心，等发现上当受骗可就晚了——差点忘了，你可是有前科的人！"

"你什么意思？"我板起脸。

"没什么意思,想起昨晚你知道我退婚之后的反应,现在终于明白是怎么一回事了。"

"你到底什么意思啊?"

"还说什么万一……你的'万一'就是她吧?"

"不是,你说什么呢?"

"别说你们俩什么都没有!"程夏冬声色俱厉,"除了她之外你还跟多少个女孩'正常来往'?"

听她这番话,我差点儿就发作了,但我告诫自己千万冷静,用尽全力克制怒火。几分钟过去,手不抖了,可我不想再说话。摘下手表放进小皮箱里,收起一桌餐具,扔在水槽里清洗。

"喂,干吗把表摘了?"程夏冬大概也觉得自己反应过度,跟了过来。

"太沉重太昂贵,我消受不起!"

整个下午,我躺在床上看书,程夏冬跟我说了几次话我都没搭理她。她有些着急了,上床抓我、挠我、摆弄我。我硬是没动。

"小安子,你为什么不跟我说话?"

"我不想说。说多了吵架,吵架伤感情。"

"你对我什么感情?说来听听。"她一把夺走我的书。

"没感情!"我背过身去。

"别生气了嘛,刚才是我不对。"她跪在床上,"这就给安公公请罪。"

"我最恨被人冤枉。平时说几句话、寄点儿东西怎么就成了乱搞了?我过去是乱过,可我早就不那样了。我为了你可是……算了算了不说这些了。"我和班琪的过往还是不要给程夏冬知道为好。

"哎呀以后不冤枉你啦,我错啦,对不起嘛。"她说,"刚才就是想诈诈你而已,什么都没有当然最好。"

"就算有也早就过去了,我现在全天候被你监视着,还能怎样?说我有前科,你才有前科呢。"

"'就算有也早就过去了'——你们俩还真有过?"她睁大了眼睛,"你可真不挑啊!"

"你!"我指着她刚想说她,就被她亲上,堵住了嘴。

"别气别气,我大人有大量、既往不咎。"她揉揉我的脸,"今天是你生日,笑一个呗。"

"亏你还知道是我生日……"

程夏冬钻进被子,抱着我说了很多好话,保证以后会"尊重"我也会给我足够的空间,我抓住机会对她进行了一番教育,将我的观点一吐为快。她认为我说得一点儿也没错,表示一百分的赞同,可我总觉得她一句话也没听进去,现在的顺从只是为了哄我高兴,迟早还会出问题的……正在忧虑这事,程夏冬跑下床,取来那块江诗丹顿重新给我戴上。

"小安子,你猜这块表叫什么?"她问。

"叫什么?难道每块表还有个法号?"

"每个系列都有名字的,你手上的这块叫'传承'——好看的手表太多了,就因为这名字彩头好,我才买下它送给你的。"

"'传承',嗯,不错。"我点点头,"谢谢你宝贝儿,我特别喜欢。"

"喜欢就好,以后你要天天戴着,时刻睹物思人。除了洗澡、游泳和睡觉,不管去哪儿、不管干什么都不能摘下来。"她说,"听见了吗?"

"放心,入土了我也带着,把我们的爱情'传承'到地狱的每个角落。"

我想,程夏冬终归是在乎我,才对别的女孩儿如此介意,同班琪频繁地、超越尺度地交流当然会伤害程夏冬,这是我的问题。我打定主意,从此不越雷池一步——在不伤害班琪的前提下调整好我们的关系,至少面子上要变成普通朋友,多余的,就放在心里好了。

谁知火热的决心立刻就被浇灭了。

# 3

每年生日我都会给妈妈送件礼物,聊表慰问,今年也不例外。

"你真孝顺,特喜欢你这点。"寄出时,程夏冬说。

"差得远。没法整天陪在他们身边,只能偶尔这样表示表示了。"

"整天跟他们在一起会烦的,我也是来了北京才开始想念爸妈。"

"嗨,整天跟谁在一起都会烦。"我是顺口,说完之后马上意识到不妙——果然,程夏冬胳膊一甩,走了。

我在心里骂了一句老天爷,随后马上认错。费尽口舌、连续不停地哄了好久,她仍不见好转。至于吗?因为无心的错话发脾气,从昨天夜里到现在,已经闹了好几回,今天可是我生日啊!于是,哄着哄着,我数落起她的不是,从暗讽到明指,从巧言令色到义正词严……

"安沉午,你凭什么说我?明明是你的问题!"

"对对对，都是我的问题，我错了，姐姐，皇后娘娘，你饶了我还不行吗？"

"凭什么饶了你啊？以为我那么容易哄啊？"程夏冬不依不饶。

"行了，大家都不是第一次谈恋爱了，成熟一点儿，互相体谅下，别没事找事好吗？"我穿好鞋披上衣服，往门口走。

"喂！你干吗？离家出走啊！"

"跑步去。"我说，"在家待着怕一会儿又吵起来。都冷静冷静。"

"我不许你去！咱们必须好好谈谈。"

"该谈的都谈过了。"我拉开门，移出半个身子。

"安沉午，你给我走一个试试，"她指着我，"出了这个门就别回来了！"

我一听这话就火了，狠狠关上门，将程夏冬反锁在家里。到了楼下一摸裤兜才发现手机忘拿了，不过我并没有在意。绕着小区跑了半小时，堵在胸口的愤懑随着呼吸吐纳逐渐排出体外，心情虽说不上愉悦，但已没有刚才那么气了。去便利店买了一瓶水，喝完之后又买了些零食，磨蹭了许久才上楼。

回到家，只见程夏冬坐在沙发上，喘着粗气，怒目圆睁地望着地面，好像还哭了一场。

"还生气呢，怎么都气成这样了？要不你也下去跑两圈？"我本不想理她，可还是强忍着不耐烦，缓和了一下气氛。

"我们分手吧。"她说，"你爱的是班琪，不是我。"

这时，我才注意到她手里握着两部手机。

"你翻我手机了？"

"你爱的是班琪不是我!"

"你为什么要翻我手机?"除此之外没有别的可能,"你怎么能翻我手机呢!"

"你明明爱的是班琪,为什么还要口口声声说你爱我!你这个骗子!浑蛋!"她厉声质问我,恶狠狠地瞪着我。

"你他妈的凭什么翻我手机?凭什么!"真想扇她一巴掌,"我为了你早就跟她理清楚了,要是爱她我现在早跟她在一起了!你知不知道你蠢到家了程夏冬?"

我从茶几上抄起一罐蜂蜜砸在地上。"吵吧!来啊!在一块儿太平淡了、不带劲儿了是不是?好好一生日让你过成这样!妈的!"

罐子裂开了,黏稠的蜂蜜四溅开来,以一种几乎无法察觉的速度扩张着。

程夏冬哭了,发了疯似的指责我们,说字里行间流露出的奸情连傻子都能看得出来;她无法原谅我隐瞒班琪来过我家的事实;她费尽辞藻侮辱那种"广博无私的爱";她辱骂班琪是个婊子是个没人要的荡妇……总之,我和班琪之间最关键的部分全都被她掌握了,我感到耻辱,还有难以言说的愤怒,我已经丧失了一个人最基本的权利和尊严。

气急败坏过后,程夏冬又痛心疾首起来,说我和她从来就没像我和班琪那样相互理解过;她嫉妒我和班琪没吵过架、没红过脸,相处极其融洽;她说不在我身边的时光全都是由班琪填补的;她最受不了的就是我答应了班琪要一辈子珍惜她……程夏冬说了很多让人心碎的话,从头到尾都在表达她爱我有多深、为我做出了多少牺牲,看着她声嘶力竭地哭喊,我意识到，这不过是一场卖力的表演罢了，沙发就是她的舞台，我就是她的观众，目的再清楚不过：她并不是真的想跟我分手，而是想从我这里得到"我最爱她也只爱她"的一个确认，顺便大肆发泄一番。

我被自己的清醒吓住了。被感情控制了这么久，我的理性又回来了。不过，归根结底我是爱程夏冬的，即便恢复了理性，也不会像当初对待隋凉那样对待她了。

从过去无数次的吵架当中我只学到了一点：没有谁能真正理解谁，也没有谁能真正说服谁。想到她为我付出的一切，我觉得我应该像那些甜言蜜语、巧舌如簧的男人一样，处处让着她、句句哄着她。我知道，只有心甘情愿地妥协才能万事大吉。真的不想接着吵了，这毫无意义。

于是我把对她的感情如实表达了出来，是的，甚至用不着夸大，只要把我的心路历程和盘托出她就全明白了。我不再想追究她私自翻看我手机的事儿了：程夏冬从某刻起就"怕我跑了"，也许是她跟小张彻底了结的那一刻，也许是我重新提笔写作的那一刻。之后，所有的行为都可以理解为她要"粉身碎骨破釜沉舟爱一回"的外在表现形式。既然这里头是爱，我也就心软了，只想尽快息事宁人。

"这些都是过去的事儿，如果揪着过去不放，只会把现在弄糟。"我带着无限的诚恳说，"我求求你了，咱们俩真的别吵了。现在我所能做的就是珍惜你，我非常非常爱你，其他人我一点儿都不在乎。"

"真的吗？我还能相信你吗？"程夏冬望着我，也许她一整天的无理取闹都是为了刚才的那句话。

"真的。"我抹掉她的眼泪，她像个受伤的小动物似的躺到我怀里，身子仍是一抽一抽的。

"那你把她加入黑名单,以后再也不许跟她有任何联系!"

我蓦地一怔,没想到程夏冬会在这里堵截我。从她无辜的灰暗眼神里,我看到了一丝我不愿意承认的老辣跟恶毒。我已经很对不住班琪了,我曾答应她永远不会断了联系,如此一来,我会把她推向一个怎样的深渊呢?当她发现自己被最信赖的人拉入黑名单时会有多伤心呢?我下定决心不再越雷池一步,为什么程夏冬就是要赶尽杀绝,让我背信弃义,置她、置我们的约定于不顾呢?

我难受起来,回想起程夏冬刚才的眼神,我不寒而栗。她比我自私多了,一直以来都是如此。如果由她任性下去,我们的爱情会变成什么样?我还有能力控制吗?

"你犹豫了。"程夏冬说,"其实你还是爱她,还是在乎她,你根本就放不下她。"

她起身跑到书房推出了行李箱,我上前拉住她。

"松开。"她说。

"你干吗呀?"我拉得更紧了。

她不说话。

"就非得这样吗?"我乞求道,"我向你保证以后不会再跟她有任何暧昧和瓜葛了,我们只做最正常的朋友,不要再逼我了好吗?"

她看着我,轻蔑地说:"行,我不逼你。你跟她好好做朋友吧,你们不过是想说话、理解、拥抱、睡觉而已,想一辈子珍惜对方嘛,我成全你们。"说完,她跑到卧室,打开衣柜,衣服一件一件往外拿。

我别无选择,只能再次妥协——从客厅取来手机,当着她的面,将班琪的电话和微信分别拉入了黑名单。

班琪,对不起。这一次我没法希求你能继续理解我、原谅我,你尽情地恨我吧,不要再压抑自己了,千万千万不要想不开做出什么傻事。我不值得,我既是始作俑者又是罪魁祸首,所有的惩罚都应该冲着我来……我把手机往床上一扔,内心无以名状。我想,即使班琪原谅我,我也再没脸面对她了。那份理解、那种情谊、那段不同寻常的关系终将烟消云散,而我,将被困死在这里,再也无法重返安宁。我现在才知道班琪对我有多重要,我太难受了,失去了什么只有我自己明白。

"现在你相信了吧?"我拉着程夏冬坐下,"其他人我一点儿都不在乎!"后半句话,我说得咬牙切齿,努上了全身的劲儿,可我马上意识到不该失态——现在我只剩程夏冬了。

她弓着腰坐在我旁边,呆看着面前的行李箱,像个漏了气的人偶。

"能做的我都做了,我同样没有退路也回不了头了。"我搂住她,想把她搂进我的怀里,可程夏冬的身上有股坚韧的劲儿,我花了很大力气也不能把她扳到我想要的位置。我唤她,她不答;我吻她,她不应;我哄她,她不为所动……我不断地试,不断地错,她始终在我的控制之外。

过了好久,程夏冬攥了攥我的手,缓缓抱住我,不带任何表情,也没显出任何意味。我知道她不会走也不会再提分手了,可我对她是否还会继续闹下去没有把握。

二十四岁的生日将永远被记住,我想不出过去有哪天能比今天更加漫长。我感到前所未有的孤独和悲哀。不单单是一件事,所有不好的事情均有条不紊地发生着,环环相连,丝丝入扣。我回想着这些年的所有起承转合,体会到了命运的精准无误。

"十二点了。"我看了眼手表,"今天终于过去了。"

"是啊,都过去了。"程夏冬的声音疲惫又苍凉,"睡一觉,明天起来,我们好好的吧。"

"嗯,好好的。"

"你真的最爱我也只爱我对不对?"

"真的。"我抱住她,心里却有点儿恨她,"最爱你也只爱你。"

夏天彻底结束了。

## 4

接下来的日子下了几场大雨,还没等树叶掉光,秋天便一晃而过。气温骤降,眨眼就是寒冬。

有天下午我手机亮了,程夏冬看见之后递给我,盯着我打开。是条垃圾短信。

"你为什么把手机调成无声呢?"程夏冬问我。

"怕吵,影响写东西。"

"可是上午写完之后不就可以打开了吗?"

"以前都是全天关着,习惯了。"我说。

"是怕谁给你发信息被我听到吧?"她说,"你又把班琪从黑名单里拉回来了对不对?"

我解开密码锁,打开微信拿到她面前,班琪的头像孤独地待在黑名单里。之前她的头像是一幅高更的画,现在却换成了纯黑色的小方块,原因不言而喻,我被这个小小的改变刺痛了。

"你什么时候给手机设了密码?"程夏冬仍不满意。

"上次之后就设密码了,不喜欢别人看我手机。"

"是不是特恨我?"

"没有。"

"密码是多少?"

我抬起头,错愕极了——她竟然一点儿都不知道收敛。

"你手机里肯定还有秘密!"程夏冬指着我,那眼神就像个失心疯病人。

"真没有了,密码是四个七,不是针对你。"我希望她能允许我保留最基本的私人空间,可我没法辩驳,不然一定会吵架,大吵特吵。于是我放弃了抵抗。

为了让程夏冬安心,我不再像过去那样总将手机揣在自己兜里,而是拿在手上,或者放在她随时可见的地方:运动时让她帮我带着,吃饭时正面朝上放在桌面的显眼位置,去逛街就装进她包里……不愿她总是胡思乱想,觉得我私下又跟谁保持着联系。我的社交本就不多,除了家人、伍凯佑、叶浮和班琪之外,我极少跟其他人往来。现在,跟班琪业已彻底斩断,我觉得我已经无可指摘了。

可程夏冬欲壑难填,从来不会满足。

有一阵子,她说我爱你,我就说我也爱你;她说我好想你,我就说我也好想你……我没注意到她闷闷不乐,要不是后来吵了一架,我根本不知道发生了什么——

"不想我就不要硬说,别勉强自己。"她的蛮横说来就来。

"哎呀,"我一下子慌了,"我哪里硬说了?发自内心的。"

"明明就是不想,而且你从来没有主动说过,只会加个'也'字糊弄我,毫无感情。"她说,"你心里想的是谁你自己清楚!"

"我还能想谁……我真的超级想你贼想你嗷嗷想你老想你了!"我凑齐各处方言,无不夸张地学说着。

连我自己都被逗笑了,程夏冬依然肃穆。我虽然没有做错什么,可也只能一个劲儿地赔礼道歉,说对不起,寻找各种堂而皇之的借口弥补过失。

原本我们十分愉快,看了一部刚上映的爱情片,还吻了好久,接吻的眩晕感令我找到了最初和她相恋时的感觉。可不知怎的,一出影院来到阳光下,程夏冬就现出原形,拿一个"也"字吹毛求疵,小题大做。

回家路上我围追堵截,像只招人讨厌的苍蝇,但所有的妄图拉扯皆被她无情地怼开,即便这样我还得全程赔着笑脸。一路上,我们的追逐和推搡引来了行人的注目,我从一些人的眼神里看到了同情,从另一些人的眼神里看到了幸灾乐祸。

"我真的是发自内心地想你,要不我早就勾搭别人去了。"可算到了家,我抱住程夏冬。

"是啊,比我省事、乖巧的女孩儿多了去了,你干吗偏偏赖着我呢?"

"你说呢?要是别人跟我这样我可一秒钟都忍不了。"

"忍不了就找你的班琪去吧！她既体贴又温柔，既能理解你又善解人意，她不会跟你来这套。"

"唉，能不能别提她了……"

"就提！心虚什么呀？"她挣开我胳膊，"不想我不爱我了就直说！"

"要是不想你不爱你我他妈出门被车撞死！"

"好啊，你们家班琪不也整天嚷嚷着要自杀还寻死觅活的，你赶紧下去陪她吧。"

"我不喜欢你这么胡说八道，想发泄就冲着我来。"

"怎么，你竟然护着她？"

"无聊不无聊。"我背过脸，拿出手机。

"喂，晚上想吃什么？"

继续摆弄手机，没理她。

"跟你说话呢，听见没？"

"哎呀我听见了。不饿。"

"跟我怄气是吧？"

"我真不饿。"

"行，我做了喂狗！"程夏冬站起来噔噔蹬进了厨房。

程夏冬站在水槽边阴沉着脸，龙头开着，水哗哗地流。我放下手机跟了过去。

"别乱生气啦，好好的不行吗？"我恳求道。

"好什么好？一想起你跟她的烂事儿我就气不过！"

"哎哟，您大人有大量，别自己气自己啦，要不我也跟着一起遭殃。"

"我偏就小心眼，怎么啦？"说完，她一怔，忽然呜呜哭了，眼泪一串串地掉。

"你又瞎想什么呢？怎么哭上了？"我赶忙抽了一张纸巾为她擦泪，谁知她一把打掉我的手，转身跑了。我关上水龙头，捡起掉下的纸巾，深吸一口气，回到了客厅。

"你跟她上床时有想过我吗？"她瞪着我，泪如雨下。

"跟你说了我们俩真没干那事儿。"我压抑着怒火，百般无奈，"再说了，你跟小张上床时有想过我吗？"

"我不想你，我不想你！你算什么呀？我从来、压根就没想过你，你也千万别想我！"

十一月份，大学的微信群召集留在北京的各位同学聚上一聚，吃个饭唱个歌，联络联络感情。我不喜欢这类聚会，以往是绝对不会参加的，然而比起待在程夏冬这座随时爆发的活火山旁边，这次聚会对我来说是个再难得不过的喘息机会。

"我要跟你一起去。"她说。

"我们系的内部聚会，都是老同学。"

"怎么啦，还不允许带家属啊？"

"倒也不是，谁都不认识，怕你无聊。"

"行了行了，我不去了。"她白我一眼。

"有女生吗？"她又问。

"有，不多，就几个，都不好看。"

"哼！你又不挑！班琪你都下得了口，你还会放过谁？"

"我哪儿敢啊，吃个饭而已。"我苦笑。

"你有什么不敢啊，你胆儿最正了。"她说，"再说了，咱俩不就是吃个饭好上的吗？两个小时，该办的全办了。"

"那次明明是你办了我。"

"你要脸吗！"

"现在我心里只有你，不会对任何异性产生任何感情。"

"当初谁说的，性和感情是两码事？啊？"程夏冬真是他妈的没完没了。

"行了，我不是你的犯人，给我点儿自由行不行？"

"我一猜你心里就是这么想的，嫌我烦嫌我管你，在我身边待不住了！"

"别这样，我不去了还不行嘛。"我无心恋战，只有顺着她。

"你去啊，赶紧去！"她说，"我给你自由，我可不想给你落下什么话柄。"

看看表，已经迟到了，二话没说穿衣服出门。我打开音响驶得飞快，从未觉得独处如此舒爽。可刚舒爽了五分钟不到，手机响了，是程夏冬打来的。

"喂，怎么了？"

"没怎么呀，问问你到了没。"

"没呢。"

"你猜怎么？"程夏冬说，"我在家里看到一只壁虎，想去捉它，'嗖'的一声它就不见了。"

"在哪儿看到的？"

"沙发后面的墙上。"

"壁虎是益虫，没事的。"我说，"我正开车先不说了，结束了打给你。"

本以为可以把程夏冬彻底抛到脑后，轻轻松松跟大伙儿吃个饭的，没想到她接二连三地打电话找我，净说些没用的。我因此败坏了心情，加上人在席间，通话不那么方便，十分不自在。程夏冬要求我拍几张照片给她，到场的每一个人都不能遗漏，我照做了。同学们见状拿我开涮，说我是"尿包""惧内""妻管严"。她的最后一个电话打来时，我的手机只剩下不到百分之三的电量，这才有点儿高兴了。聊了半晌，我告诉她电池快撑不住了，果不其然，说完这句话手机立即黑屏，我终于获得了期待已久的安静和解脱。

撇下手机，仿佛甩下一个千斤重担，恨不得原地空翻两周半，要不是饭店有顶我早就飞了。我说了很多话，一反常态地兴奋，仅凭一人之力就把聚会的气氛搞得十分热烈，在场的每一位都成了我的挚交和我的亲人。这是一种从未有过的尽兴。

吃完饭，大家去KTV唱歌，我跟一位不怎么熟的女同学坐在一起。不知为什么，本科四年我对她毫无兴趣，现在她却牢牢地吸引着我。我们坐得很近并不时耳语，我闻到了她身上跟程夏冬截然不同但一样好闻的香气。高兴时，她把手搭在我的大腿上说话；大笑时，她捂着嘴东倒西歪然后撞在我的肩膀上。我知道今晚我和她什么也不会发生，但我太久没跟其他女生来往了，仅是内心里的大胆念头和身体上的零星触碰就让我备感快意。

我尽可能地拖延着，一心想在外面多待一会儿。后来，时间确实不早了，同学们一个个散了，我逼不得已才上了车往家开。在楼下磨蹭了好半天，乘电梯上去，走到家门前却吃了一惊：大门敞着，一阵夹杂着房内气味的空气刷过我的脸,屋里漆黑一片,像废弃多年的凶宅。我赶紧进屋,锁上门开了灯,程夏冬站在窗边望着外面,有种鬼魅气息。

几句风凉话后,程夏冬义正词严地审问我,她怀疑我在失联的两个小时里跟别人上床了:

"安沉午你当我傻啊?"

"你不傻,你最聪明了。"

"去哪个酒店了?嘉里还是柏悦?班琪是不是来北京了?"

"哎呀,不是跟你说了吗,我手机没电了。"

"哪儿还充不了电啊?!"

那天晚上程夏冬闹得很凶,我怎么解释她都不肯相信。她说我不像过去那么爱她了,还不许我反驳,于是我也就真的没反驳,任她骂了个够。我以为她骂完可以消气了,没想到她反倒更生气了。

"你为什么不说话?"她说,"你为什么不哄哄我?"

"我他妈……唉……不是你让我闭嘴不许反驳的嘛……"

"我也要让你尝尝联系不上是什么滋味儿!"程夏冬哭喊着,睡衣也没换,冲出门跑了。

我穿上鞋赶过去时,她的电梯正好到达一层,等我搭乘另一部电梯到了楼下,程夏冬早已不见踪影。电话打不通,我到处找她、喊她,又着急又窝火,差点儿就报警了。

凌晨两点,我在楼下的便利店里发现了她。好心的店员给了她一个小凳子,她坐在那儿,脚上的拖鞋只剩下一只,裸露的脚踩在另一只脚背上,脚底板全黑了。她瑟瑟发抖,满眼泪痕,握着一次性纸杯低头抿热水,看也不看我。

"赶紧回去吧。"我上前拉程夏冬的手。

"别碰我!"

# 5

生日之后,我和程夏冬的关系急转直下,在接连不断的争吵和不断升级的冲突中,所有的遗留问题重新浮出水面,关于班琪的部分更是醒目又突出。虽然我对爱情的看法并不乐观,但走到这一步我们都付出了太多,我尽一切努力安抚她,处处为她着想,不敢轻举妄动。

很多次,在她的连环紧逼之下,快要发火时我马上超然世外了,甚至有种灵魂出窍的体验。我在几米开外的空中用浑厚空灵的声音告诫自己:"安沉午,程夏冬之所以这么做是因为她爱你。克制,冷静。"后来次数多了,这甚至成了一种条件反射,我为自己屡次耐心又和蔼的完美表现陶醉不已。

可程夏冬并不领情,她的敏感和多疑早已超过了正常限度。她阴晴不定,无理而任性,几乎时刻挑战着我的忍耐底线。她急于寻找我对她爱的证明,准确地说,是试图从各个维度发掘我们爱情的破绽和漏洞,明察秋毫,高度警惕。

"哎呀小安子我想上厕所了你快点儿呀!怎么这么久?"程夏冬在门外

嚷着,门把手转动几下却没能打开,"喂!你锁门干吗?"

刚才进厕所时我应该是下意识地反锁了,不巧的是,因为在马桶上刷手机,一不小心待了很久。

打开门,程夏冬一把拦住我:"手机,手机交出来。"

我叹口气,将手机递给她。原来她根本不是着急上厕所。

虽然我什么也没做,可被她这么一堵我好像真的偷摸联系了谁似的,我已经如此忠心不二了,我他妈能跟谁联系呢?还他妈的搞突击检查!

不能再这么下去了,一定要跟她好好聊聊。

绕开她走到沙发上坐下,倒了一大杯水喝完,重重地撂下杯子,却把我自己吓了一跳——近来像患了心脏病高血压似的,任何响动都会让我胆战心惊。闭上眼定定神,也许没有聊的必要,我心想,没有用的,跟她哪有什么道理可讲呢,爱情里哪有什么道理可讲呢?

我非常矛盾也非常难过,对程夏冬表示一定程度的理解。将心比心,若是我发现了她与另外一个男人长期交好,会有什么反应呢?估计和她现在差不多吧。况且,我和班琪可不是普通的"交"和普通的"好",程夏冬一定深受伤害,也就这样留下了永远的伤痛和难以根治的后遗症;另一方面,我为自己正在遭受的奴隶般的压迫感到心寒,以前我是那么的自由那么的随意,而现在,我像是钻入了一个无时无刻不在缩小的牢笼之中。可这怨不得别人,人是你选的,她是你认定的,现在的生活也是你们俩一步一步走出来的……

正准备自我平息,程夏冬拿着刚没收的手机走入客厅,神情阴郁,瞪了我许久——

"钟韵红是谁?"她的声音在发抖,眼睛也红了,"这些女的都他妈是谁啊?!"

我摘掉眼镜,掩面长吁一口气。

"为什么总是揪着过去不放呢?我现在做得不够好吗?"我问她,差点儿就哭了,"你还想让我怎么样呢程夏冬?你应该好好反省一下自己是不是欺人太甚、敏感过头了。"

她胳膊一抡,掷了手机过来。我没有躲,正中鼻梁。"砰"的一声闷响,酸痛往头颅里猛钻,我马上感到鼻腔一热,腥红的液体顺着人中流下。

血液一滴滴落在胸口,我嫌它流得太慢太少,远未达到我想要的效果,便握紧拳头又砸了自己几拳。如此,大量的鲜血从两个鼻孔同时涌出,止也止不住。我挑衅地看着程夏冬,放肆地笑。她脸上的惊恐已经远远多过愤怒了,站在那里手足无措。

"对,这些都是咱们俩第一次分手期间我上过的女孩儿!"拿起手机一看,程夏冬在微信搜索栏里输入了"做爱"二字,她们全都现了身。是的,是我不够小心谨慎,是我没有清空聊天记录。上下翻了翻,我没有被冤枉,人赃俱获。

她抽了几张纸巾,跪到我面前为我擦血。"对不起都是我不好,我不该这么做……对不起小安子你不要生气,不要怪我。你不要这样,我真的很害怕你这样。"

"很怕我这样?"我胳膊一甩把她弄翻在地,"捅我几十刀再给我吃块糖,少来这套!"

她倒在地上狼狈又吃惊地望着我。

"你全知道了我也就不用再交代什么了,我所有肮脏的过去全都被你翻出来了,我的底线被你踩了,我的遮羞布被你一把掀。我最不堪的过去、最基本的尊严、最核心的权利全都被你糟蹋光了!"我冲她吼着,"你疯了!我他妈的也要被你弄疯了!"

"可你知道我有多痛吗?"

"这是你自找的,懂吗?你侵犯我隐私你活该!你不但伤害了你自己还伤害了我,更伤害了我们的感情!"我气得嘴唇直打战,"你就是个蠢货!坦诚跟坦白是他妈的两个概念,我他妈的已经很坦诚了,非要逼我坦白?嫌咱俩闹得还不够厉害?现在就他妈的舒服了?知道我和别人那些烂事儿,你就开心啦?"

"还不是因为你和班琪,要不我至于吗!"她哭了。

"你就没一点儿错?"

"我没错!"见她一脸坚贞不屈,我更气了。

"× 你妈的你没错!"

"你再骂一遍试试!"程夏冬用炯炯目光逼视我。

"明明是你错了,还不承认,我他妈忍够了!"

我小臂一横,抹开鼻子下面的血。最近的是水杯,我抄起它砸向投影仪。水杯炸裂,吊在天花板上的投影仪像客机机舱里的氧气面罩一般散落下来。我四顾搜寻所有可砸的东西,客厅很快支离破碎。

程夏冬坐在地上,抱着双腿,头埋在膝盖里大声恸哭。

我拾起变了形的蓝牙音响,打开,发现它竟没有完全坏掉,"嘟"的一声又和我手机连上了。我选了首最闹的音乐,调到最大音量播放。音响里发出了断断续续、变形扭曲的声音，听起来怪异极了。我从抽屉里扒出来一盒香烟，取出一根点燃，叼在嘴上，跟着音乐节奏继续砸东西。

"真带劲儿！爽！真他妈过瘾！程夏冬我要隆重感谢你，要不是你今天犯傻×让我也发发火，日后迟早得被你憋死、气死、活活整死。"

我踹开茶几，一屁股栽进沙发里，拿起手机伸到程夏冬面前。

"你得看着啊，"我扒拉她脑袋，她不抬头，"我要当你面把她们一个个全删了，你要是不提这茬我早忘了，不就是几个女人吗——现在我全收拾利索了，还有什么不满意的？只要你说出来我都可以满足！说啊！妈的！"

全数删尽，我起身扬手，使出最大的力气将手机砸了个粉碎。音响像被什么东西勒死了，发出尖锐的急刹车声。

"你要是还不满意咱们就分手！有什么啊？"

程夏冬支不住了，瘫倒在地上，像戈壁滩上的一堆白骨。她只是哭，惊慌失措地哭，凄入肝脾地哭，一边哭一边颤抖。她一定是被我吓坏了。

火也发了，气也撒了，听到她的哭声，我有些后悔。我想我一定是被厉鬼附身了，不然怎能如此狰狞呢？我不该这样，可一味地委曲求全只能让程夏冬变本加厉，我又有什么别的办法？

现在，看着程夏冬缩成小小一团的身躯，只感到钻心剜骨的疼。

我抱她起来，放在床上。

"对不起……"鼻血已经不流了，血痂粘在口鼻周围。我搓了搓，掉下些黑色的渣子，"对不起啊，宝贝儿……"

"是我的错，以后我不会再这样了。"程夏冬张开双臂，将我抱得很紧，"求你不要提'分手'，不要提那两个字，永远都别提，好吗？"

"好。"

"我太傻了，是我不好，你别再生我的气了好吗？"

"好。"

"我们好好的，以后我不跟你闹了。"她说，"你是不是特恨我？"

"我怎么会恨你呢？我爱你还来不及……"

"爱也减少了吧？"她很委屈，说着又要哭了，"对不起小安子，我总是控制不了，我太在乎你了。"

"怎么全变味了呢，这还是爱吗？唉……"

"以后我们好好说话，好好沟通，一定不会变味了！"

"嗯。"

"那到底是不是减少了？"她望着我。

"什么减少了？"

"爱。"

"没，没减少，我也有问题的。"

"别怪我好吗？"她说着，脸靠过来，贴在我胸口，"看到你和班琪的那些文字时……我怕得不行，我以为我已经失去你了。"她抹掉眼泪，"心里实在是太痛了，你肯定没法理解。"

"我能理解，我不怪你。"我说，"再怎么样都不过分。"

"你总觉得别人好，可你知道我为你付出了多少吗？"程夏冬说，"自打跟他去美国拍婚纱照起，我就没再让他碰过我，他跟我来软的、来硬的我都不答应，我们吵完了冷战，冷战完了又吵，领证只能无限期推迟。我爸知道后差点儿没气死，说从小把我惯坏了，长大了根本管不住。他以前从没打过我，可为了这事我挨了他重重一巴掌。收到你的信息之后，我跟他们所有人闹掰了才跑来北京找你的。国庆节，咱们一起回西安给奶奶爷爷过了寿，你记不记得我跟你说过，说我觉得付出的还远远不够，从那时起，我就下定决心离开他跟你在一起了。后来，我跟他、跟家里人坦白了咱俩的事，把话说清楚了，我爸想拦也没法拦，这才回成都退婚去了……"

我头一次听程夏冬讲起这些事，自然是无限感慨。她付出的确实比我想象的更多也更艰难。我想，只要她能改，我肯定是既往不咎。

不得不承认，程夏冬在"讨人喜欢"跟"招人愤恨"上拥有同等天分。那天，她让我下楼转转、散散心，一个人留在家里把残局收拾利落，用成倍的温柔贤惠和机灵可爱弥补自己的过失。等我回来时，除了墙上的几个小坑，其余全部恢复了原样。程夏冬带我观赏了新买的杯子、盘子和碗，做了满满一桌热腾腾、香喷喷的饭菜，饭后又从冰箱里端出一大盘新鲜水果。

"手机、音响、投影仪在网上订好啦，明天就送到！"汇报的同时，她把自己收拾碎玻璃片时不小心割伤的食指展示给我看。我心疼不已，为她消了毒，贴上创可贴。她撒着娇，露出了满足而欣慰的笑容。

晚上，程夏冬腻着我，解我衣服，我稍有迟疑，她立刻改口说自己突然有些困乏，道过晚安，亲了我一口，便扭过身子睡了。我暗自感叹，如果她每时每刻都能如此善解人意该多好啊。

然而，现实总跟理想有着巨大的差距，程夏冬的"讨人喜欢"只维持了不到二十四小时，第二天我们又因为一件小事吵得不可开交。

我发现，每次大闹过后仅能换来短暂的和平，就像一段可以被忽略的间奏。类似的事情不计其数，我不知道该向谁诉说。跟她在一起，我像是坐上了一台最刺激的过山车，逢高必低，逢低必高，最可怕的不是它跌宕起伏，而是我不知道它到底什么时候才会停下。

我分析过程夏冬的动机和目的，能做的我都做了，可从来就治标不治本——她任性，没有安全感，极端在意班琪的事情；她对我的过去耿耿于怀，还觉得我们的未来岌岌可危。很多次吵闹结束后，我根本想不起来冲突是从哪里开始的，空穴来风也是常有的事。她有痛改前非的态度和决心，却没有这个毅力和能力。

几乎每隔几天我就要经历一次彻底的心力交瘁，每哄她一次我都觉得她比上次更难哄。程夏冬像免疫了似的，对曾经奏效的那一套说辞充耳不闻，我必须搜肠刮肚找些新的角度才能使她回心转意破涕为笑。解释和求情时，如果不是发自肺腑抑或我显现出了丝毫的不耐烦，她很快就能察觉，后果只能是火上浇油。

此外，立场也很关键，错永远在我，即使她真的不对，我也要视而不见，虽然百分之九十九的问题都出在她身上，但事先把自己设置成那个对她不住的浑蛋才是最保险、最奏效的。有一次，我甚至把自己从小到大的受挫经历详细描绘了一番，把很多别人的糗事安在自己头上，把自己的亲身经历渲染得更加惨烈，只为博得她的同情，说明我的问题有着深远的根源，请求她从宽处置。后来，她说了句"你活该"，又跟我大闹特闹了三个多小时才肯罢休。她一改过去的话里有话，升级为荷枪实弹、穷追猛打。我的体力、耐力和忍受力都在她的一次又一次锤炼中变得出类拔萃，动辄四五个小时的斗争对我来说已是小菜一碟。

我期望程夏冬能在暗中跟别的男人有一腿，就像她当初搞上我一样。

比我帅比我丑,比我粗比我细,比我富比我穷,比我深奥比我浅薄,比我富饶比我贫瘠,比我晦涩比我通俗……我都不在乎。我知道程夏冬肯定不会爱他爱到离我而去的,我知道她这辈子最爱的只能是我。若得知他们背地里上了床,我一定气得跳脚,然而与无数次的精神折磨相比,这气根本不值一提,而且对我来说几乎算得上是某种宽宥了。

我极度怀念跟班琪相处的日子,它像个凄美的童话故事一样永远地定格在某处。跟班琪相处是不用花费任何多余力气的,就好像呼吸一样自然和从容。我不必撒谎,更不用表演,做自己就好。而现在呢,我还是自己吗?

怕早就不是了。

# 6

万幸的是,写作没有受到太大影响。我将所有精力投入到小说的虚拟世界里,虽然每天只有短短几个小时,可我还是从这仅有的独处机会中获得了超乎预期的满足和慰藉。

写作之外最重要的非性事莫属。最近,我和程夏冬时好时坏,好也没有之前那么好,坏也没有预想中那么坏,总体而言,由精彩转变为平庸——神秘和惊喜一旦消失,过去再渴求的东西也将变得索然无味。捕捉不到以往那份相近相依的情切,我甚至可以不带任何情绪上场,把这当作是一项单纯的运动。不是故意要贬低什么,只是,从那副已经了若指掌的身体上,我再也找不出任何新鲜感了,就像业已被抽干的油田,从内而外,荒芜而贫瘠。

于是，我不再像之前那样热情似火，甚至有点儿推三阻四。那之后，寻找合适的借口推脱成了我最大的难题。实际上，欲求并没有消失，只可惜程夏冬是无法消解了。我们仿佛各自变了形，再也无法完美地拼合在一起。

"刚才你干吗了？"有天，我刚洗完澡，程夏冬问。

"没干什么啊。"

"那为什么浴室里一股怪味儿？"

"是吗……"我装模作样进了一趟浴室，闻了闻，确实留下些气味。

"男生偶尔自己解决一下很正常，有什么呀？"

"你鼻子真灵。"我见她笑着就承认了，也没当回事。

"安沉午你这是在侮辱我！"她瞬间变了脸色，"你什么意思啊？对我没兴趣了是不是？"

"你不是说很正常吗？"

"正常个屁，你那是'偶尔'吗？我老早就发现了！你变了！"

"能不能好好说话别激动？别一天天风声鹤唳的——所有男的都这样。"

"单身的才这样呢！你就是变了！"

"只要是个男的，单不单身都这样。而且，我怎么就变了？你说我变我就变了？"

"以前说什么最喜欢跟我上床、跟我契合度最高，现在呢？我说你最近怎么推三阻四的，放着一大活人躺在你旁边不要，倒玩起自己了，真他妈恶心！"

"有病吧你？管我其他的也就罢了，这你都要管，你还当我是人吗，真把我当你的狗你的泄欲工具你的撒气包啦？简直无法无天了！"

"你才无法无天呢！"她戳着我的额头，"你这个浑蛋，你不爱我了，你对我没兴趣了——承认吧你就！"

我转身欲走，她一把扯住我的衣服，我使劲挣脱，听到了棉布的撕裂声。

"刚才你幻想的是谁？说！"

"放手。"

"说啊！说啊！你想的到底是谁？"她拽着衣服来回晃荡我，"是她对不对?!"

"说好了不再闹你怎么又这样？"我憋住气，"就不想咱俩好是吧？"

"是你对我没兴趣了！是你不想咱俩好！"

"行了行了，别说了，都冷静冷静。"

我跑进书房锁上门。程夏冬在门外又踢又踹，高声咒骂。

"我哪点儿比不上她？我哪里做得不好？我付出得还不够吗？你出来跟我说清楚，出来！"

……

许久，我打开门，见客厅的灯已经关了，蹑手蹑脚潜入卧室。我知道她没睡着，她也知道我在她身后，不过我们谁也没理谁。另拿了一套被子扔在沙发上，洗漱之后，睡在了客厅。

深夜，下体突然传来一丝寒凉。睁开眼睛，只见程夏冬噙着泪水对我阴笑。低下头，发现自己那东西被她握着，剪刀卡在它的根部。

"别动！"她说，"问一句答一句，如果我觉得你说的是谎话，从此你就跟它说再见吧。"

"你想干吗呀?"

"我问你,你是不是不爱我了?"

"你拿个剪子要断我根儿我还怎么爱你啊?你整天跟我闹闹闹的我怎么爱你啊?"

"你果然不爱我了……"

"我要是不爱你早就跟你摊牌了,你说你瞎折腾什么呢?"我扶住她的手,"快放下剪子回去睡觉。"

"什么时候的事?我回成都的时候?你生日那天?还是更早?"她顿了顿,"其实你从一开始就没那么爱我,对不对?"

"那我干吗费尽周折非要和你在一起啊?"

"因为你跟别的女孩都不如跟我好,你说过,没有任何一具肉体能够磨灭我留下的印记。"

"那你还明知故问!"

"那不是爱,那是肉体,可是你对我的肉体都已经没兴趣了……"她魔怔了似的喃喃低语,"跟我说实话,你还能继续爱我吗?还能吗?现在,很多时候,我根本不知道你对我到底是真是假……"

"整天他妈的胡思乱想,怀疑我、折磨我——妈的,剪吧!给我骟了我就能继续爱你了!"

"你以为我不敢?"她阴狠起来,"告诉我,你到底更爱我还是更爱她?"

"更爱你更爱你,我他妈的更爱你!"我向后一拱,想把那东西抽出来。

"你撒谎!"话音刚落,她攥着的剪刀突然一紧,微小的剧痛从下体传遍全身。我长嗥一声再不敢乱动。

可忽然,程夏冬尖叫一声,抛开剪刀。

我伸手去摸,沾了满手血。程夏冬开了灯,搬来医药箱,取出碘酒和棉签爬了过来。我推开她,揉揉眼睛坐直,低头一看,大腿内侧早已殷红一片。我提起那东西扭转观察着,没什么事儿,应该只是皮肉伤。

"别过来!"

"对不起小安子……我……唉……"程夏冬拿着蘸了碘酒的棉签站在我面前,不敢靠近。

"×!"

"我本来只想……唉……"她难过又着急,"我怕你不爱我了,我……"

"闭嘴吧。"我一脚踢开医药箱,让里面的瓶瓶罐罐滚了满地,捡起一瓶云南白药倒进药棉敷在伤口上。"睡觉!"

# 7

"你们应该分手。"伍凯佑劝道。

"唉,不至于。"

"你要是能自我开解也不会到我这儿一通狂喷。"

"有气急败坏添油加醋的成分。"我说,"好的时候觉得挺爱她的,可一吵起来就恨不得一走了之,下辈子也不见她。"

"问题已经挺严重了,你不分手至少也该整治整治。"

"怎么整治?"

"我觉得你不要一味退让。"伍凯佑说,"她的问题首先是太闲,所以才没事找事。你看我跟周琦,忙的时候连话都没空说。现在稍微闲下来,也就偶尔有了些小摩擦。不过我们整体挺好的。"

"对对,我得让她干点事儿,不然她整天只知道盯着我,鸡蛋里挑骨头,没事找事。"

"但很可能解决不了根儿上的问题。"伍凯佑说,"她啊,说轻点儿是敏感多疑,说重点儿就是脑子有病,你跟她在一起只会越来越糟。还结婚呢,自己往坑里跳啊?趁早躲远点儿吧。"

"她是因为在意我。她说她太爱我了。"

"得了吧,什么都想要是贪婪,什么都想管是自私,什么都要闹是有病,怕你这怕你那是因为她自己没安全感。从小被惯坏了,她这不就跟小孩儿闹大人一个闹法吗?"伍凯佑说,"我知道你喜欢她,可你也不能让她把你们给毁了。你忍得了一时忍不了一辈子,拖久了感情更深了才真不好办了。不要再拿爱帮她说好话了,这根本不是爱。你这么聪明,怎么可能不明白呢?"

"我是当局者迷。"听伍凯佑这么一说,我心里特别难受,为程夏冬、为自己感到难受。

"别犹豫也别矛盾,这不像你,以前你挺自私的啊。"

"以前你还不靠谱呢。人都在变嘛。"我说,"我先整治整治吧……"

在程夏冬回来之前,我又一次打开了黑名单。班琪的头像依然是个纯黑色小方块。点开她的朋友圈,我什么也看不到了,只留下一条细长的横杠——我不是被她删除就是同样被她拉入黑名单了。

扣下手机,看着电脑屏幕上的小说文档发了会儿呆,将文档翻到开头并插入了新的一页。

"献给班琪"。

我敲下这几个字,居中,加粗,调大了字号。没有班琪我根本写不完这部小说,成书出版以后,这四个字会出现在扉页中央被所有读者看到——只是,班琪她还会看我的书吗?也许到时候该看的人没看到,不该看的人又看到了,程夏冬把书撕碎哭天抢地的情景出现在我眼前……

最终,我删去了这几个字。

光标在空白的扉页上闪动着。我想,班琪和程夏冬的好与坏都不过如此,有太多的东西难以平息亦无法止尽。可现在,我干吗总为别人想那么多,陷入困境的明明是我自己。

# 8

不知何时起,我和程夏冬进入了频繁而剧烈的争吵期。如同故事进行到一半时就猜中了结局,我和程夏冬不约而同地摁下了"快进"键。

此时的我已经不再畏惧争吵和冲突,就算我不挑事她也会挑事。程夏冬怎么想的我不知道,我只想尽快撞向死胡同的尽头,不是为了同归于尽,而是寄希望于撞穿那堵墙,找到出路,从此一马平川。

起初,程夏冬见我对她的态度日益强硬,怕我再提分手,便收敛了自己的言行。那段时间她经常反过来哄我，主动认错也成了家常便饭。如果我还是不肯原谅她，她就示弱、撒娇、耍赖、装可怜、哭成泪人，占尽了性别的便宜。好几次我虽然在气头上，但见她楚楚可怜一片真心，心里难免犯嘀咕：难道这回是我借题发挥了？

可能由于我对她过于宅心仁厚，也可能是我以"不分手"为前提的抵抗对她失去了威慑性，一段时间过去，她重新肆无忌惮起来。以往的每次吵架之间还有间奏般的片刻温存，而随着吵架的次数增多，间奏随之变短，最后，连片刻温存也消失了。我俩就像进入了一场不限时的拳击比赛，打了这么久没休息，早已鼻青脸肿疲乏至极，双方消极防守，混乱进攻，只知道毫无章法地挥拳伤害对方。我心情糟糕透顶，体力和精力均受到严重的影响。这已经威胁到我的写作了。

"你爸妈不想你吗？"有天我问她。

"想啊。怎么了？"

"没怎么。"我打了个饱嗝说，"我觉得你该回成都看看他们。"

"你什么意思？赶我走啊。"

"小说还有两周就能写完，结尾决定一部小说的高度，我得全身心投入。"我不想掩饰了，振振有词。

"我影响你了吗？我连你书房都没靠近过。"

"我想集中精力一鼓作气把它完成，需要静一阵子。最近咱们俩闹得太凶了，我没法好好写东西。等我写完了你想怎么闹怎么闹，我奉陪到底。"我毫不含糊，"或者你去找份工作吧，别一天到晚闲着只知道跟我来事。"

"好啊！嫌我没用嫌我烦，要撵我走是吧？"她忽然就动了气，摔摔打打，"安沉午你这个骗子，把我骗到手了，现在可算玩腻了！追我的人那么多，别人恨不得把我含在嘴里，在你这儿可倒好，腻了就要被你一脚踹开，我怎么这么下贱啊？你知不知道跟他分手以后多少男人找过我？我二话不说就把他们全删了！你呢，要不是我发现了、逼你删了，至今我还蒙在鼓里以为你真的最爱我只爱我。你压根没想过跟我结婚，你心里只有你的班琪，从让你删了她的那天起你就不爱我了对吧？讨厌我记恨我，嫌我排挤了你的挚爱，行，你去找你的挚爱吧，我走，以后再也不回来了！"

"程夏冬你这样讲真的让我很寒心，你摸着你的良心好好想想，我为了咱们俩能好好的付出了多少努力？可你偏偏要抓着过去不放，直到现在还拿那些来折磨我，很带劲是吧？"我冷笑道，"你走吧，别回来了真的。"

"你让我走我偏不走！哼！"她冲到我面前，"我知道你处心积虑就等着撵我走，我走了你可就自由了，又能跟她们一个个重新联系上了，我凭什么便宜你们？现在我可告诉你，我不走了！就算你不爱我了提分手了赶我轰我了我也不走，我跟你杠上了赖在这儿了。还有啊安沉午，你给我听好，以后你只要进书房我就折腾你吵你，你一个字也别想写！"

"不是，你这么做有任何好处吗？"经她这么一威胁我的语气软了下来。

"没有！"

"那你这是何苦呢？这样只会让我真的恨你，你知道写作对我有多重要。"

"以为我忘了吗？你们说过的每一个字我都牢牢记在脑子里！是你的班琪千叮咛万嘱咐要你写完，要你'创造'……我不相信在你心里那部小说比我重要，比我重要的只能是班琪！"程夏冬哭了。

"这事儿跟她没关系。"为了大局我只能先行低头,"对不起宝贝儿。咱们快停下吧,再这样下去我真的怕,怕极了。"

"你怕什么?"她抬起头,泪汪汪的。

"你说呢?我怕咱们俩坏了完了结束了,我怕失去你……"

我确实怕。这意味着我要承认我们不合适,承认我们从一开始就是个错误,也意味着我们为对方做过的事、受过的罪全都不作数了。我们有过短暂的美好,可也付出了巨大的代价。与这个结果相比,过程还值吗?

我怕失去她,可我又想尽快失去她。妈的,趁我们的"爱"还没有被糟蹋殆尽,也许她的离开能让它死灰复燃。

"我还以为你已经不爱我了呢!"程夏冬扑在我胸口号啕大哭,"对不起小安子我以后一定会改的!一定!"

我发誓这是我给她的最后一次机会,尽管我已经发过无数次誓,可每当她这么说,我还是想再相信她一回。

唉,可她根本改不了,她在这方面毫无自控能力。

为了增添生活趣味,分散注意力,我找了一些有趣的地方带程夏冬玩。两天里,我们去了攀岩俱乐部、创意市集、科技馆和花鸟虫鱼市场。第三天,在一个射箭馆,我们又大吵起来。都是头一次射箭,我射得很臭,程夏冬却在教练的指点下很快上了道,十箭里有七箭能射中靶心。我向她讨教诀窍。

"我把那个靶子想象成班琪,能不准吗?瞧好了啊。"她张弓,放箭,又中了,"Yes!跟我抢男人就是这个下场!"

"幼稚。"我说。

"怎么，你想她了？"说完她再射一箭，正中靶心，"还是心疼了？"

"有完没完？"

"哎哟，急了。"她继续挑衅。

"才说的一定改怎么又找事啊？"

"我不许你想她不许你心疼她，更不许你为她说话！"

"不是，我怎么为她说话了？你不挑事儿我能为她说话吗？"

"嘀，自己承认啦？"

"你有病吧！"我火了。

"你才有病呢！"

"闹了几个月了还他妈闹，烦不烦啊！"

"我就喜欢闹，你烦了又能把我怎么样？因为那个臭婊子再跟我提分手吗？"

"你把我逼急了咱俩都没好果子吃我告诉你。"我阴沉地说。

"威胁我是吧？"

"对，就是威胁你。他妈的神经病！"

"那就分啊！"

"×，"我张口骂道，"谁不分谁是傻×！"

……

我们在射箭馆了吵了个天翻地覆。吵到酣处，程夏冬气急败坏搭箭拉弓对准了我胸口。

"射啊，射啊！"我叫喊着，"你一箭射死我才痛快呢，死了也比跟你在一块儿强。"

"冷静啊美女,这可不是闹着玩的!"教练大喊着朝程夏冬挥手,"把弓拿稳了慢慢放下来。"

"都别过来,"程夏冬喊道,"安沉午,你真想鱼死网破是吧?好!"

在场的几位女士低声尖叫着捂住了眼睛。

"别吵啦。"

"小两口吵架不至于。"

"哥们儿你就服个软吧。"

"哎哟要出人命喽。"

周围的人熙熙攘攘道。

我能看出程夏冬有些怕,可她怎么会轻易认输呢?

"全是假的,你一直在骗我!"她把弓拉得更紧了。

我真是不想活了,眼睛眨也不眨,跟程夏冬对视。余光里,有位教练从身后悄悄靠近她,一把将弓拉向靶墙。"砰"的一声,箭飞快地射了出去。我们俩仍站在原地,仇人般对视着。程夏冬的鼻翼抖动起来,眼泪刚流出眼眶便转身离开。我在她身后跟着,浑身被冷汗浸透……

回去的车上她使劲哭,边哭边骂我,骂了一会儿又开始解释,说班琪是个永远过不去的坎,说她并不是真想开弓射我。到了家,程夏冬继续检讨自己的不是,说什么后怕差点儿害死我、我要是死了她也不想活了之类的屁话。她求我原谅,不断地赔礼道歉。我一声不吭,等待她如法炮制老套路,几分钟后,她果然趴在我腿上边哭边说:

"你以前说就算我做错了你也会坚定地站在我这边。我杀人你就毁尸灭迹,我逃跑你就窝藏包庇。可现在呢?我连情敌都说不得了……我好好的为什么要闹你呢？我知道这样做很不好可我就是过不去嘛。对不起小安子，你别生气，我以后绝对不惹你了……"

我再也不相信她的眼泪和她的话了，因此没有丝毫同情——她的信用早已破产，屡屡食言更让我怀恨在心。我感到自己的血在变冷，变成了蓝色，又变成黑色。

无法描绘那段时间的真实感受，已经过去了这么久，现实和记忆、主观和客观之间早已产生了无法逾越的鸿沟。现实中，我对程夏冬的方方面面挑剔起来。怎么可能？记忆中的她是完美无缺的，可如今的我有多么怀念她，当时的我就有多么腻烦她。

程夏冬开始在家里作画，她的画没有任何艺术气息，无非是给一些简单的图案涂上颜色，没有情绪、没有风格、没有表达，除了最基础的图形和色彩之外什么都没有。但我还是鼓励了她，因为只有作画时她是安静平和的。然而她对待绘画这事不认真也不专注，有时画着画着突然就干别的去了。我最见不得这种态度，她的确一件正事也干不好。现在，连她曾经引以为傲的对我的"爱"也出了问题，我为她感到失望和悲哀。尽管她家境优越，能一辈子被人供着宠着，可在我眼里她算不上是个完整的人，她缺少了我最看重的东西，那种可以在时间长河里让人永不老去、熠熠生辉的特质。

她从来不肯看书、学习和思考，把所有的时间花在看综艺和刷手机上，偶尔买的时尚杂志也是只看图不读字。跟她交流时，我发现她是完全封闭的，狭隘之余还带着极强的自我保护意识。这是典型的反智，是自卑和自甘堕落的表现。我跟她没有任何可以深入交流的话题，连通俗易懂的电影都没法聊，其他抽象的就更不用说了。

同时，我开始注意到程夏冬身体的缺陷和不足。她长胖了，乳房丰满了，不像之前那样挺立在胸前，而是一左一右撇开，并且微微下垂。她的身体不再紧致，有天，她弯下身子套睡裤时，我看到了她腰间层叠的赘肉。晚上，当她躺在我旁边时，我觉得她实在太普通也太暗淡了，没有精致的妆容做点缀，没有昂贵的服饰做陪衬，跟二十岁出头青春逼人的年轻姑娘相比，简直没有任何吸引力。哪怕是同一个年龄段的女性，比她风姿绰约明眸善睐的也大有人在……

种种细节让我疑惑起来，我想不明白当初是怎么爱上她的，难不成是鬼迷心窍了？不，那时我的脑子不但清醒，还十分警惕。那么就是现在的我过于感情用事了？也不是，我努力地摆脱不公正、不客观的干扰因素，程夏冬身上的瑕疵和缺陷却越发显眼起来，她确实不再像过去那样光彩夺目、明艳照人了。我知道我已被她同化，那些对爱情最不利的东西统统被激发了出来。

我们都太蠢了。

蠢到家了。

## 9

程夏冬进屋，用脚带上门，十几个购物袋全堆在客厅中央。

"关门轻点儿!"我说,"吓我一跳。"

"那是风带的。"

"你能不能把东西归置好?看着就心烦……"

她斜我一眼,低头摆弄手机。

"跟你说话呢。"

"我刚回来歇会儿还不行吗!"

小说再有两三天就能写完,心情理应不错,可对于程夏冬我是越来越无法容忍了,她做什么我都看不顺眼。

近来,她起床后就收拾打扮去商场购物,逛整整一天,买一堆没用的,不但把家里搞得乱七八糟还占据了我的书房用于置物。她在家我窝火,她去了商场我也窝火。我想,程夏冬同样无法容忍我,所以她选择把一整天的大好时光花费在商场里,通过疯狂购物抵御恶劣的心情。

"书房那堆破玩意儿赶紧弄走,要不明儿我就给你扔了。"我从来没有像那时一样卑劣过,甚至开始怀疑自己的人格和性情是不是出了严重的问题。

"你敢!"她说,"你扔我东西我就撕你的书,试试!"

"×,买的都是什么啊?"我掏出购物袋里的东西,"难看死了,什么玩意儿啊这是?买多少了都,还买?"

提起一条裙子对它嗤之以鼻,再捡起购物小票一看:

"浪费钱!"

"我钱多,想怎么浪费怎么浪费。"她说。

"再多也不是你自己挣的。"我说,"哟,还给我买件羽绒服啊。"

"自作多情,那是给我爸买的。"她一把夺去,"拿钱喂狗也不花给你这白眼狼！"

"有的是人给我买衣服，不劳您操心。"

"是啊，几块钱的破围巾、破手套、破拖鞋嘛，新西兰土特产，跟您挺配。"

"是啊，可配了。你那丑了吧唧的衣服可真配不上我，多贵我都不稀罕。"

"安沉午你这个浑蛋！"程夏冬张牙舞爪朝我扑来……

那次，班琪送我的几样生日礼物无一幸免尽数被毁，最可恨的是，程夏冬逼着我亲自动手。我当然不同意了，可每犹豫一秒她就扇自己一个耳光。过去她再怎么打我伤我折磨我我都觉得没什么，还暗自希望她下手重一点儿，以便利用她的内疚获取和好的机会。可当她开始伤害自己时，我虽不想承认但真的有些心疼。加上想起了隋凉当年吞安眠药的事，心里害怕起来。

"你干吗啊？"我问。

"你还爱她对不对？所以你不忍心下手。"她继续抽打着自己。

"少犯病！"我欲上前阻拦。她闪开，退后。

"我为什么要为了一个不爱我的人作践自己呢……"说着，她笑了，停下，转身离开。

"说什么呢？"我知道她想要什么，喝住了她，"回来！你给我瞧好了！"

随手操起一把刀，三两下割坏了羊皮拖鞋，一刀一刀扎进羊毛毯里，又拿起剪刀将围巾铰成碎片——

"我不爱你？我不爱你？我他妈都不知道我还能怎么爱你了！这下满意了吧？"我将残骸散了一地，水果刀和剪刀摔在地上，"妈的！"

第二天一早,我打开小说文档,在空白的第一页打上了"献给班琪"四个大字。我才不管有什么后果,这四个字无论如何都将出现在我小说的扉页上了。

我真他妈恨死程夏冬了!

我们一碰面就吵,每分每秒都在吵。针锋相对笑里藏刀,深仇大恨恶毒至极,相互挖苦讽刺揶揄嗤笑,怎么使对方不舒服就怎么来,任何观战的人都不可能相信我们是一对恋人。尽管暗地里我们都受伤流血,各自痛得不行,可谁也不肯把虚弱的一面露出来给对方瞧见。

吵急了,程夏冬将怒火诉诸暴力:她啃紫了我的肩膀,薅掉过我一大把头发;她踩坏了我两副眼镜,推我撞倒过一次冰箱;她砸碎过一次浴室镜子,还险些点燃了我的书房……

有天夜里,我被一阵抽抽搭搭的哭泣吵醒了,程夏冬正背着我哭泣。我伸手去摸她肩,被她一膀子甩开。我上前抱住她,心里不免有些悲凉。谁知程夏冬猛地转过身,怒目圆睁地冲我大吼:

"滚!"

她用尽胸腔里的所有气息喊出这个字,嗓子像被撕开了似的。她下牙包住上牙喘着粗气,牙齿发出月光般阴森的幽白,两颗沾满了泪水的眼珠向外突着,目露凶光,悲恸到了极点。现在,只要她手里有刀,定会立刻了结我的性命。我感到恐怖,再次上前抱她。

"滚!"

哀号像海啸一般袭来,让一切化为乌有。声音停下时,房间里安静得出奇,程夏冬的巴掌像鞭炮一样应接不暇地抽打在我脸上。她放声大哭。我的脸肿起来,火辣辣地疼。

"为什么会这样,为什么会这样……"她不断地重复这句话。

我抓住她的手,她迅速抽走。我压住她的身体,她一把将我推开。我不知道她什么时候有了这样大的力气,我根本控制不住她也靠近不了她,她如一头蛮牛,竭力抵御着我。

可我只想抱抱她。

等程夏冬不再挣扎,我一下子揽过她,紧紧抱她在怀里。她抚摸着我,用锋利的指甲抠着我的肉,划破我的表皮,在我的脊背、我的胸口、我的脖子和脸颊上留下了一条条延绵不绝的划痕。我们亲吻起来,当她滚烫的眼泪沾上那些鲜红的划痕时,我感到一阵阵钻心的刺痛。

我突然很想她,但却感到一种无法阻挡的巨大力量让我们互相排斥,使我们分开。我知道我还爱她,我一直都知道。我也想问为什么会这样,为什么会走到这一步,可我该去问谁呢?

程夏冬爬到我身上吻我、舔我。我激动了,好像只需好好地做一次爱,我们便能进入时光隧道,回到过去和好如初。想到这儿,一种浑厚汹涌的、难以遏制的力量在我脑中迸发开来——我们不能被打垮,不能被分开,千辛万苦走到了这一步我们怎么能回头呢?

可就在这时,意想不到的事情发生了,我的身体并不像我的大脑一样激动,下面毫无反应!

我焦急起来,更加奋力地吻她、摸她。程夏冬的手向下探去,发现那里如死蛇般软作一团时,她也慌了,抬起头看我,惊恐地哭出声来。我马上晕出了一身冷汗，倾尽全力刺激那东西，可它完全没有反应。十几分钟过去了，仍是一片死寂。我没有放弃，一边摆弄着它一边不断地咒骂它，气急败坏。程夏冬向后佝偻着，在一旁静静地看着我。她脸色苍白，表情骇然，再无声息。

最终，我只得停下，用眼神乞求她。

她绝望地闭上了双眼……

# 1

十二月末,小说如期完成。

这只是初稿,离最后的成书还有很长一段距离。我会放上一段时间,忘掉它,然后严严实实地改上至少三遍,接着交给我的编辑。按照上次的经验,即使自认为修改过后的初稿完美无瑕,他们也会提出各种意想不到的建议。到了排版和校对环节,我仍会一遍又一遍地修改,直到倾尽全力再也改不动了,问心无愧不留遗憾了,便可付梓。

而今,到了年底,我回想起年初刚动笔时的情形,感慨万千。这一年真不知是怎么过来的,如果未来的生活继续维持这个浓度的话,我想我会休克。

写完最后一个字时我百感交集,像从身上割下来了好大一块肉似的。与此同时,有股劲从手心传遍全身,我感到浑身轻巧,后脑勺像和七窍联通了一般轻盈敞亮。但这兴奋维持了五秒都不到,我就被一种无尽的低沉和彷徨击落了。

我想我和程夏冬是挺不过去了。

那年冬天雾霾很重,印象里没有一天是好天。早晨醒来,窗外一片灰白,根本看不到天空,也见不到任何色彩。我极度怀念几个月前灿烂的夏日阳光,程夏冬跟我在那煦照下度过了人生里最美好的一段日子。我相信那是绝无仅有也无法复现的。想到这里,我黯然神伤,抑制住了落泪的冲动。

虽然不用写作,可我仍是每天七点刚过就睁开眼。程夏冬睡在一旁,被子裹得严严实实的,呼吸几乎无法察觉,像一具遗体。不久之后,她缓慢地翻身,醒来。我们在床上分别躺着,没言语,躺够了就起床,各干各的事。

我们再没做过爱,我们也不吵架了——绝非和好而更像是进入了濒死状态。自那晚起,程夏冬就开始主动回避我。她终日郁郁寡欢,脸色难看得像个重症病人。我看她,她低下头;我抱她,她缓缓挣脱;我跟她说话,她停下,之后该干什么干什么,也不回应。我甚至盼望着吵架,而她就像被水浸透的火药似的,根本无法再次点燃。

程夏冬依然逛街购物,只不过她的消费对象由衣物服饰变为零食酒饮。每天,她一声不响地离开又一声不响地回来。我以她买的快餐和零嘴为食,以各种各样的酒饮为水。我脸上起了很多大痘,嘴角烂了,指甲边缘生出倒刺,可还是照样瞎吃瞎喝。程夏冬买过威士忌、红白葡萄酒、香槟、啤酒和白酒,经过一番尝试,她后来就只买香槟了。她总会握着一瓶香槟朝我递来,我接过,撬开木塞,递还给她。这成了我们之间仅存的"交流"。

家里太压抑了,我想去外地玩玩,最好是海边。不想碰一鼻子灰,所以没跟程夏冬提起,但我更不能扔下她自行前往。我不是在家看书就是出门瞎溜达。有次在路边碰到个算命的,我走过他时迟疑片刻,他就笑了,起身问我最近是不是碰上什么难事儿。我头也不回地走了,我的处境不需要他再次印证,我们的磨难也不是他能够轻易逆转的。

我一眼望到了尽头。

有天晚上,胃疼了起来,我捂着肚子在床上翻滚,冒出豆大的汗珠。程夏冬热了一杯牛奶放在床头,那是两周来我们的头一次眼神接触,我在她的注视下喝完牛奶,对她苦笑。她看着我,依旧没有任何表情,径自拿杯子去洗了。喝完牛奶我更不舒服了,胃里一阵一阵地翻腾。

我吐了,大部分吐在地上,枕头和床边也沾上不少,屋里顿时充斥着一股酸臭味儿。程夏冬打开了窗户,擦净地面,拆下床单和枕套扔进洗衣机,全程没因那味道皱过一次鼻子。这让我有些感动,就好像她是我唯一的亲人。

冷空气蔓延进屋内,即便带着一股浓重的霾味,可还是比原先的酸臭清新多了。我听着洗衣机的运转声,忍受着胃绞痛,咬紧牙关躺在床上,体味着艰难。

"各位观众朋友晚上好,这期美食节目,我将带大家领略人脸味儿百香果蛋糕的风情。"

夜里两点,我闻声醒来,程夏冬正在看手机,屏幕的光把我们照亮,对话声传了出来:

"哇!闻着臭吃着香!跟湖南名吃长沙臭豆腐有异曲同工之妙,哈哈哈哈哈……"

程夏冬的身子抖动着，不知是笑还是在哭。

"别吃了，脏死了，真恶心。不理你了啊！"那是我的声音。

"请问安师傅多久没洗脸了？酱香味极其浓郁，真可谓酒香不怕巷子深，脸油不怕蛋糕厚。"

……

我支起身体试着去看，程夏冬掀起被子把头和手机一起蒙上了。

## 2

从商场回来时，程夏冬嘴里哼着小曲儿，那是圣诞节所有商场都在播放的《红鼻子鲁道夫之歌》。

"你在唱歌。"我说。

程夏冬看看我，继续哼唱，她看起来心情不错。

"《鲁道夫之歌》，我以前学过。"我继续说。

"那你教教我。"

她说话了，她跟我说话了！我激动极了，使劲点点头，打开手机搜出了歌词。

"别看是圣诞节的歌儿，其实挺悲伤的。"我说，"鲁道夫是一只驯鹿，它因为天生的红色发光大鼻子，遭到了其他驯鹿的嘲笑，就连爸爸妈妈和兄弟姐妹都看它不起，没人愿意跟它一起玩，它特自卑。后来的一次圣诞节,起了大雾,圣诞老人看不见烟囱了,鲁道夫终于派上了用场,它发光的红鼻子像车灯一样照亮了夜路,让圣诞老人顺利地完成了任务,也拯救了圣诞节,鲁道夫因此顺理成章地成了圣诞老人的专用驯鹿,后来,再也没人欺负它了。"

"鲁道夫真可怜,好在结局是好的。"

听到了"结局"二字,心里猛跳了一下。我看了她一眼,她也看了我一眼,了无深意。

"教我唱吧。"她说。

我和程夏冬并排躺在床上,一先一后唱了起来。她的声音很轻柔,像一个小婴儿,咿咿呀呀的可爱极了。唱着唱着,我拉起了她的手。她的手掌很软,手心很冰凉,指间不存半点力气。当我再看她时,她的眼神早已失焦,脸上带着淡漠的微笑。我以为她会哭,可从头到尾她都笑着,一只小手始终乖乖地留在我的掌心……

# 3

元旦,我和程夏冬去了一趟三亚,住在太阳湾的柏悦酒店。跨年期间,这家本就不便宜的酒店房价高得离谱,但我们压根就没考虑过其他的选择。

2013年最后一天,晚上九点,我和程夏冬一边吃自助餐一边观看表演。餐厅里满是和我们一样的年轻男女,他们衣着隆重,全都精心打扮过,我和程夏冬是其中最朴素最安静也最不起眼的一对。听着现场乐队的演奏，我仿佛来到了灯红酒绿的爵士乐时代，浮华背后徒留空虚和孤寂，盘桓在头顶的幻灭感让我没有一丝喜悦。

我和程夏冬恢复了寻常，我们像结婚多年的夫妻那样相敬如宾。说话、起居，一同生活，再无冲突，至少表面上没有。我们主动附和着对方，不提起任何可能引发争执的话题。程夏冬总是落泪，静悄悄地，突然就红了眼睛。程夏冬还总对我微笑，那种会心的温柔的微笑，它没有半分虚假，却也没有了热忱，早就凉透了。

"祝你的小说一切顺利。"她举起酒杯。

"小说无所谓，"我没有举杯，"我已经不在乎了。"

她涣散地看着我，仰头将酒饮尽。

"去海滩上走走吧，"程夏冬压住胸口，"有点儿闷。"

我们离开餐厅，向海滩走去。那里被探照灯打亮了，近处的海水看着有些浑浊，远处则一片漆黑。风不大，连续不断地吹拂着。

"白天这儿还能看见礁石的，晚上都没了。"程夏冬走在我前面，头发被吹散了。

"涨潮了。"我说，"礁石被海水淹了。"

"是吗？"

说着，程夏冬朝海里走去。

她越走越远，越走越深，当水漫过她的腰时，我畏惧了，加速跟上去。

"别走了！"我大喊。

她继续走。

"别走了！太深了危险，赶紧停下！"

她仍然继续走。

手机钱包都在身上，我顾不了那么多，立即扎进水中向她游去。换气的间隙，我发觉她停了下来，面对着我。海水没过了她的胸口，她随着海浪前后摇移。我向她靠近，再靠近。在探照灯的光亮中，程夏冬无比灿烂地笑着，是的，无比灿烂，我看得很清楚。

"安沉午，我们结婚吧！"

程夏冬跟我尚有几米的距离，她声音很大。

"你不是说过，没有爱的婚姻才能美满幸福吗？"

我没回答，一步一步朝她走去。

"你已经不爱我了对吧？那我们就结婚，像其他夫妇那样，变成亲人，永远在一起，再也不分开了好吗？"

我来到她身边，抱住她。

"跟我结婚，我们回去就领证，好不好？"她在我耳边问道。

我扶着她的肩膀回身看看她，她不笑了。那面容像讣告似的，让我确信某些重要的东西已经死亡。

"好，我们回去就领证结婚。"

她颤抖了。她剧烈地颤抖了起来。

"你为什么要答应我，为什么啊?!"程夏冬哭了。

她的哭声撕心裂肺，压过了海浪压过了风。她突然扑到我身上，锁着我的脖子把我往水里按。

"你为什么要答应，为什么答应？为什么?!"她哭喊着、绝望着，捂住我的口鼻向下压。

我奋力挣扎，呛了好几口水。求生本能让我产生了巨大的力气，可仍然敌不过程夏冬——她何尝不是在求生呢？她马上就要溺死在爱情里了……

"我要你爱我！"她哭喊道，"我只要你爱我！永远爱我！永远！永远！永远！永远……"

快要失去意识时，压着我的手撒开了。我一头冲出水面，大口呼吸，惊魂未定。程夏冬不见了，我的眼镜也不见了，我看不到她在哪儿。眯缝着眼睛四下搜寻，一个人影都没看到。我喊她的名字，没有人回应。一个浪打过来，将我掀进海里，刚从水里站起来，又是一浪将我打翻。我冷极了，浑身一点儿力气也没有。

一个细长的人影出现在岸边，正往沙滩上走。是她吗？我努力朝岸边游去，衣服吸了水变得很沉，形成了巨大的阻力，潮水一次又一次将我拖回原位。用了很长时间，我连滚带爬地回到了沙滩上，粘了一身的沙子。抹掉它们，它们粘到我的手上。揉揉眼睛，沙子又进入眼睛里。我跌跌撞撞走得太急，踢到了一块铺路的石板，摔在地上。我爬起来，几乎瘫了，脚背上流着血，忍痛弓腰前行。穿过大堂时所有人都看着我，我一定狼狈极了。

回到房间，看见扔在地上的湿透了的衣服，听见浴室里的水声时，我紧绷的头皮才舒展开来。打开浴室的门，衣服也没脱，我冲进去抱住了她。吓死我了，刚才我以为她死了，我以为她永远离开我了……

这一刻，我发现我还是爱她，只爱她也最爱她！

我感到万箭穿心。

那天晚上我对程夏冬说了很多话，表达了对她的想念，倾诉了失去她的心痛和恐慌，坦白了一直以来的内疚，告诉她结了婚不一定没有爱……最后，我说，只要还有感情，我们便能重新开始，逆水行舟逆流而上，一定可以回到最好的时候。

程夏冬欣慰地笑了，抚摸着我的脸，悲悯地看着我。

我问她："你怎么不说话呢？你对我说说话吧……"

她说："我很自私也很傻，但我一点儿也不后悔，更没什么遗憾。"

我说："我也一样，宝贝儿，我也一样。"

她说："跟我做爱吧，就像你我初次见面时那样。"

程夏冬的嘴贴上来，放肆地吻我。我们做爱，我们变得像以前那样和谐。进入她的身体时，我大声叫着她的名字，体会到了一种绝处逢生的狂喜和前所未有的激情。我在一种瘆人的怕她不辞而别的恐惧里找到了难以估量的爱，这太不可思议了，所有的不快全都被压制了，留下的只有最美好的部分。一时间，所有的光芒都向我涌来。我觉得自己身处天堂，我要牢牢把握她，我要永远占有她！

2013年的最后一天也是我和程夏冬的最后一天。是我们的末日。

# 4

大脑空白时，我常会想起一些毫不相干的事。见过的、听过的、做过的事，随便什么事。有时是多年前发生的，有时是几分钟前遭遇的。我还会短暂地忘掉我是谁,将要干什么。我甚至能忘掉生活,在某一刻把它忘得一干二净。

2014年的第一天,程夏冬走了。早餐时她说去趟洗手间,然后就再没回来。我在餐厅里等到中午,回到房间时,她的东西都没了。桌上放着一张纸,上面是她的字迹:

"我走了,不会回来了,从现在起你会永远爱我对不对?"

我的大脑一片空白,四顾茫然。我想起了四岁时在兴庆公园里玩蹦床,周围的大孩子总是使劲蹦到我身边,把我震倒,每当我爬起来他们就再一次把我震倒。我很无助,呼唤爸爸妈妈,他们不知道上哪里去了……我不知道为什么想起了这个,怪病似的。就好像我曾经犯过许多错误,但我仍然指望着事情会变好一样,都是某种病。

我拿起手机,摁了半天没反应,它被海水泡坏了。又拿起酒店的座机,拨了程夏冬的号码。

"您所拨打的用户暂时无法接通"。

没有再拨第二遍。我想,从此以后,我再也无法联系上她了,就像我心知肚明的那样。对于她的离开,我一点儿也不意外。程夏冬,你太他妈自私也太他妈傻了,你当然不后悔也没有遗憾了。你一直在骗我,你让我觉得你是最世俗的女孩,可到头来你却是那个追求理想爱情的女孩!你比我牛,你比我勇敢,你比我拿得起放得下,这下你满意了吧,这下你燃尽了吧,这下你的目的终于达到了吧!

我们永远地得到了爱,也永远地失去了爱。

我们是这世上最幸运的一对,也是这世上最悲惨的一对。

爱！这最他妈虚妄也最他妈盲目的东西！人们天天挂在嘴边却完全不明其义的东西！当初不知道珍惜却在失去的那一刻追悔莫及的东西！让我们南辕北辙过犹不及徒经悲欢离合到头来竹篮打水的东西！

全都是幻觉！

我蜷缩着坐在床边，想哭哭不出来，想喊喊不出声。我感到有什么东西正要破膛而出，我双手扒着领口将上衣撕开，仰头翻倒在床上。我的内脏被重新排列了：肠子缠在颈部，肺压在屁股下面，心脏跟阴茎连在一起。我从什么旁边划了过去，极快地垂直跌落，我伸手去够，可早已相距甚远……

我不能再想程夏冬了。

真的不能再想了。

不能。

服务生帮我把行李搬进出租车后备厢，他拉开车门说，期待您的下次光临，祝您一路顺风。我对他笑了笑并点头致意，心想，你的服务真周到，可下辈子我都不会再踏进柏悦半步了。

机场，我买了一部新手机，开机之后没收到任何消息。我把一个以后永远不会拨打的号码存进其中。相册、微信全是空的，过去全没了。有些东西一旦丢了就再也找不回来了，就像死灰无法复燃，我知道，我全都知道。

坐在休息室里，冷气直吹在头顶上，我抬头看向冷气出口，眼睛眨也不眨，泪水在眼球表面风干。我感到无所适从，也知道今后的很长一段时间都会如此。

打开家门,屋里干干净净,程夏冬的东西全不见了,跟她离开酒店时一样。书房里,那块江诗丹顿"传承"放在电脑旁。我走到桌前看着它,它停了。我擦擦它,装进盒子里。

就让时间停在那里吧,停在我们爱过的时候。

我竭力控制着局面,尽管我知道一切都已崩塌。我硬撑着,接下来要对包括程夏冬在内的所有人都漠不关心,我要让自己变得迟钝木讷,要变得像金鱼一样只有短暂记忆。只有我自己才是最重要的,只有我的写作才是最重要的。没有人会死于心碎,没什么大不了。我咬紧牙关,坐下,掀开笔记本电脑,打开小说文档,把扉页上原先的四个字改成:

"对,我会永远爱你。"

# 5

程夏冬走后,很长一段时间里,我过得十分恍惚。时间不再线性流过,而是一团团一簇簇的,以一种杂乱无序的方式留存在我的记忆里。很多行为的发生和终止毫无来由,真实的基本面中夹杂着零星的幻想。哪儿哪儿都是程夏冬的踪迹。

要我不想她,我做不到。

过年回家,奶奶问起程夏冬,问我怎么没有带她回来一起过年。我拉着奶奶,告诉她我们分手了,然后跟她笑笑。她问我为什么会分手,我说是因为爱,我不清楚奶奶能否理解,又跟她笑笑。奶奶剥了一个芦柑塞到我手里。像小时候一样,每当我快哭了,奶奶总会这么做。

　　为了安心修改小说,我和我爸来到他朋友在华山脚下空余的宅屋中待了一段时间。整整一个半月,没用手机,没接网络。清晨,我们早早醒来,在各自的房里工作。我改我的小说,他写他的分行,互不打扰。下午三点我们碰头,我给他看修改好的内容,他给我看他写的诗。接着,我们去山下游荡,沿着溪流行走,跟前来登山的游客聊天。晚上回到住处,下三局不激烈的围棋。如果结束得早,便聚在橙黄的灯泡下读书看报。
　　那些天我们很早就上床休息,听会儿广播便入睡。如此静了下来,萦绕在我周围的那些人和事、诸多的感念和思绪慢慢沉降,让我得以穿过重重包围靠近自己,细细辨识自己那副早已陌生了的面貌。有一天大半夜,我饿了,我爸起床做了盘青椒炒鸡蛋又给我一个馒头。我大口吞咽着,感到安心和满足。
　　还有天夜里,我梦到了程夏冬,梦到我跟她吵架,吵到精疲力竭满头大汗时我醒来,听到窗外的鸡鸣,穿上衣服来到小院里。天微亮,我爸正在磨盘上压腿。空气寒冷,喝了一口他递给我的滚烫浓茶,肚子暖了,也有了精神。
　　"我昨晚梦到程夏冬了,梦到我跟她吵架……连吵架都让人怀念极了。"
　　"是吗?"
　　"嗯。"我点头。
　　我爸取了一根烟递给我,给我点上,好像我是他的一个老朋友。

"我去弄早饭了,你把茶喝完。"他拍拍我的肩膀,转身进了屋,留下我一个人待在院子里。

那天我爸专程写了一首分行送给我,题目是《论梦中吵架的肤浅乐趣》。他用蓝黑色的钢笔把诗写在一张稿纸上,留下了日期。我将它对折,夹在放着我和程夏冬"婚纱照"的那本书里。

他说:"一个人知道自己为什么而活,就可以忍受任何一种生活。尼采说的。"

我说:"我好像还不知道为什么而活。"

他说:"你几乎永远也不会知道。"

回到北京,傅斌多次建议我把扉页的字换掉,删去也好。他说我写的不是爱情小说,这句话印在一部严肃文学作品的扉页会很奇怪。他问我这句话到底是什么意思,是写给谁的。我说这事儿比较私人,不便解释,但对我来说,扉页上那七个字远比其后的三十万字更有分量,所以非这么做不可。他最终妥协了。

小说出版后,如愿以偿地获了些奖,得到了许多不错的评价,也卖得很好。我自然很高兴。然而就小说的写作过程而言,它对我的重要性都是程夏冬赋予的:首先,扉页上的字是为她写的,我希望程夏冬能看到,我知道她不喜欢读书,所以她不需要读后面的三十万字,只需要看那七个字就足够了;其次,这本书是我跟她在一起时完成的,某些情绪毫无察觉地融入其中,也算是被动地为我们留下了记录。以上两点构成了这部小说对我的全部意义,其他的无足轻重。

我把班琪从黑名单里拉出来，跟她说了些话。半个月后，她回复了，她说她看了我的小说，还不错。我们随便聊了几句，然后再没说过话。

关睿联系我，说她在贵州一家孤儿院里找到隋凉了，叫我放心。退学回国后，隋凉在一个公益组织里帮忙。那份工作繁重、不易、收入微薄，全国各地的穷乡僻壤都得跑，但隋凉特别开心，因为她觉得，是孩子们在贫困里表现出的乐观善良和质朴天真给了她远离世俗的勇气，让她从琐碎和庸碌中解脱，重塑了自己。只不过，她仍然觉得孤独。充实，却孤独。

分手后我一直单身，也终于实现了那种真正自由开放的两性关系。我知道在程夏冬之后我绝对不会再爱上谁。那感觉仿佛老至临终，又好像初生般年轻；仿佛筋疲力尽，又好像神采奕奕；仿佛尽在掌握，又好像从未拥有；仿佛一切都已结束，又好像一切还没开始。

叶浮跟顾莱宜仍然没有断，我想，只要不被再次发现，他们或许能一直持续下去。顾莱宜是个聪明的女人，她把一切控制得很好，可我更爱另一种女人，她们傻极了，愚蠢透顶，她们自私无知反智难搞，她们不看书不学习什么也不会什么也做不好，她们一事无成飞蛾扑火无理取闹没完没了。

可我就是爱她们。

随着时间演进，我不再像以前那样矫揉造作，感时怀伤。可我却整天

381

被什么笼罩着,挨日子,白天期盼着黑夜,黑夜里盼望着黎明。我失去了热望,没有什么再追着我逼我往前走,更没有什么阻挡我的去路,于是我待在那儿一动不动。想着万一哪天程夏冬回来了,我若在原地,她应该还能找到我。

她会回来的,不是吗?

伍凯佑和周琦结婚了,在上海最好的酒店办的婚礼,豪华又风光。我作为伴郎出席,跟伍凯佑一起喝到不省人事。

记得第二天中午醒来时,我拉开窗帘,呆呆地看着天空中盘旋的群鸟。看着看着,我仿佛眺望到了自己今后命运的收拢与扩散、稀薄和浓稠。那是黑压压的一大片,它们未曾发生却历历在目,可以避免而又势不可当。它们跟随着我、环绕着我、笼罩着我、裹挟着我,向着一个既定又未知的方向移动。

我转过身子,看着床上躺着的女孩,她的睡相很甜美,她的背影很像程夏冬。我不确定我们是否认识对方,我也不确定宿醉清晨在一个陌生人旁边醒来意味着什么。我唯一确定的是我有太多不确定的事。我放下茶杯穿好衣服走出房间,轻轻拉上门。

2018 年 2 月至 6 月一稿

2018 年 8 月至 10 月二稿

2019 年 3 月至 5 月三稿